民国武侠小说典藏文库·白羽卷

绿林豪杰传

白 羽◎著

中国文史出版社

图书在版编目(CIP)数据

绿林豪杰传 / 白羽著. — 北京：中国文史出版社，
2017.1

（民国武侠小说典藏文库·白羽卷）

ISBN 978 - 7 - 5034 - 8366 - 0

Ⅰ.①绿… Ⅱ.①白… Ⅲ.①侠义小说 – 中国 – 现代

Ⅳ.①I246.5

中国版本图书馆 CIP 数据核字(2016)第 256729 号

整　　理：周清霖
责任编辑：马合省　卢祥秋

出版发行：**中国文史出版社**

网　　址：http://www.chinawenshi.net

社　　址：北京市西城区太平桥大街 23 号　邮编：100811

电　　话：010 - 66173572　66168268　66192736（发行部）

传　　真：010 - 66192703

印　　装：北京盛彩捷印刷有限公司

经　　销：全国新华书店

开　　本：720 × 1020　1/16

印　　张：17.75　字数：202 千字

版　　次：2017 年 1 月第 1 版

印　　次：2018 年 6 月第 2 次印刷

定　　价：42.00 元

我的生平

生而为纨绔子

民国纪元前十三年九月九日，即己亥年八月初五日，我生于"马厂誓师"的马厂。

祖父讳得平，大约是老秀才，在故乡东阿做县吏。祖母周氏，系出名门。祖母生前常夸说:她的祖先曾在朝中做过大官，不信，"俺坟上还有石人石马哩!"这是真的。什么大官呢? 据说"不是吏部天官，就是当朝首相"，在什么时候呢? 说是"明朝"!

大概我家是中落过的了，我的祖父好像只有不多的几十亩地。而祖母的娘家却很阔，据说嫁过来时，有一顷啊也不是五十亩的奁田。为什么嫁祖父呢? 好像祖母是个独生女，很娇生，已逾及笄，择婿过苛，怕的是公公婆婆、大姑小姑、妯娌娌娌……人多受气，吃苦。后来东床选婿，相中了我的祖父，家虽中资，但是光棍儿，无公无婆，无兄无弟，进门就当家。而且还有一样好处。俗谚说:"大女婿吃馒头，小女婿吃拳头。"我的祖父确大过她几岁。于是这"明朝的大官"家的姑娘，就成为我的祖母了。

1

然而不然，我的祖父脾气很大，比有婆婆还难伺候。听二伯父说，祖父患背疽时，曾经挞打祖母，又不许动，把夏布衫都打得渗血了。

我们也算是"先前阔"的，不幸，先祖父遗失了库银，又遇上黄灾。老祖母与久在病中的祖父，拖着三个小孩（我的两位伯父与我的父亲，彼时父亲年只三岁），为了不愿看亲族们的炎凉之眼，赔偿库银后，逃难到了济宁或者是德州，受尽了人世间的艰辛。不久老祖父穷愁而死了。我的祖母以三十九岁的孀妇，苦斗，挣扎，把三子抚养成人。——这已是六十年前的事了。

我七岁时，祖母还健在：腰板挺得直直的，面上表情很严肃，但很爱孙儿，——我就跟着祖母睡，曾经一泡尿，把祖母浇了起来——却有点偏心眼，爱儿子不疼媳妇，爱孙儿不疼孙女。当我大妹诞生时，祖母曾经咳了一声说："又添了一个丫头子!"这"又"字只是表示不满，那时候大妹还是唯一的女孩哩!

我的父亲讳文彩，字协臣，是陆军中校袁项城的卫队。母亲李氏，比父亲小着十六岁。父亲行三，生平志望，在前清时希望戴红顶子，入民国后希望当团长，而结果都没有如愿；只做了二十年的营官，便殁于复辟之役的转年，地在北京西安门达子营。

大伯父讳文修，二伯父讳文兴。大伯父管我最严，常常罚我跪，可是他自己的儿子和孙子都管不了。二伯父又过于溺爱我。有一次，我拿斧头砍那掉下来的春联，被大伯父看见，先用掸子敲我的头一下，然后画一个圈，教我跪着。母亲很心疼地在内院叫，我哭声答应，不敢起来。大伯父大声说："斧子劈福字，你这罪孽!"忽然绝处逢生了，二伯父施施然自外来，一把先将我抱起，我哇的大哭了，然后二伯父把大伯父"卷"了一顿。大伯

2

父干瞪眼，惹不起我的"二大爷"！

大伯父故事太多，好苛礼，好咬文，有一种嗜好：喜欢磕头、顶香、给人画符。

二伯父不同，好玩鸟，好养马，好购买成药，收集"偏方"；"偏方治大病！"我确切记得：有两回很出了笑话！人家找他要痢疾药，他把十几副都给了人家；人问他："做几次服？"二伯父掂了掂轻重，说："分三回。"幸而大伯父赶来，看了看方单，才阻住了。不特此也，人家还拿吃不得的东西冤他，说主治某症，他真个就信。我父亲犯痔疮了，二伯父淘换一个妙方来，是"车辙土，加生石灰，浇高米醋，熏患处立愈"。我父亲皱眉说："我明天试吧！"对众人说："二爷不知又上谁的当了，怎么好！"又有一次，他买来一种红色药粉，给他的吃乳的侄儿，治好了某病。后来他自己新生的头一个小男孩病了，把这药吃下去了，死了！过了些日子，我母亲生了一个小弟弟，病了，他又逼着吃，又死了。最后大嫂嫂另一个孩子病了，他又催吃这个药。结果没吃，气得二伯父骂了好几次闲话。

母亲告诉我：父亲做了二十年营长，前十年没剩下钱，就是这老哥俩大伯和二伯和我的那位海轩大哥（大伯父之子）给消耗净了的；我们是始终同居，直到我父之死。

踏上穷途

父亲一死，全家走入否运。父亲当营长时，月入六百八十元，亲族戚故寄居者，共三十七口。父亲以脑溢血逝世，树倒猢狲散，终于只剩了七口人：我母、我夫妻、我弟、我妹和我的长女。直到现在，长女夭折，妹妹出嫁，弟妇来归，先母弃养，我已有了两儿一女，还是七口人；另外一只小猫、一个女用人。

　　父亲是有名的忠厚人，能忍辱负重。这许多人靠他一手支持二三十年。父亲也有嗜好，喜欢买彩票，喜欢相面。曾记得在北京时有一位名相士，相我父亲就该分发挂牌了。他老人家本来不带武人气，赤红脸，微须，矮胖，像一个县官。但也有一位相士，算我父亲该有二妻三子、两万金的家私。倒被他料着了。只是只有二子二女，人说女婿有半子之份，也就很说得过去。至于两万金的家财，便是我和我弟的学名排行都有一个"万"字。

　　然而虽未必有两万金，父亲殁后，也还说得上遗产万贯。——后来曾经劫难，只我个人的藏书，便卖了五六百元。不幸我那时正是一个书痴，一点世故不通，总觉金山已倒，来日可怕，胡乱想出路，要再找回这每月数百元来。结果是认清了社会的诈欺！亲故不必提了，甚至于三河县的老妈郭妈——居然怂恿太太到她家购田务农，家里的裁缝老陈便给她破坏："不是庄稼人，千万别种地！可以做小买卖，譬如开成衣铺。"

　　我到底到三河县去了一趟，在路上骑驴，八十里路连摔了四次滚，然后回来。那个拉包车的老刘，便劝我们开洋车厂，打造洋车出赁，每辆每月七块钱；二十辆呢，岂不是月入一百多块？

　　种种的当全上了，万金家私，不过年余，倏然地耗费去一多半。

　　"太太，坐吃山空不是事呀！"

　　"少爷，这死钱一花就完！"

　　我也曾买房，也曾经商。我是个不到二十岁的少年……

　　这其间，还有我父亲的上司，某统领，据闻曾干没了先父的恤金，诸如段芝贵、倪嗣冲、张作霖……的赙赠，全被统领"人家说了没给，我还给你当账讨去？"一句话了账。尤其是张作霖，这位统领曾命我随着他的马弁，亲到顺城街去谢过，看过了张氏那个清秀的面孔，而结果一文也没见。据说是一共四千多元。

我觉得情形不对，我们孤儿寡母商量，决计南迁。安徽有我的海轩大哥当督练官，可将余资交他，代买田产房舍。这一次离别，我母率我妻及弟妹南下，我与大妹独留北方；我们无依无靠，母子姑嫂抱头痛哭！于是我从邮局退职，投考师大，我妹由女中转学津女师，我们算计着："五年之后，再图完聚！"

否运是一齐来！甫到安徽十几天，而××的变兵由豫境窜到皖省，扬言要找倪家寻隙。整整一旅，枪火很足，加上胁从与当地土匪，足够两三万；阜阳弹丸小城一攻而入，连装都装不开了！大抢大掠，前后四五天，于是我们倾家荡产，又逃回北方来。在济南断了路费，卖了些东西，才转到天津，由我妹卖了金戒指，把她们送到北京。我的唯一的弟弟，还被变兵架去了七天；后来亏了别人说了好话："这是街上卖进豆的穷孩子。"才得放宽一步，逃脱回来。当匪人绑架我弟时，我母拼命来夺，被土匪打了一枪，幸而是空弹，我母亲被踢到沟里去了。我弟弟说："你们别打她，我跟你们走。"那时他是十一二岁的小孩。

于是穷途开始，我再不能入大学了！

我已没有亲戚，我已没有朋友！我已没有资财，我已没有了一切凭借，我只有一支笔！我要借这支笔，来养活我的家和我自己。

笔尖下讨生活

在北京十年苦挣，我遇见了冷笑、白眼，我也遇见热情的援手。而热情的援手，卒无救于我的穷途之摆脱。民十七以前，我历次地当过了团部司书、家庭教师、小学教员、税吏，并曾再度从军作幕，当了旅书记官，仍不能解决人生的第一难题。军队里欠薪，我于是"谋事无成，成亦不久"；在很短的时期，自荐信稿订成了五本。

辗转流离，终于投入了报界；卖文，做校对，写钢板，当编辑，编文艺，发新闻。我的环境越来越困顿，人也越加糊涂了；多疑善忌，动辄得咎，对人抱着敌意，我颓唐，我愤激，我还得挣扎着混……我太不通世故了，而穷途的刺激，格外增加了我的乖僻。

终于，在民十七的初夏，再耐不住火坑里的冷酷了，我甘心抛弃了税局文书帮办的职位。因为在十一天中，喧传了八回换局长，受不了乍得乍失的恐惧频频袭击，我就不顾一切，支了六块大洋，辞别了寄寓十六年的燕市，只身来到天津，要想另打开一道生活之门。

我在天津。

我用自荐的方法，考入了一家大报。十五元的校对，半月后加了八元，一个月后，兼文艺版，兼市闻版，兼小报要闻主任，兼总校阅；未及两个月，月入增到七十三元——而意外地由此招来了妒忌！

两个月以后，为阴谋所中，被挤出来，我又唱起来"失业的悲哀"来了！但，我很快地得着职业，给另一大报编琐闻。

大约敷衍了半年吧，又得罪了"表弟"。当我既隶属于编辑部，又兼属于事务部做所谓文书主任时，十几小时的工作，我只拿到一份月薪，而比其他人的标准薪额还少十元。当我要求准许我两小时的自由，出社兼一个月脩二十元的私馆时，而事务部长所谓表弟者，突然给我延长了四小时的到班钟点。于是我除了七八小时的睡眠外，都在上班。"一番抗议"，身被停职，而"再度失业"。

我开始恐怖了！在北平时屡听见人的讥评："一个人总得有人缘！"而现在，这个可怕的字眼又在我耳畔响了！我没有"人缘"！没有人缘，岂不就是没有"饭缘"！

我自己宣布了自己的死刑："糟了！没有人缘！"

我怎么会没有人缘呢？原因复杂，愤激、乖僻、笔尖酸刻、世故粗疏，这还不是致命伤；致命伤是"穷书痴"，而从前是阔少爷！

环境变幻真出人意外！我居然卖了一个半月的文，忽然做起外勤记者了。

我，没口才，没眼色，没有交际手腕，朋友们晓得我，我也晓得"语言无味，面目可憎"八个字的意味，我仅仅能够伏案握管。

"他怎么干起外勤来了？"

"我怎么干起外勤来了！"

转变人生

然而环境迫着你干，不干，吃什么？我就干起来。豁出讨人嫌，惹人厌，要小钱似的，哭丧着脸，访新闻。遇见机关上的人员，摆着焦灼的神气，劈头一句就问："有没有消息？"人家很诧异地看着我，只回答两个字："没有。"

那是当然！

我只好抄"公布消息"了。抄来，编好，发出去，没人用，那也是当然。几十天的碰钉，渐渐碰出一点技巧来了；也慢慢地会用勾拒之法、诱发之法，而探索出一点点的"特讯"来了。

渐渐地，学会了"对话"，学会了"对人"，渐渐地由乖僻孤介，而圆滑，而狡狯，而阴沉，而喜怒不形于色，而老练，……而"今日之我"转变成另一个人。

我于是乎非复昔日之热情少年，而想到"世故老人"这四个字。

由于当外勤，结识了不少朋友，我跳入政界。

由政界转回了报界。

在报界也要兼着机关的差。

当官吏也还写一些稿。

当我在北京时，虽然不乏热情的援手，而我依然处处失脚。自从到津，当了外勤记者以后，虽然也有应付失当之时，而步步多踏稳——这是什么缘故呢？噫！青年未改造社会，社会改造了青年。

我再说一说我的最近的过去。

我在北京，如果说是"穷愁"，那么我自从到津，我就算"穷"之外，又加上了"忙"；大多时候，至少有两件以上的兼差。曾有一个时期，我给一家大报当编辑，同时兼着两个通讯社的采访工作。又一个时期，白天做官，晚上写小说，一个人干三个人的活，卖命而已。尤其是民二十一至二十三年，我曾经一睁开眼，就起来写小说，给某晚报；午后到某机关（注：天津市社会局）办稿，编刊物，做宣传；（注：晚上）七点以后，到画报社，开始剪刀浆糊工作；挤出一点空来，用十分钟再写一篇小说，再写两篇或一篇短评！假如需要，再挤出一段小品文；画报工作未完，而又一地方的工作已误时了。于是十点半匆匆地赶到一家新创办的小报，给他发要闻；偶而还要作社论。像这么干，足有两三年。当外勤时，又是一种忙法。天天早十一点吃午餐，晚十一点吃晚餐，对头饿十二小时，而实在是跑得不饿了。挥汗写稿，忽然想起一件心事，恍然大悟地说："哦！我还短一顿饭哩！"

这样七八年，我得了怔忡盗汗的病。

二十四年冬，先母以肺炎弃养；喘哮不堪，夜不成眠。我弟兄夫妻四人接连七八日地昼夜扶侍。先母死了，个个人都失了形，我可就丧事未了，便病倒了；九个多月，心跳、肋痛，极度的神经衰弱。又以某种刺激，二十五年冬，我突然咯了一口血，健康从此没有了！

易地疗养，非钱不办；恰有一个老朋友接办乡村师范，二十六年春，我遂移居乡下，教中学国文——决计改变生活方式。我友劝告我："你得要命啊！"

事变起了，这养病的人拖着妻子，钻防空洞，跳墙，避难。二十六年十一月，于酷寒大水中，坐小火轮，闯过绑匪出没的猴儿山，逃回天津；手头还剩大洋七元。

我不得已，重整笔墨，再为冯妇，于是乎卖文。

对于笔墨生活，我从小就爱。十五六岁时，定报，买稿纸，赔邮票，投稿起来。不懂戏而要作戏评，登出来，虽是白登无酬，然而高兴。这高兴一直维持到经鲁迅先生的介绍，在北京晨

9

报译著短篇小说时为止；一得稿费，渐渐地也就开始了厌倦。

我半生的生活经验，大致如此，句句都是真的么？也未必。你问我的生活态度么？创作态度么？

我对人生的态度是"厌恶"。

我对创作的态度是"厌倦"。

"四十而无闻焉，'死'亦不足畏也已！"我静等着我的最后的到来。

（二十七年十二月二十日）

目　　录

1

第一章

桐柏风凄血泊狼声临死域
荒林人寂火光箭影出奇僧

　　河南省西境南境多山，山多狐兔。住在山脚下的庄稼户往往趁月上山打猎，可也有的田无一垅，地无一亩，专靠打野味糊口的，那就是猎户了。他们打野味的法子很多。有的赶帐子，设围场；有的火熏兽穴，网捕飞禽；有的用小羊小猪做诱饵，诱捕当冬乏食的野兽；有的在山溪水道边，掘下陷坑，埋下窝刀毒弩，用来猎取前来喝水的兽群。他们常常组成猎队，深入山林，连虎豹大熊也敢打，因此他们都是些胆大力强的汉子。

　　这一年冬天，住在桐柏山麓大坡岭地方的猎户，又组成一队猎队，深入寒山大搜。壮丁们拿了猎具，虎刀虎叉火枪毒箭，前去搜山；那留在山坎下看守猎帐猎车的，是一个老头儿和一个小孩。这个小孩名叫汪青林，年纪才十四岁，生得粗眉大眼，浑身像个黑铁蛋似的。他父母早丧，只有兄嫂；他胞兄汪金林是个很健壮的猎户，不幸新近捕猛兽伤，一条大腿溃烂成疮，不能走动，进山大搜时，就没法分给他汪家的这一股份了。这时候猎队中拿着双份、专管勘寻兽迹的老师傅，就叫汪青林替他胞兄顶一股，也跟着入山。这是同行老交情的照顾，虽然有他一份，毕竟

1

因汪青林年纪小，不把吃紧担险的活计交给他。在搜山的这一个月，几乎总是派他看老堆儿，而且也不是他一个人，还有那个老头儿。那个老头是个酒鬼，不知怎的不小心，把自己的酒葫芦摔碎了，酒全洒了。老头儿懊恼着，要到山脚小镇上沽酒去，汪青林留不住他，他说天太冷，不喝酒简直活不了。好在往返不过十几里地，汪青林只催他赶快回来。酒鬼老头提了一杆猎叉，一径去买酒器，沽酒浆去了。不料在他们的猎帐后，忽然窜来了一只巨狼和三只小狼。这分明是饿狼，它们很凶猛地奔猎帐扑来。

猛兽侵袭猎户，猎户们本有防身制险的经验诀窍。若遇见饥狼饿虎或兽群，或子母兽，千万不要迎门，最稳当的法子，是赶快爬上树，拿鸟枪专击它们。野兽的习性，本来是避人怕人的；它若是遇见人不躲，一直扑上来，那必定是饿得狠了。现在这大小四只狼，不用说，定是子母兽，而且又是几天没吃食，饿疯了的贪狼，硬来扑猎帐，擒猎食来了。这应该躲，可是汪青林年纪小，"初生牛犊不怕虎"，他竟大喊了一声，扬起标枪，照当头那只巨狼投了去。

这一枪正投中，可是巨狼就地打了一个滚，标枪被滚落；狼肩浴血，狼眼通红，低噪了一声，并不逃走，仍急速地扑到。汪青林往两旁急急一瞥，猎帐这边有一堆柴火，火光熊熊，烧得很旺。他赶紧俯腰捞了一把，把一柄猎叉抓到己手，急忙奔跳到柴火堆旁。他知道任何野兽都怕火亮，他右手挥动猎叉护体，急蹲身，左手拾起一根燃烧着的木柴，他就抢了起来，烟火迸发，巨狼果然不敢近身了。它竟掉转头，扑进猎帐，很快地叼起一只死鹿，要跑又不跑，它是引诱着小狼，叫它们也学着来擒猎物。在饥饿之下，三只小狼早不待叫，已经自行扑入猎帐，自行抢起死狐兔。小狼毕竟傻，三只小野兽，竟对夺起来了。猸猸地且抢

2

吃，且争噪，偏偏忘了走。

那母狼衔着到口食，奔开去，再奔回来，低低叫着，定要引着小狼，跟它一块跑。小狼不听那一套，反而且吃，且抢，且叫；留恋在猎帐里，不肯学它娘，衔了口中肉赶快逃走。这就惹怒了十四岁的小猎户汪青林，这真是欺人太甚了！狼竟向猎户手中夺食，而且还流连不走，他大骂道："好畜生，你倒享起现成来了！"一手舞动柴火，挺起猎叉，奔过来跟狼打架。手挥叉落，叉得正好，杀了一只小狼，皮破肠流血满地。汪青林很振奋，第一叉奏功，第二叉又叉中一只小狼，这回扎得不好，叉陷入小狼体骨内，一拔，未拔出来。那母狼不要命地护犊，一片噪叫声，弃下口中食，猛然像电火般飞窜到汪青林背后，人立起来扑他。汪青林急闪身，陷叉丢掉了，抢起带烟火的木柴，猛打这母狼。母狼狂怒，一点不怕，扑倒下去，又人立起来，张牙舞爪，血红的饿眼瞪着汪青林的咽喉，利齿磷磷地来咬咽喉。汪青林连忙退躲。狼牙咬住他的肩头，一阵奇疼，他暴喊一声，就手抓住狼的前爪，猛力一推，没推开；他就换双手猛力一擒，把狼擒起来，后腿离了地。狼没法用力，张开血口再来咬，汪青林侧着脸扭躲，就势狠命一摔，把狼摔在烈焰熊熊的柴火堆中，把自己也一栽跪倒了。他仍按住了狼，在火堆上，不敢放手，烟火燎着他的眉毛，狼身上的毛起了火，狼负痛怪噪，陡生大力，突然地蹿起来，又一扑，把汪青林扑倒，张口又向咽喉咬。汪青林用两手来支拒，已然抵敌不住拼命狼的血口和利爪。汪青林狂喊了一声："哎，打狼！"狼命往起一挣。不知怎的，那狼惨嘶起来，身子一挺，血淋淋压着汪青林，头歪爪松，体似筛糠地发抖，劲头懈了。汪青林猛地一翻，把狼翻落地上。他恐狼再起来扑咬，忙不迭地张手按住了狼头。狼头顺嘴耳冒血。

背后忽有人叫："小伙子，不要怕。狼活不了啦！"说时他觉得身被一个人拦腰抱住，硬拖到一旁。

汪青林喘不成声，回头一看，是一个中年瘦小的行脚僧，把自己救了。低头细看，有一支短箭，穿过狼耳颊，直贯入狼脑，巨狼此刻已经气绝，小狼也被行脚僧杀了。行脚僧笑道："小居士，你胆力很不小啊！"

这行脚僧当时的法名叫作永明和尚，自称是少室山少林寺的游僧，有着很好的武功。他清清楚楚望见了一个十几岁的小孩，独力搏狼，力气不大，却在生死呼吸之际，神智丝毫不乱，觉得这样人才似可造就。这时汪青林已然负伤，永明和尚说："狼爪有毒，我给你赶紧治治吧。"汪青林道："我们猎户自己有药。"和尚笑道："你且试试我的药，也许比你的药灵效。"说时便把汪青林扶进猎帐，一面治疗，一面问话："你小小年纪，怎么一个人看守猎帐？"又说："你天资很好，可愿习武？你家里都有什么人？"汪青林道："习什么武？我家里只有哥嫂。"行脚僧笑道："习武，习的是窜山跳涧之能，屠龙射虎之技。"汪青林欣喜道："那倒不错，可是上哪里学去？"行脚僧道："跟我学！"汪青林张眼打量永明和尚，有点信不及。永明和尚冲他笑，反问他道："你们家自然是猎户了，你自己是不是也想打一辈子猎？你可愿意学会惊人武艺，替人间一扫不平么？"

汪青林若有所悟道："是当侠客么？飞剑诛贼官，杀恶霸么？"

永明僧道："对了！"

汪青林道："好好好，我愿学。"

永明僧道："你愿学，就得跟了我吃苦，还要有长性。"

汪青林道："这个我全成。"

永明僧却又道:"光你愿意不行,还得问好了你的兄嫂。"

汪青林十分欢喜,就邀永明一同上他家去,面见他兄嫂。永明微微一笑道:"好孩子。你有这个志气,不必忙在一时。"当下问明了汪青林胞兄的名字和住家,直等到醉鬼沽酒回来,这行脚僧方才作别而走。

过了一两月,这天汪青林独自在村口眺望,永明和尚忽然来了,汪青林很高兴,叫道:"师傅,你可来了,我跟我家说好,只要不耽误给我哥哥工作,他准我跟你老学本领。"可是永明和尚口气变了。他先对汪青林讲了许多江湖上游侠的奇闻逸事,鼓动得小孩子如醉如痴,恨不得立即拜师学艺,离家出走。永明却把话兜转,讲出习艺时种种艰苦锻炼,要汪青林暂且瞒了兄嫂,先跟他试一试真心,约定了一个秘密见面的地点,叫小孩子风雨无阻,每天跟他见一回面、谈一会儿话。游僧说:拜师学艺的第一步,就是能尊师守秘,能割舍骨肉之情,于是乎举出了许多仙人试真心的榜样。汪青林一心想学绝技,这时候游僧的话他完全信从。

如此过了半个月,游僧怎么说,汪青林就怎么做了,但是等到真个开始传艺时,永明和尚不专教汪青林独一个,还另外带来了一个十二三岁的孩子。

汪青林再也估不透:永明和尚大有深心,大有隐谋。他不是为了教汪青林而教汪青林,他是为了给那十二三岁的孩童找"垫招",做下手的人,方才物色汪青林这个小猎户。

永明和尚必须要成全这个十二三岁的孩童,必须教会这个十二三岁的孩童以精深的武功,单人学拳技,无法递手,故此他不意中发现了汪青林这个小猎户,有意地要用他给爱徒"接招"。

如此,汪青林实在是做了那个十二三岁小孩的"习武伴童"

5

了。永明和尚的心血，是要培植那个孩童，然而天下事难可预料，有心植树树不成，无心栽花花独茂。永明和尚巧用汪青林，一直用了半年多，忽有一天，遇上一桩事，证明汪青林小猎户实在是个可爱的好门徒，这才感动了游僧永明，这才把汪青林正正经经，收列门墙。

永明利用汪青林，别有苦心，在这半年中，每十天才叫汪青林见面两次，至多三次，每次一整天，或仅仅半天。对汪青林的兄嫂扯着谎，说是近山一座小庙的老和尚，花钱雇小孩给他撞钟和汲水，给的钱很多。比帮着打猎上算。老和尚抽暇还教他认字念经。汪家的人都信以为实，顶要紧的是汪青林像吃了迷魂药，一定要这么做，别人拦他不住。永明和尚大概是先把精妙的武艺，传给那个小孩，然后每旬中逢一逢五，才用汪青林给小孩垫招试架。因此，汪青林饱听了江湖逸闻，实际只学着拳技一点皮毛，所谓"半拉架"。当然汪青林起初觉不出来，渐渐地也琢磨出味不对了。永明和尚对待两个小孩，显有偏向。其中自有原因，不过汪青林并不知道。

说来话长，原来所谓小师弟熊忆仙，实在是个女扮男装的孤臣孽子；是个家遭冤狱的小姑娘，是明季辽疆大经略熊廷弼的弱女；是忠心耿耿，镇守边关，力扼鞑虏，不幸遭权阉佞臣昏君的猜忌，以功为罪，身被残杀甚至"传首九边"的民族英雄的遗胄。永明和尚（当然他从前并不是个和尚），受着托孤之重，要给忠臣留后嗣，要给人间留正气。他对两个徒弟有偏心，也可以说是伤心人别有怀抱。

当下，小徒弟熊忆仙忽有十几天没来，汪青林照常去，师傅永明和尚没精打采，停止了教艺。汪青林就问："熊师弟怎么没来？"永明回答："他病了，他身子骨单弱。"一连数日停止教授，汪青林噘着嘴说："师弟不来，赶明儿个我也不用来了；等着他病好，我再跟着他一块儿学。"

汪青林把不乐意的口气完全表露出来。永明和尚瞿然一动，哧的笑出声来，道："他不来，我单教你。来，跟我上山。"

永明和尚带了汪青林，到一土岗，练习登山，一连六七天。

这一天，师徒练完了拳技，站在土岗上，歇息闲眺。远村近林，古道迂回，他们望见了道上往来的行人，他们旋又望见了一个妇人姗姗独行。从大道侧斜趋疏林小路。旋又拂地倚树坐下来，好久也没有动。日影渐斜，行人渐少，那妇人站起来了，且走且停，倏然转身进入疏林，再也望不见了。

永明和尚唔了一声，隔离稍远，望得见形迹可疑，听不到声息有异。永明和尚瞩目疏林，才待举步，汪青林猝然叫起来，扯了师傅的手，奔下土岗。

就在这俄顷间，他们忽望见古道那边，浮尘起处，驰来了一骑马。马上扬鞭的，是一个兵官打扮的男子。气势威武，蹄声得得，一直奔向疏林小道，转瞬到了林边，那马蓦地放慢了，走过了，那兵官扭头回顾了。跟着马停了，兜转了，跟着那兵官面向疏林，翻身下马，牵马寻觅林径进去了。"恻隐之心，人皆有之。"谁能见死不救呢？永明和尚冲着惊慌疾走的徒儿，微微一笑，汪青林还是往前抢，要跟踪入林，绕林而行，另从别一方面潜身而进。越走越近，渐渐听出，从林中传出来女人腔的哭声。

"哦，那妇人真是上林子里寻死的，师傅，咱们快过去瞧瞧！"汪青林年轻人心肠直，一个劲地往前挣，永明和尚扯住了他的手，说："不要忙，不要忙！"既有兵官进林救人，他们师徒不妨落后。

可是就在这时候，太阳衔山，野风摇树，沙沙地响，林中的女人哭声忽停，另传出别样声息。永明和尚双目一张，扯了汪青林，飞快地绕道奔林那边走。忽地传出来女人腔的怒骂，忽地传出来女人腔的惊喊："救命，救人呀！"

原来那个骑马的兵官，一开头听见哭声，下马来救人，不料当他拴马入林一看，发现是这么年轻一个女人，素衣素裙，饶有姿媚，在一棵歪脖树下，悬结衣带，悲啼着正要引颈就缢。他陡发慈心，把女人救止住，用好言慰问了一番。问明这女人并非村妇，竟是个富室孀居的逃妾，饱受嫡室毒虐，又遭嫡长子大少爷的非礼觊觎，惹起嫡少奶奶的恨妒。于是罪孽深重，被嫡室大夫人苦苦地殴打，骂她狐狸精，葬送了老的性命，又来勾引小的乱伦。拘了几天，挨了几天饿，幸免一死。她乘隙逃出火坑来，奔回娘家，诉苦求救。娘家怕财主，不给她做主；没胆量上衙门鸣冤告状，告状也不见得官儿替穷人贱妾申冤。她的懦弱的哥嫂竟不敢收留她，也不容她自逃活命，因为她被卖给财主为妾，她兄嫂怕事，倘或夫家找他要人，岂不是祸延自身？嫂子极力主张，哥哥诺诺帮腔，反劝她速回火坑，到夫家守节。守节就是送死。哥嫂一鼻孔出气，责以大义，劝她回去送死。这可是比"饿死事小，失节事大"还狠毒一些。她左思右想没有活路，当她哥哥商量着要亲送她回夫家的时候，她自己悄悄地从娘家逃出，便奔到这疏林中，哀哀哭诉早死的爷娘，打定主见寻死，要脱出这人间地狱。

这兵官很表同情地慰问她。可是"怎么安插她呢？"紧跟着就是劝她"往前走一步"——改嫁。她竟长得这么漂亮，哀艳之容打动了兵官；四顾无人，凝眸谛视，这兵官陡然把好心变成了兽念！他满脸上带着轻怜蜜爱，他劝少妇改嫁，他就要在此地，在此时，叫少妇跟他"往前走一步！"他公然掏出一锭银子，他公然动手动脚！

少妇才脱虎口，又逢蛇蝎，她满腔悲愤，恶狠狠唾了一口："你这男子汉枉披了人皮！狼心狗肺！你给我滚，我情愿死，也不给人糟蹋！"推开兵官，跟跄奔跑，重要上吊。兵官不容她，紧追上来，脸上堆满猥亵的笑容，无耻地说："小娘子，你夫家拿你不当人，你娘家也拿你不当人，年轻轻地何必守节？何不趁时寻乐？告诉你，我还没有妻房。我大小也是个官，今天相遇，就是天假之缘！"他就悍然地动手，把少妇抓小鸡似的擒住。

少妇失声绝叫："哎呀，苍天！"她几乎被冤愤气炸了肺。她拼命地挣脱，狂呼，痛骂，下死力挝打官兵的脸。兵官狰相大露，不顾一切地逞凶。一个支拒，一个行强，这景象被汪青林远远看见，而且听见连喊："救命，救命！"

汪青林也失声惊叫起来："不好，师傅，快快去救人，快快去打这强徒，这恶棍！"

永明和尚不用说，早就料透，然而他瞥了小猎户汪青林一眼，很古怪地冷笑道："还别忙。小子，少管闲事，等一等……"

汪青林等不及了，他义愤填膺，拔腿就要跑上前。永明僧一把揪住了他，说："你……"小猎户瞪着眼吃吃地说："你你你不是说，学会惊人艺，打尽人间不平，你你怎么见危不救！咳，你你瞧这恶棍把人家按倒了！"

少妇气力不支，果然已被兵官按倒，可是她依然拒抗强暴。一男一女在地上翻滚，少妇锐声呼喊，已喊得气喘声嘶，可是依然喊。那兵官东张西颐，依然疯闹下去，想是他也怕人听见，就腾出手来，又少妇的嗓子眼。少妇竟很顽强，咬破自己的舌头，含血喷这强徒。强徒恚怒，就殴打这少妇。

情形危迫，永明僧很为动容，小猎户激动更甚。永明僧抓住

9

小猎户的手，他就极力往外挣夺。但是永明僧仍然不慌，反而问徒儿："你没见那兵官挎着刀，马上还带着弓箭袋？他要行凶呢！"小猎户答口说："行凶，打倒他！他一个人，咱们爷俩。"

永明道："好孩子，你有胆量？现在我不能出头，我想只教你一个人去救……"

小猎户汪青林道："好！"挣脱手，就要跑，并且说："我若打不过，你老接后手。"永明仍然抓住手不放，心想："这孩子倒有胆气！"便悄声开口："就让你一个人去救，可是你不要逞强，他是兵官，你打他不过。你可以说好话把他劝住，或者用巧法把他调开，佛门劝善，要拦住他调戏妇女，又不可动武，你可行么？"

汪青林眼光闪闪地说："快松手吧，我行，我准行！我把军官好好地哄走，你可赶快救那女娘！"永明忙道："那当然，咳，有了！你可以跑过去，到那女人身边一站，你管她叫姐姐，你问那兵官做什么？强奸民妇，决不会当着人的，更不会当着弟弟污辱姐姐。你只施这一招，给他打岔，就把女人救了！"汪青林不耐烦，连说："是，是，是！对，对，对!!"甩手拔腿，如飞地奔过去了。

但是永明又如飞地赶上他，截住他，就地抓一把土，说："闭眼，闭嘴！"往汪青林脸上抹了满把土，说："去吧！"顺手将一根短棒塞在汪青林的掌中。汪青林一溜烟去了。永明紧紧跟随，藏在树身后，要看看小孩子的胆谋和做法。

永明僧眼看着汪青林像箭似的，驰向是非场。兵官在林中，那兵官的马拴在林边的一棵树上。汪青林持棒先奔临，忽又变计奔马，扑到兵官的坐马前，伸手解开了缰绳。

他回头看了看师傅，师傅隐藏起来了，他就转脸往兵官那边

10

看。那兵官撕撕掳掳，依然行强；那少妇口角流血，喉咙嘶哑，依然拼命喊拒。汪青林愤极，从地上拾起几块石头，他就往前跑了几步，拿出飞石击鸟的本领，唰唰唰，三块石头全打中兵官的脊背，打得很重。他呐喊了一声，回身就跑，飞身上马，把鞍头挂着的黄布包袱挎在自己肩头。

他高声喝骂："无耻的强徒，你瞧，把你的马、把你的包袱，全数孝敬给小太爷吧！"勒转马头，绕疏林跑下去了。

他从永明和尚藏身处一掠而过，他向师傅挥手势，施眼色，递暗号。他居然策马跑开了，且跑且回头。看一看兵官意待如何：是奔追骗马的人？还是仍要污辱少妇？

那兵官连挨石块以后，一跳蹿起来，回头瞥见一个土头土脸的小贼孩。掠取了他的包袱，盗骑了他的坐马跑掉。兵官大怒大骇。他并不怕小贼孩，他未尝不想先恣兽行，再追奔马，可是有一节，挂在马鞍上的黄包袱，里面有着一件"公文"，是一件驰报军情、烧封角、插鸡毛、五百里加急赶送的文书，统帅不派遣帐下卒，单遣他这中军小校，足见军情重要。现在黄色包袱和军马齐落在小贼孩手中了！丢了马，还可以赔；丢了黄包袱中的紧急文书，那……就连性命也保不住了。

兵官狼狈地怪叫起来，丢下少妇，拔出腰刀，没命地追赶拐马飞逃的小贼孩，且追且喊："咴，站住！小贼好大胆，留下包袱，留下马，饶了你的命！"

"小贼孩"一阵狂笑，举着短棒，摇着黄包袱，纵马如飞地跑去了，一点不怕兵官的奔逐威吓。更叫兵官恨的是：兵官紧追他紧跑，慢追他慢跑，不追他不跑。……小贼孩控制着马，又像会又像不会，以至于人没摔下马来，马却似乎脱了缰，离开大道，落荒乱跑起来。

当下，四条腿的逸马落了荒，两条腿的兵官也只得落荒追赶；越追越远，越远越离开了疏林，永明和尚从隐藏处一跃而出。

他看见那少妇幸脱强暴，羞愤气噎，爬起来，又栽倒，软瘫在草地上，最后挣扎起来，想离开"是非地"，无奈气力用尽了，她两眼直勾勾地往四外一看，又抬头一看，歪脖树就在面前。她泪如雨下，挨上树边，伸手又在结带，还打算上吊自尽。

永明和尚陡然如飞鸟掠空，窜了过去，轻声拦阻道："女施主，慢来！"

这轻轻的一声拦阻，在少妇耳畔，宛如响了一个焦雷，她喊了一声，又软瘫在地……

永明和尚皱了眉，立在少妇对面，急切地、委婉地说劝。少妇已是惊弓鸟，永明僧大费唇舌，才劝止住少妇的死念，大费唇舌，才获得少妇的哭诺，答应跟着和尚逃走。"跟着和尚"，这是多么可怕的一句话啊！永明僧焦灼地由急劝改慢劝，几乎说碎了舌头，说明出家人和平常人不得一样，而自己决不是花和尚。少妇哭哭啼啼说："你老人家行好吧！人哪有不贪生的，我实在没活路。"永明给她指出活路，然而她此时又已走不动；她又不容和尚搀扶，和尚尤其不敢搀扶。

几费周折，永明和尚才得将少妇引出险地，伴送到附近善良人家。他明白："一个人是没法行侠仗义的！"经他设法，由一家贫妪暂时收留了少妇。永明说她是庙里的施主，因怄气出来寻短见。他说："我现在就去通知她婆家。"

随后，永明僧"救人救彻"，把少妇安置到他那个男装女弟子熊忆仙的潜身山村里。熊忆仙并不是因病停学，她是既遭家祸，又丧慈母。她的哭瞎眼的老娘，在她父亲熊廷弼被冤杀之后，辗转逃亡，不堪折磨，抱病死了。她葬母之后，正在守孝。熊忆仙只是十三岁的小姑娘，需人照顾；永明僧这才想到一举两得，把力捍强暴的富室逃妾，转送到山村，做了熊忆仙的女伴，暂使薄命人患难中相助。此是后话不提。

话说当下。永明僧很焦灼，把逃妾才救出险地，便立刻去寻找那门墙外的徒儿小猎户汪青林。他担心汪青林的安危。为了救人，汪青林盗官马，窃文书，已犯杀身之罪，若被色狂兵官赶上，就难逃活命。汪青林不过是十四岁的少年，倘有不测，永明深觉负疚。他急急地搜寻喊叫，好在兵官没看见永明，也不知道汪青林的姓名。永明编好了谎言，他连唤清荟，倘遇兵官，便说清荟是自己的师兄，也是个老和尚。可是他寻出多远，叫遍旷野，不但汪青林没了影，那兵官也没了影。

永明僧不禁心慌，苦苦地搜喊了一圈，渐渐月影迷离，好容易才在很荒僻的山径旁，发现了那匹官马，拴在小树上，那只黄色包袱就挂在树梢上。永明把颗心放下，"汪青林这孩子居然这么胆大，这一定是他干的，他一定抛开兵官，悄悄溜回家了。这马这包袱一定是他弄的！"永明飞奔过去，先摘下那黄包袱，取出官文书，毫不介意，撕开了就看。

永明和尚心中暗想：如果是远疆军情，抗胡的文书，他就把文书和马，乘夜全送到县衙。不料他拆封一看，是一封催征"辽饷"移充"剿饷"的官书，和一封镇压闯将，掩击"流贼"的调兵檄文。永明冷笑了一声，想起了熊廷弼努力抗胡，反被惨杀，把文书咬牙切齿扯得粉碎。连那黄包袱，一并掘坑埋入地下，以免嫁祸附近乡农。

此外还有那匹马，也是祸苗，若不灭迹，万一有人捡便宜，必然掀起冤狱。于是永明想了想，牵了走，究竟不妥，便把马鞍全套卸下来，也深深地埋入土中。然后手牵了马缰，驱入山林，再解下马缰马嚼，狠狠打了几下，马跑掉了，不久能变成野马。然后他对月长啸，转身回走，很快地走回那个"是非场"疏林边。月影横斜，忽听土岗那边清啸，是童子腔。永明一块石头落地，这是汪青林小猎户，他办完了义举，绕回来了。

师徒见面大悦，各诉自己做过的事情。原来那见色起意的兵官，堕山洞摔死了。究竟是失掉官物，畏罪情急自杀？还是急追逃马，失足掉落山洞？汪青林坚说弄不清楚，反正是人死无对证，又除去一害罢了。师徒又忙着去把兵官的尸体掩埋了，消灭了一切足以遗祸的痕迹。这时已快天明，永明僧把小猎户带到自己潜身之处。次日，才捏好了假话，亲送他回家。从此，永明和尚很器重汪青林："这孩子人小心胸大。有胆有智，有义有勇，直是才堪造就！"永明和尚正正经经把他收为门徒，指授技击秘要，宣扬做人的大道理，细细讲出明朝廷君昏臣贪，残民以逞的种种秕政，也教给他黄梨洲的"民为本，君为轻"的反古新理学。

汪青林本来只给男装的熊忆仙"垫招"，现在是一样的互为下手了。虽然耳鬓厮磨，汪青林始终不晓忆仙是师妹，不是师弟。那时候女孩们都缠足，熊忆仙幼遭家难，托孤救孤，不但没缠足，也没穿耳。除了眉目清秀，嗓音细嫩，久惯男装的她，一点看不出是女孩。

不过男女体质究竟不同，经永明僧秘密传艺，过了五六个年头，这男女二徒渐渐变得各有所长。汪青林学会了很多武技，登山窜高的本领尤其精妙；熊忆仙却只会骑马击剑和发暗器射箭罢了，对兵法也很有心得。

等到汪青林二十岁的时候，永明叫他行了出师礼，赠给他几部书，密嘱他许多话，然后师徒洒泪而别。永明僧带领熊忆仙，另有图谋去了。后来就发动了"雄娘子"的骠骑义兵，其实"雄"娘子本姓"熊"，就是这个男装的女侠。

汪青林学会了惊人艺，仍在故乡打猎待时，这时节明朝大局越坏，地方官急如星火地催征辽饷、剿饷、练饷。……不但把"安内攘外"的兵费全搁在农民身上，另外还有割阉奸臣们收的贿赂，比正税还紧还重，乡约里甲替县官催征，老实人不免自己受害，刁猾的就从中渔利害人。渐渐地闹得民不聊生，愤愤思动，就短少一个陈胜吴广出头发难了。这个豫南发难的人，不久竟被汪青林发现了。

第二章

冷月空山一谷有烟传魈影
残更静夜两间如墨见寒光

汪青林弟兄既是猎户，县官勒限严命征缴雕雁翎、兽蹄角来做箭材，又征狐狼皮、生兽革来做军装。他们猎户们猎取缴纳的越多，官府加征的也越多。他们已搜尽了近山狐鹿，只得远探深山。深山有虎豹，虎豹能伤人，他们也就顾不得这么多了，打一只老虎，可抵得许多狐狼。桐柏山一带，野兽最多，猎户们舍死忘生的去打。不料那些地方，忽然发现妖魔！

那妖魔大概是山魈，而且有两个！山魈猎野生而食，撮山泉而饮，浑身长着青毛，两只白眼珠，高有一丈多，凶极了。有几个猎户瞥见了，吓得摔死了一个，人们全不敢去那里打猎了！

这就惊动了年轻猎户汪青林。汪青林接替了父兄之业，跟随猎队老师傅们入山采猎。仗着全身本领，登山窜高，如履平地，投枪猎兽，百发百中；他为人又慷慨，得人缘，很快就被推为领队。猎户们竟传东高峰出了妖怪，他就不信这一套。他胆量大，武艺高，他要纠合几个伙伴，进山一探究竟。寻兽迹的老师傅说了他一顿，老师傅根据自己大半辈子的"经验"，承认深山多怪，汪青林扭不过老前辈，白昼随大伙，到夜晚他才独自一人，带了

16

猎具兵器，悄悄去打夜围，捉妖。

他向人打听明白：那山魈常到东山峰半腰一个活山泉那里去喝水。汪青林就潜藏在山泉边，等候妖精出现。一连守候了几夜，月光中只见狐兔悄悄来饮水，汪青林信手也猎了一些，妖精渺然没见。汪青林暗想：这准是谣言，但是他性情执拗倔强，不肯就此罢手，接着仍去打夜围，搜兽穴。就在这一晚上，忽然发现后山腰浮起一道白烟。后山腰并无居民，汪青林心中一动："许是山魈喷雾吧！"急忙拨草寻路，找了过去。及至绕到山后，月亮已然沉下去，浮烟看不见了。汪青林打定主意，去搜后山，搜山必先探道，他就改为白昼，带了干粮水壶，一清早就去，傍晚才回。一连气去了几天，这天忽然遇见一只山猫。汪青林急发一弩箭，射中了山猫。山猫带着箭掉头就跑，汪青林挺虎叉急赶。那个催征吏曾经私向猎户索赂，这只山猫猎到手，就可以塞责。汪青林忘了山魈，奋力紧追过去。眼看追到山径断崖处，那山猫忽然平地陷下去，"这里是谁设下的陷阱？"汪青林一转念间，那山猫突然窜出陷坑来了。汪青林停步扬叉，正待投过去，不料此时陡见那山猫冉冉凌空而起，一直飞升到断崖旁一棵大树上去了。

汪青林不禁诧异，山猫只会爬树，断不会飞，这是什么缘故？他急忙绰虎叉，奔过去窥看究竟。走近了，这才瞅出：有一根巨绳套，把山猫套住，拽到树上去了。

树上一定有人。"什么人呢？"汪青林定睛细瞧，毛熊熊一个苍狼样的怪物，高踞在树巅。

汪青林吓出一身冷汗，"这一定是山魈！"他就火速地挂虎叉、摘弓，唰的射出一支箭。

箭直奔妖精的头，妖精探爪把箭打落。汪青林又吃一惊，哒的大喊了一声！"好妖怪！"扣弓搭箭，唰唰唰，射出了连珠箭。这箭百发百中，距离又近，那妖精似乎招架不住，攀树枝一转，拿山猫挡箭，跳下树跑了。

汪青林大喊着追赶，那怪物人立而行，回头望了望，疾往山上跑。汪青林窜山跳涧之能很强，脚步竟比妖精快，渐追渐近，汪青林抖手发出一标枪，那妖精还拖着那只山猫，似知逃无可逃，竟一挫腰，丢下山猫，口吐人言，连连挥手道："不要射，站住！"

抵面相对，那怪物原来是个浑身披了狼皮的人，只面部露出了眼鼻。汪青林反倒愣住了。那个披狼皮的人首先发话道："我知道你们是近山猎户。我也是单帮打猎糊口的，你不要搅我呀。"又道："我躲你们好几天，我知道你搜我，你为什么搜我？可是替那些贪官污吏当腿子么？你要晓得，我也不是好惹的，人不犯我，我不犯人；你若胆敢泄露我杨某的行踪，老实不客气，你不能活着走出这山去！"

把眼一瞪，目光炯炯，随将顶上狼头帽往后一掀，露出面貌，竟是个细腰阔肩、赤面浓眉汉子，年近三旬，气魄很雄伟，又见他把腰一摸，解下来一支十三节鞭。那只山猫已被他弄死。他低头看了看，说："朋友，你不许动，我要搜搜你，还要审审你！我费了很大事，要猎一只虎皮，要用一只虎，教你搅了。"

汪青林听明白了，也看明白了，笑了笑道："你要用虎皮，我可以替你设法。你要问我，可以，不过我也要问问你。你要搜我，只怕你没有那种本领，也没那份仗势！"两个人说僵了，就要动手。汪青林听师傅永明僧说过，江湖上颇多异人，故此他不愿树敌。他又说道："朋友，这山不是你包下的，我要来就来，怎能算搅你？我本无心碍你的事，你何必摆这样阵仗？告诉你，

18

我也不是泛泛之辈，我听说这山出了山魈，我是来拿山魈的，并非算计你。你不要小觑人，我们猎户之中也有道上同源。"

狼皮人不听那一套，抢十三节鞭就打。汪青林大怒，摆虎叉还招。两人一来一往，打了十几个照面，那狼虎人陡然一退，喝声："住手！"汪青林无意寻隙，有心探奇，也就收了招，退后数步。

两个人互相盘问，渐渐消释戒心，化敌为友。问起来这狼皮人叫作红蜂杨豹。

杨豹的武艺很高，谈吐爽朗，汪青林久苦寂寞，忽逢武林同好，力求攀交。杨豹度着野人般的隐居生活，也是愿交朋友的，而且很愿意交结像汪青林这样的朋友，希望他能对自己帮忙。譬如打听附近山村的情形，找人做针线活计，拿猎来的野兽换食盐布匹，现在都可以转烦汪青林代办了。两人由此缔交，常常见面欢谈，起初杨豹还似存有戒心，自经几度深谈，渐渐识透汪青林的为人，他就居然把汪青林引到自己隐居的秘洞里去了，并引见了他另外一个同伴。这同伴也是外穿狼皮的，生得面目白皙，貌似女子，自通姓名叫银蝶胡铮。其实是个女子。汪青林却没料到，当时笑说："怪不得人说山中出了两个山魈，原来是你们二位！又怨不得山中忽见白烟，是你们做饭吃啊！"两人都笑了，说："我们还不能生食，却是一吃熟食，就起炊烟。我们没办法，只好深夜做饭，不料到底被人看见了，这真是口腹为累了。"

汪青林打听杨豹，因何离群独居荒山？杨豹喟然长叹，说是在故乡为报家仇，杀死了土豪，弄得家败人亡，一个人逃命在此。说起来，似乎很痛心，不愿细讲，并坚嘱汪青林不要泄露他的形迹，汪青林也就不再多问了。两人谈到江湖上的事，红蜂杨豹所知颇多。谈到天下大事，杨豹满腹愤世嫉俗的话，动不动就骂贪吏豪绅，苛政如虎。并告诉汪青林，默察时势，大乱将起，草野英雄应该咬紧牙根，做一番事业，不要小看了自己。因劝汪青林，既是河南人，应该把直南豫西的形势险要，暗暗勘察一下。又如豫省草野豪杰，也该随时留心物色一下，交结交结。汪青林听了，唯唯称是。原来汪青林虽然有智有勇，胸中却没有这么大的经纶，而且生计所迫，也离不开身。杨豹自己说到就做到，虽然隐居在深山，不时易服出游，假装皮货商，秘密地到各处访察地形，结纳英豪。

两人缔交不久，桐柏山下各山村便出了变故。

那就是闯王已在陕西起兵，河南省地当冲要，明朝的征剿大军云集在直南豫西，从娘子关到潼关，竟堆满了督师巡抚，提督军门，弄得号令很不一致。这一位大帅征调民夫，抓车抓骡，那一位大师采办粮秣，催交赏犒。不但檄札地方官加紧催征军差，军门校尉也随便自行出来搜刮。顶要命的是监军内官（太监），带着数百名亲兵如狼似虎，到处骚扰，不只打县吏，闹公堂，直接更向城乡勒索。弄得人心惶惶，闯王的大兵还没到，两边还没开仗，本地的老百姓竟然开始逃难。

紧跟着大明官军打了大败仗，溃兵乱窜，奸淫焚掠，地面越加吃紧。紧跟着谣言大炽，"闯王的兵从北边来了。""闯王的兵从西边来了。"明朝将领不知是人心怨恨，咒骂生谣，反而听信探报，说豫西豫南各县混进李闯王大批细作。驻防军和地方官就乱腾腾地各处搜拿通贼的莠民和贼探，把已丧土田的贫农，已失本业的难民，自当贼办，抓去了许多。监军督师和地方大吏勾结，私自开征钱粮，巧立名目，叫作犒饷，把老百姓按地亩按户籍派捐，交不上犒饷的，就抓进衙门敲打，比正税还紧急还严酷，连乡村的里甲，也因劝捐不力，被抓进县衙，挨了板子。

紧跟着又是一位大帅，发下谕札，要每县征发二千名壮丁，随军充役。这二千名壮丁，限定内有皮匠若干名，缝工若干名，伙夫马夫若干名。另外单派到各山村的，还要二百名善射的猎户，有的说要把猎户改做弓射手，拨入神臂弓弩营，当兵打仗。

　　同时另有一位监军，又严命县官向猎户们征催狼皮一千张，狐皮五百张，限十五天交清。说是给官价，但比市价少得太多，日限也太紧，由府传到县，由县传到桐柏山各山村，只剩八天限期了。

　　这么硬挤，既抓人，又要钱，又要东西，各猎户哗然怨骂。八天的限期转眼就过去了，征射手的刚刚查户口、年貌，编花名册，要兽皮的已经点货计数，缴不足的开始往县衙抓送罚办了。几位老师傅和汪青林的胞兄汪金林，都被押进县牢，三日一追，五日一比，个个受了官刑。

　　汪青林勃然大怒："这可是官逼民反啊！"他便决计倡议抗征。他向各猎户，各山村邻舍，试行鼓动。他说出如今的朝政，太监专权，官贪吏污；他喊出了"抗苛征，求民命！"但是，人心尽管浮动，人们尽管怨声载道，揭竿举义的勇气还是不够，一听到"抗粮造反"，人人咋舌害怕，吓得掩耳欲躲。他们眼光又浅短，他们只能痛恨那进村瞪眼的征发吏，还不知恨到"苛政猛于虎"的真正病根上。汪青林年纪还轻，在本村人缘仅有，人望不足，似乎号召不动。他有智有勇，可是"造反"的经验一点也没有，讲理服众的口才也不行。他本来不大健谈，他说一处，碰一处，人们倒说他忽然气迷心，疯了。这一来，气得汪青林大骂众猎户是懦夫。他到底不明白："造反"二字太不受听，人一听到联想到灭九族。他不懂得兴革之际，倡义必先结众，师出必须有名。

21

汪青林游说失败，无可如何，便另想办法。"杀官造反"既不成，他要"劫牢纵囚"，去搭救自己的胞兄和难友。可是本领尽大，一个人也不成，还得有帮手。他就想到了隐居东高峰的武林新友红蜂杨豹，他的武功很好，识见广，人果决，可以邀他和他的伙伴银蝶胡铮拔刀相助。

汪青林就急急奔到东高峰山后峰洞窟，去找红蜂杨豹。不意洞口用巨石乱封堵，看样子，红蜂杨豹和银蝶胡铮离洞他往，非止一日了。汪青林连去了好几趟，总没碰见红蜂杨豹，无可奈何，只得搬开石封，钻入洞内，题字留书，说明了自己的来意。然后重封洞窟，快快下山，回转己家。闷闷地皱眉不语，自打劫牢救兄的主意。

这时军门大人颁下檄札：向猎户中抽丁顶补射手，必须加紧造册，克日开始抽拔。固县县尉亲带众役，下乡督办抽丁，立刻弄得弊窦百出。册上有名的猎户，凡有暗中花钱的，都可以递禀告病，暂行免役，多花钱更可以雇人顶替。很有些溃兵游勇，过惯营混子生活的，自告奋勇，愿意受雇替人顶名。

出卖壮丁，也是一桩好买卖，不过猎户们多半穷苦，能花钱告病的，实在寥寥无几。县尉狠咬一口，竟吮不出很多的油水来，不禁气破了胆。他就想出了坏招。凡猎户花名册上有名字的，由十八岁到四十五岁，应该十人中抽一丁，他偏偏不抽了，他按花名册，照数全要。他说要解到军门大营，由军门大人亲自验明正身抽拔。这一弄使整个猎户村庄，除了妇孺，几乎一个不剩，全得带去。他是设计挤油水，吓诈猎户，哪知道挤太狠，挤出祸水来了。

当下，山村中的乡约里甲，被大坡岭全村妇孺老翁堵上了门，逼地跪求，一片哭声。有的壮丁就惊急无路，由哀恳转为怒骂，拥在里甲门口骂街："你就不会替乡亲们央求央求么？"里甲彭铁珊是个老实忠厚长者，看见村民哭得太惨，就对他们说："我不是不求，我求不准，又奈何？你们不要乱嚷，我们大伙想想办法，推几个人上衙门递呈公禀吧。"

大家七言八语，就找到邻村一个念书人，是个赋闲的幕客，名叫史青岩，请他代笔书写公禀。史青岩为人慷慨，立刻答应了，匆匆写好禀帖，亲自找到里甲彭铁珊，商量公推父老上书的办法。大家传观着公禀，一面联名，按箕斗，找这个，推那个。正在忙乱，那催征狼皮狐皮的差官也来了，他是监军内官的亲信，比县尉还气粗。一进村，就找乡约，寻里甲，骂骂咧咧，只几句话，就瞪眼睛，扬起了皮鞭，把彭铁珊打伤。彭铁珊再三央告："上差老爷暂请息怒，我们这村里正在为难。你们老爷叫猎户交兽皮，县衙那边却要征调猎户，全数抽调。老爷请想，人都抓走了，没人打猎，哪里来的狐皮狼皮呀？我们这里正推父老，进城递禀……"就举着那禀帖给上差老爷看。上差老爷勃然大怒，骂道："你拿县衙门吓我！你怕区区七品县官，就不怕我们内官监军大人么？"信手把公禀撕碎，还追究谁出的主意，谁起的稿！

里甲家里闹得沸沸腾腾，许多妇孺吓哭了，往外乱跑。外面立刻聚集了许多壮丁，人多势众乱喊乱叫。

上差破口大骂："你们要造反……"

忽有一人厉声还骂："官逼民反！你们又抓人，又要东西，你们不叫老百姓活命！"

"打，打，打！"

不知道谁喊了几声，人心正愤，一些年轻的猎户们竟不顾一切，七手八脚，打伤了监军内官手下的差官老爷，登时吓跑了县尉。那县尉正在邻村另一个里甲家吃酒，听见声息不对，骑了马溜了。

那差官，起初气焰很凶，挨了打，软了下来，竟跪在地上告饶，再三说："官差不由己，这并不怨我。"年轻猎户们不识轻重，就乘机要挟差官答应免征兽皮，差官信口说好话，回答："我回去一定恳求上边免征。"他说的太容易了，老成的猎户倒后怕起来，忙把差官抬到屋中，给他裹伤，说好话，纳贿赂，请他恕罪帮忙求情。差官满口答应，可是要求里甲们护送他脱险回营。

老猎户们信以为实，那个赋闲幕客史青岩却暗暗地怀疑起来，找到彭铁珊，私议应付之法。若把差官放走，现在他脸上带伤，上边问下来，就是殴辱官差，罪名很不小。现在你只看他满脸赔笑，其实他怨恨在心，放走了他，就好比放虎归山，留神他反噬一口！

一个猎户就抱怨年轻人，不该行凶。史青岩摇头道："过去的事，埋怨也无用，现在究竟放他不放？"

但是，不放又待如何？"把他杀了！"那岂不是杀官造反？"扣留下他？"留到何时是一站呢？那么，"哀求他，怎么样？"可是他当面许下说好话，回去后他若不说好话，又待如何？这可真真作了难了！

打人时汪青林也在场，而且喊打喊得最凶的就是他，他忍不住冷笑道："另外还有一个县尉，是叫咱们吓跑的！你们花钱堵住差官的嘴，却堵不住县尉的嘴，乡亲们，那差官狐假虎威，厉害惯了，你们妄想打哭他，再哄笑了他，多多行贿，就可以免祸？……乡亲们，咱们抡起拳头，聚众殴打了官差的时候，咱们已经算是犯了法，变成抗征的反叛了，反叛的罪就是灭门抄家，一个个得杀。你们好好地盘算一下，官逼民反，我们没有多少活路，活路仅仅一条……"他暗示着唯有"造反"，才能保命。

这种话更把大家吓傻了！大家齐望着做过幕客的史青岩，问他："这话可对？"汪青林年纪轻，大家还是信不及他。史青岩是识文断字的人，懂得律条。大家连声地问，史青岩闭目摇头，半晌才说："我们是大祸已经临头了。我们必得赶快想法。现在，除了弃家逃命，恐怕只有两条道好走……"

大家问："哪两条道？"

史青岩很愁苦地说："一条就是汪青林所说的话，死中求活，我们就……"要一讲到"造反"二字，还是疑畏不敢出口，他就咽住了，改转话头："另一条是两面行贿，我们大家破产敛钱，买住了差官，叫他承认没挨打。脸上的伤是自己碰破的。同时我们带更多的钱，火速进城，求见县尉，也买住他的嘴，不叫他泄露我们聚众殴差的事。"说到这里，大家说对，史青岩却叹气道："这只是暂免一时之祸，那动千的兽皮，上百的射手，还是挤得人没法活啊！"

里甲彭铁珊虽然挨了打，他是主张两面行贿的。他比汪青林有声望。大家信服他的见解。猎户们就忙着敛钱，公推彭铁珊和史青岩，进城行贿并递禀。另外又推出人来，去稳住了挨打的差官。

汪青林微微冷笑，退出来寻思一回，便去找里甲彭铁珊的本家彭铁印，细说这事。彭铁印勃然变色，大不以为然，他慌忙派人去追，已经追不上了。他就很忧愁地向汪青林说："我们打了差官，我们不逃命，就得拼命，除此以外，别无妙着！"

汪青林把眼一瞪道："对，我们得拼！"怎么拼法呢？两人计议了一下，循着"逼上梁山"的路子，头一步就是纠众；第二就是结盟；第三步自然是举义了。两人火速地着手，分头找人晓谕利害。汪青林和彭铁印都没有阅历，也没有口才，他们不能用一针见血的话，打掉人们畏惧苟安的心。一连两天，人们还是听动静，看苗头。

彭铁珊、史青岩两人进城行贿求情，一去没回来。明知情形不妥，年长老成的猎户们仍劝大家稍安毋躁，可以先找个人进城探探吉凶，有人就想到汪青林，他的胞兄押在县监，不妨催他去探监，顺便打听一切。汪青林以为彭、史二人一去无下落，祸苗已见。进城往返好几天，把什么事都误了。进城探信他敬谢不敏，请另烦别人。他一定要留在山村，暗有所为。他好似热锅蚂蚁，比别人还着急；可是他的话，别人多不肯信。

就在这时候，那个山居猎牲的隐士，红蜂杨豹忽地出现了。在夜阑人静时，潜入汪家，敲窗进屋，推醒了刚刚睡熟的汪青林。

汪青林吓了一跳，黑屋里几乎动手。等到通了姓名，听出口音，汪青林仍然点灯，认一认面貌。杨豹拦阻他点灯，当然拦不住。在灯光下，两人对了盘，这才看出杨豹早不是狼皮人物的怪打扮了，换穿着一身黑色夜行衣靠。背插单刀，面腾杀气，向汪青林低叫道："汪二哥你留的字，我见到了。现在我有急事，我是刚回来，我要烦你帮忙……"

汪青林不容杨豹细讲，就拉住杨豹的双手，说道："杨老兄你才来，你可盼死我了。你真是未卜先知，你的话比算卦还灵。你怎么就看出来，我们河南将有兵灾？你可知道现在抓丁，我胞兄已经押在县牢？你可知道我们这小小山村大祸临头？"

他并不问杨豹是怎样跳墙进来的，是干什么进来的？他滔滔地说起自家的飞祸，和本村的飞祸。等到说完毕，听清楚，红蜂杨豹轩眉答道："好，好，好！"

三个好字，扎得汪青林大大不悦，反诘道："杨老兄，你怎么幸灾乐祸？我盼星宿，盼月亮，盼你来给我拿个准主意，你怎么忘了早先我们谈过的那些话了？"

红蜂杨豹慌忙抱拳说："小弟失言了！我说'好'，乃是说我们的大事，机运成熟了。告诉你，汪二哥，你当我是什么样的一个人？我其实就是一员闯将！我就是奉命入豫潜伏，暗中联络江湖好汉，布置分兵举义的闯王别部豫军先锋。我们现在就要秘传绿林箭。纠合豫西群雄，买通各路明兵，里应外合。夺取潼关，给我们闯王开道。汪二哥，你的机会也到了！"

汪青林一听这话，瞪大了眼。他万想不到杨豹是个闯将，是要颠覆明朝秕政的一个"反叛"！

杨豹道："汪二哥，你们猎户们打了差官，你们不堪地方官苛征暴敛，你们要杀官造反。你们是因为官逼民反，没了活路，这才为了逃活命，才要拼命。你们的力量太单薄了。你们的前程，也就是'上梁山'，当强盗，苟且偷活，然后等候招安。请恕我口实，那样子依然活不成，受招安的盗群迟早是被官军诱杀的。要想保活命，只有跟闯王。要想成大事，必得认清了，谁是咱们的真对头！"

汪青林道："这话怎么讲？"

杨豹道："这话太好讲了。咱们都是苦哈哈的穷小子，咱们种地、打猎、扛活、耍手艺，遇上好年成，刚刚不挨饿罢了。他们豪家不纳粮，我们得纳粮；他们阔人不抽丁，我们得抽丁，既然征粮秣，征狼皮，就别再抓人了，可是他们东西也要，人也抓；他们并不管抓了人，哪里再弄东西来？他们就是不管穷人的死活。可是你们光知道那些贪官污吏，恨那催租吏和抓丁要东西的差官，错了，他们不过是狗腿子。你们要往上看，朝廷上坐着一群虎狼哩！"

汪青林不耐烦起来，抢着说道："你不要讲这些话了，这些话我全懂，我这几天对他们讲的也是这些个。我现在为难的是：杀贼官也罢，跟闯王也罢，头一步总得先纠合大众，我就纠合不起来。杨老兄，你可有什么好的诀窍，能够几句话把这群迟疑不决的胆小乡亲们说服了，立刻叫他们站起来，跟着我们走么？"

杨豹笑了，把大指一挑道："汪二哥，你真成，你晓得纠众喽，其实你已经找到诀窍了。要纠合大众，只有一个妙着，就是'只带头，莫做主'。你去苦劝大家跟着你走，一定费话多，效验小；你不如静等大家走投无路，反而跑过来，央求你领道，那就大功告成了。可是你得有帮手。先找那最穷最急，年轻气冲和你脾气相投的小伙子，暗地联结好了。然后再想一想：在你们本乡本土，出头露脸，有声望，大家都看得起，肯听他的话，都有谁？还有安分守己，出名老实，最不喜多事的，都有谁？请你把这两种人，引见给我会上一会。我愿凭三寸不烂之舌，先把他们说动。若能拉住了投脾气的人，把这最有人望，和最不惯多事的两种人都煽动了，跟我们走，那么大家一个全不剩，都要跟我们走了。"接着又说道："你的乡亲们有心抗征，而疑畏不决，骨子里不净是怕事。实在乃是估计全村力量太小，倘有不利，就不免家败人亡。你不妨痛快告诉他们：现在闯王部将，在太室山少室山埋伏着大兵，可以做你们的接应；你再告诉他们，事成就攻占城邑，颠覆虐政；事不利，还可以携老带小遁入深山，猎食自活。"

汪青林十分高兴，紧握着杨豹的手道："杨老兄，想不到你讲得这么漂亮。现在我就去把我们村中的头脑人物邀来，和你见面。真是英雄所见略同，我也是忙着先找帮手，我的帮手跟我投脾气的，名叫彭铁印，是本村里甲的本家，另外还有几个年轻猎户。我吃亏就是太年轻，他们把我当成小孩子，肯听我话的就只有彭铁印他们寥寥几个人。现在既有杨老兄的这个外援，我们算作闯将，统统跟了闯王走，这力量就大了。"

两人密谈通宵，挨到天刚亮，汪青林便把彭铁印和两三个少壮猎户邀来。红蜂杨豹也把他的帮手邀来一个。这个帮手名叫快马何少良，年纪顶轻。刚刚二十三四岁，可是他竟有本领，啸聚了一群亡命徒，潜伏在豫西山中，不时出来打抢军粮辎重。他原是一个逃兵，他杀了带兵的千总，带了十几个弟兄，落草为盗，伙盗渐渐扩张到五六十名。官军几次剿他，都没有剿着。因为官军来了，他就跑；官军刚走，他又抄后路，劫官军的粮饷。因此，他年纪虽小，威名很大，红蜂杨豹新近才纠合了他，他就加入了闯王的队伍。

当下，汪青林、彭铁印、红蜂杨豹、何少良和两三个猎户，在山村外偏僻地方会见。起初彭铁印等总去不掉疑虑之情。及至双方会见，杨豹说他手下有六七十人，何少良说他手下有五六十人，再在猎户中物色几十人，凑足二百名健儿，便可揭旗举义了。何少良这个年轻人气派竟这么狂侠豪迈，把明朝的时政和军威，骂了个狗血喷头，一文不值。他说："老乡，咱们要想活，就得把脑袋提在手心里。你若把脑袋好好摆在腔子上，你可就迟早要挨刀。"他正色告诉彭铁印："你不要怕官军剿匪，官军人数尽管多，只一跟我们绿林朋友交手，立刻要溃败，再不然就哗变。他们的本领就是会清乡，欺负你们乡下老百姓。"

何少良这少年大刀阔斧，信口一讲，把猎户们反抗的烈焰燃烧起来。彭铁印和汪青林先后又勾来十几个猎户，大家歃血结盟。结盟之后，又由这十几个猎户，再招来二十多个同行。算了算，全数足够一百七八十名，杨豹道："人数够了！现在我们赶快布置起兵。"

杨豹、快马何少良、汪青林等，因彭铁印居长，便公推为盟长，请他发号施令，布置一切。他推辞不开，就掐着指头，算计起义的事务。他说道："我可是外行，我说的对不对，大家要不客气地纠正我。"他以为举义之事，第一，应该赶造旗帜；第二，应该备办大批弓箭远攻之器；第三，该备置一色的长矛砍刀；第四，该造义师的军装甲胄，要一律红巾短铠青衣裤。并定名闯王豫军先锋营；该推定领军主将。……

彭铁印说着，汪青林唯唯称是，杨豹微微摇头，快马何少良却不禁呵呵地笑了起来，道："彭大哥，别胡闹了，你当是督练正规官军防营么？我们这是秘密举义的民兵，从哪里去弄那么讲究，那么排场的军装旗号！……"彭铁印也自失笑道："依你之见呢？"何少良道："依我之见，我们各就便宜，分为三队，每队一个领军主将，一个副将；每个义兵有什么穿什么，只要各系红巾一条，作为标识，认得出自己人就够。兵器不拘，弓箭刀矛如果不够，便用木棍子，一头钉上几个大铁钉子，做成铁骨朵狼牙棒，能击敌就好，这东西最容易造。不过每人得有一把刀，短刀匕首全能用。每队还必须有一杆起义红旗，另外还要造几杆白旗，上面写着几个大字，什么'官逼民反'，什么'抗粮求活'，什么'杀贼官，救穷命'……热热闹闹便成了！"在盟的人同声说好："他们梁山泊就有替天行道杏黄旗，我们也应该有。"杨豹忙道："千万写上'跟闯王不纳粮'。"汪青林道："那个自然。"彭铁印就问大家："这红旗白旗怎样制法？"杨、何二人说：他们的部下盟友都早有预备，现在只请猎户盟友赶办齐了，就够了。

30

汪青林皱眉道："我嫂子胆子小，我胞兄现时在押，她不肯做。"彭铁印忙道："这个交给我。"

然后大家谈论：在何处，由哪天开始动手？密商了一阵，有人主张把红蜂杨豹、银蝶胡铮、何少良所部盟友一百数十名，乘夜都调到大坡岭猎户山村，择吉于五更破晓，祭旗起兵，有的人主张潜师袭攻固县县城，杀官占衙。劫牢纵囚，把彭铁珊、史青岩、汪青林的胞兄汪金林，和别的猎户都救出来，就拿这固县县城，作为义兵的根据地，然后分兵略地，向外扩展，这是彭铁印和汪青林的意见，他们切盼盟友举义之先，把自己亲眷先营救出来。红蜂杨豹连连摇手说："不行，不好！这么一弄，攻城据地，明朝的河南军门必然以乱民攻城造反，奏报朝廷，把我们当作闯将，必然招来大军围剿。"快马何少良反驳道："我们难道不是闯将？"杨豹道："对呀，但是，我们就是闯将，也应该假装土寇小股。我们可以占山起义，却不能攻占城池。替明朝地方官设想，土寇占山毁不了他们的前程，反叛攻陷城池，他们罪就大了。我以为我们起兵之处，千万别惹官军侧目，叫他们把我们看成毫无大志的寻常山寇，最为上策。然后我们立定了脚跟，再乘机扩张……"

大家全夸赞道："这主意真高，我们就这么做。"彭铁印道："诸位盟友，杨仁兄年纪轻，足智多谋，我看我们就请他当盟长，我实在不成。"

银蝶胡铮忙拦道："这话随后再讲。你要知道，盟主不是谋主，杨仁兄主意高，就叫他当诸葛亮，你还是桃园老大哥，现在我们还是赶紧商定起制的方略。我以为攻城、占山，全不好……"她主张孤军不该独战，应该纠集一切兵力，袭击豫西剿寇大营，要乘虚捣瑕，胜则直进，败则绕走，曲折奔西去，借以响应闯王攻取潼关。

这个方略最对，红蜂杨豹首先赞同。快马何少良也说好，彭铁印、汪青林却仍提出了袭县城、救亲眷的主见，恳请盟友仗义拔刀，猎户们全都帮腔。杨豹顿时省悟，若要纠集这群猎户，劫牢救人必须做一下。大家商量了一阵，决定首先袭攻固县县城，劫牢纵囚，据守四门，佯作占城，等到各路官军来攻，就立即弃城上山，绕路且战且走，先向东，转向西。务必进取豫西，和攻潼关的闯将互相策应。——这个起义方略面面顾到，大家全部认可，就这么决定了。

不料他们刚刚地派人潜往固县县城卧底，官军已先调队到山村抓人来了。

第三章

暗箭飘飘城墙内人翻马倒
刀光闪闪衙门里色变心惊

那挨打的官差，和吓跑的县尉，果然禀报上司，说大坡岭各村猎户抗差殴吏。他口下留德，还没把猎户们说成叛贼。可是就这样，已经够了。剿寇军门大营调了一百多名兵，会同地方官，督率番役，驰向山村，以阻挠"军兴"的罪名，前来抓拿为首之人，彭铁印也在被抓之列（军兴法就是后世所说的动员令）。官军的打算，是用一百名兵把住村口，用二十名兵，协同番役，进村挨户抓人。可是他们这一队兵距离山村尚远，已被山村猎户们看出来了，小探子"耳报神"猎人村的小孩们乱跑着送信："不好啦，大兵抓差来了！"

这时候，红蜂杨豹和汪青林，正好潜藏在彭铁印家，秘密布置起义。他们当然不肯就逮，决计拒捕。他们掩上了大门，有的持弓弩登高上房，有的提兵刃跳墙传信。当官军刚刚掩到村中，刚刚抓了两三个猎户，红蜂杨豹护着彭铁印，突然在神庙庙顶出现，手拿弓箭，竖起了一杆大红旗，大声呼喊："官逼民反，老乡拼命吧！"身边还有两个少年，敲起铜锣。汪青林就分从别路，发动了二十多名加盟的猎户，举虎叉、鸟枪，四面八方地攒击出来。

锣声嘡嘡，喊杀声震天。猎户和官军打起来。快马何少良和银蝶胡铮各率领盟友，潜伏在近山，立刻得到急报（是两个小牧童跑去送信，彭铁印、杨豹又连射出几支响箭）。何胡二人就马上率部驰来援应。

这一战，猎户们使出来叉狼、打虎、射雕的本领，与快马何少良的山林响马队，和银蝶胡铮率领的红蜂游侠队，里应外合，把官兵杀死、杀伤、生擒共四十多个。溃逃的七十多个被猎户队、响马队、游侠队截追，几乎没一个得脱，全遭生俘，剥去军装，作一串捆起来。仅仅逃走的几个兵，也不敢归营，变成溃军游勇了。带队的千总中箭阵亡，把总被汪青林叉伤活捉，一名县吏被何少良打倒活擒，居然弄了一个全军覆没。可是这一战变起仓促，把彭铁印、杨豹他们预先布置的方略，满盘搅乱了。但也获得意外的功果，那就是加盟的猎户，起初才寥寥四十来个，这一拼命拒捕，整个山村猎户统统变成了反叛，就想再当顺民，也不成了。前后三座猎户村二百多户，男妇大小九百多口，势不由己，都加入了戕官抗差的义盟。

彭铁印、杨豹、汪青林、何少良等急忙决策，山村不能守。推出盟友，把妇孺老弱尽量送入深山，托庇到快马何少良的盗巢，搭起猎帐暂住。把少壮猎户二百来个，一齐编入义盟部队，这一下就凑足了四百名劲兵。生俘的官军，经过粗粗的讯问，挑选了三十多名未成丁的少年。这都是由外县农村抓来当兵的，问明他们愿意跟随义军，就把他们分散开编入军中，可是暂不发给兵器。其余的官兵，感染兵油子、营混子习气太深的，就押入山中，编管起来，给义盟当夫。

义盟一面揭起了闯王义师豫军先锋营的大旗，一面揭起了

34

"官逼民反""抗粮求活"的白旗，借此吸引军民贫农入伍。更由盟友中挑选年轻精干的十几人，乔装四出，刺探官军的动静。义军的主力大队，即由彭铁印、快马何少良、银蝶胡铮三人率领，共选拔了骁勇善斗的响马队，红蜂队各六十名，从少壮的猎户中选拔了火枪手、弓箭手、飞叉手共八十名。这二百名盟友是义军精锐，就将所俘官军的军装，扫数剥下来，交义军换穿上，这就有一百二十人扮成假官军了。剩下没有衣甲的，便假扮作被抓的壮丁，混在队中，算是被官军押解着。他们定了诈城之计，他们威吓那受伤被擒的把总和县吏，要他俩诈开城门，将来推他们为头领。

红蜂杨豹和汪青林，这两个人就率领二十几个身手矫健的绿林好汉，有着飞檐走壁的本领的，全改装扮成小贩，分两拨设法混入固县县城，作为内应，并布置劫牢救囚的事情。其余的盟友便留守山村，作为后应。

杨豹、汪青林，头一拨一共二十一个人，火速进城卧底，很容易地混进去了。便跟那先一步进城探看吉凶的四个猎户见面了。因县城里的情形不太好，出来进去的官兵很多，看出剿寇军事吃紧来了。这义盟头拨卧底的二十一个人，和先来的四个人，赶紧刺探，赶紧布置劫牢。他们费了很大的事，只探出汪青林之兄汪金林和别的猎户还押在县监，至于进城递禀行贿的里甲彭铁珊和幕客史青岩，这二人的下落竟没探明。原来这两人已被县尉小题大做，解到监军内官那里去了，正在受毒刑，拷问他们是否与闯王通气。

二十五个卧底的盟友，预备劫牢，另有第二拨十八个人却被截在城外，未能混入，现在仅有他们二十五个人，感到人力不足。汪青林救兄情切，力恳乘夜动手。红蜂杨豹没法劝阻，答应他入夜结伴搜监勘道，相机而动。

事机太促迫，外面的诈城，里面的劫牢，竟未得呼应，反生出妨害。那快马何少良、银蝶胡铮率领乔装的官军，乘夜前来诈城。押着那把总和县吏对城门大声吆呼："已经把山村抗差的猎户抓到了！"力催守城吏卒开锁放入。守城吏卒不知怎的，觉出不对劲来，竟登上城楼，挑灯答话，说已奉到严令，来军没有口令，必须等到五更"收更"，才许开城放入。办案回营的官军，请委屈在城厢外暂住扎两个更次吧，好在这就天明。怎么对付，也不肯开锁。何少良大怒，黑影里，扣弓搭箭，嗖的一下，把守城吏射倒一个，暴喊一声："攻！"硬攻起城门来。守城吏卒大惊，抵拒，七零八落射出许多箭，同时派人驰报长官。其实守城门的吏卒，每座城门夜班才十几名，又分上下班，有两尊火炮，炮手总是夜晚回家睡觉。虽然局势这么吃紧，城防还是这么稀松。快马何少良一马当先，越过了护城壕，银蝶胡铮、彭铁印也督军急上，那护城壕既没有水，吊桥也没有撤，义军全队很容易直追到城门洞。

那精擅夜行术的义军盟友，就在黑影暗隅，设法爬城。那义军大队骤攻不得手，何少良急命部下，从城厢外关帝庙，寻到丈余长的阶石，由四个人兜住石条，悠荡起来，一、二、三，猛地照城门一撞，连撞数下，半朽的城门扇破裂了，先锋队冲进去，很快地进扑瓮城！

稍为迟了一步，防营一部分夜巡队，已然闻警赶来。何少良攻破一道城门，瓮城还有一道门，被这驰援而来的夜巡队扼住，立刻蝗石乱箭如雨下。瓮城的义军仍想奋勇砸城，就密如蚁群似的，硬攻硬上，不觉得前锋受挫。快马何少良不会攻城。官军这时仍没有炮手，带队的兵官却是员勇将，他自己硬来装火药，点火绳，轰然一声，炮子凌空平打到城外，兵官也被震倒。却是这一响，把义军猎户吓了一跳，他们会放火枪，懂得火器的厉害，他们狂喊："快卧倒！快躲！"

彭铁印的坐马被炮声吓惊，乱跳乱蹦，踩伤自己。快马何少良勃然大怒，振吭大喊："咱们的鸟枪队呢？还不快还攻！"义军中的四杆鸟枪已然对好了，燃着火绳，也就轰然地连响数声，往城头打去。黑影中，乱喊、乱叫、乱打，只有鸟枪的火光，冲破了黑暗，可是仍然分不清敌友。就在摸黑相持中，义军的爬城队，由银蝶胡铮指挥，已在城隅暗处，攀上去四人，摔死一人。攀上去的人紧跟着用绳牵引下面的盟友，很快地牵上去三四十人。他们立刻从城头摸杀过来。高低上下夹攻，官军大乱。

增援的夜巡队其实只有二十几人，仓促间不知敌我众寡，很打了一阵硬仗。却在火器上下轰击，义军结队喊杀之下，官军顿时气懦，有几个兵丁首先叫喊："贼兵攻进来了！"立刻引得全队丧胆，纷纷弃城，从栈道奔跑下去。

银蝶胡铮、快马何少良、彭铁印的步骑大队和爬城队，竟分从两路，杀入固县的西城门，会师在一处，然后沿西大街，直奔县衙。固县西门官军失守，夜巡队兵官阵亡。

可是县城中，却实实驻有监军内官和他的亲兵营三百多名劲卒，和省城新调来增防备寇的官兵四百多名，还有本县守备标下的二百名兵，还有丁壮，县城北境还有剿寇军门标下的一支兵。这些官兵纵有空额（例如层层上报吃的空饷，总爷公馆门丁虚补着的兵名，这都是空额，只有点名放饷时，人数才凑足），又颇有老弱，战力尽小，兵额比义军多得多。却不料当"强寇攻城"的警报还未传到，那监军内官占住了县官正衙，县官退居二衙，正睡得昏天黑地，突然被大炮鸟枪震醒。他们立刻派探子出去刺探吉凶，还没等探子回来，那监军内官竟吓得待不住，立刻要由亲兵护送他，要开北城门，投奔城外大营，以防不测。他这么慌慌张张要走，县衙上下人等全都骚动。又望见西门火起，喊杀声历历传来，不知是谁，首先喊了一声："不好了，反贼杀进来了！"立刻县衙内外有人接声乱喊起来："闯王杀进来了，闯王大军全杀进来了！"

县衙后街草料场也起了火，县牢也炸了狱，固县县城已然大乱。那监军内官率亲兵，头一拨奔北门跑了。他这引头一跑，影响太不小，那把守北门的吏卒，向他要口令，开锁开得稍慢，被他的亲兵挥刀砍了两名守城卒，于是北门大开，没人管了。

县太爷夫妻带着亲信，第二拨也奔北门，跑出城外，县衙吏员皂隶，第三拨也跑了，却没敢跑远，就近散到附近民宅，县尉典吏也在内，都藏起来，听动静，等天明。

攻城义军还没到，县衙已然摆好了空城计。这正是进城卧底的义军红蜂杨豹、汪青林的奇功妙计。他们放了一把火，喊了几阵，就吓跑三百名内官亲军。他们乘虚占了县衙，跟着抢奔县牢，县牢已然炸了狱。有几个强悍的囚犯，本是积年大盗，大概他们早有越狱的打算，外面一乱，他们不知用何方法，砸开了脚镣手铐，打死牢头，开释了难友，纷纷冲杀出来。这些难友有的挣断了刑具，有的带着铁链，挣命往外跑。偏偏守备标兵不知县令已逃，县衙已空，竟由守备率领，奔来护衙护狱，劈头正和炸狱的亡命徒碰上。亡命徒如狼似虎，上前扭夺官军的兵器。无如他们囚禁已久，腿软气虚，他们却是红了眼，硬上前拼命，两边冲突得很厉害，喊声震天。汪青林在狱中寻兄不见，火速追出来，登时帮助囚犯，与守备标下兵打起巷战。守标兵斗力不强，很快地被打散。

另一方面，那红蜂杨豹很快地率卧底盟友，驰奔城西，去接应攻城义军，却劈头遇上省会调来的驻防官军，双方很激烈地打起来。红蜂杨豹带的人少，全凭武功迅捷，却众寡相悬太远，终被包围。正在不支，快马何少良已率骑队冲到，彭铁印率步队也紧紧赶来，齐声呐喊，上前搏战，防营带兵官见势不利倏然撤退下去，他还想奔赴大营，已经来不及了。银蝶胡铮率游侠健儿已经绕道抄了官军的后路。官军败势已成，义军士气大振，霎时间如狂风扫落叶，数百名防营兵也全被打散。

固县县城内除了败残兵，已不见官军主力。红蜂杨豹和汪青林，会合了快马何少良、银蝶胡铮、彭铁印，占领了全城；派部守住城门，大队立刻开始搜县牢，救难友，查街巷，拿溃兵；砸开了官库和粮仓，预备把库银和官粮一半赈贫，一半运走，却是救人之事，遍搜之后，只救出里甲彭铁珊，和那退职幕客史青岩。汪青林的胞兄汪金林，炸狱时冲出监牢，竟死在乱军混战之中。彭铁珊幸而得救，终因年纪大，受了刑讯，不久殒命了，以此越增加了汪青林、彭铁印的悲痛、愤恨。

几个起义的首领，不意一战成功，在县衙相会贺功，并商大计。快马何少良少年狂侠，不脱梁山泊的作风。他总丢不掉占山为王的想法；此时攻下县城，不禁小觑了官军，就要拿固县县衙做国都大王殿，恨不得立刻称孤道寡。他毫不做作，脱口发话，要推红蜂杨豹为大大王，自为二大王，汪青林为三大王，银蝶胡铮为四大王，彭铁印战功不著，应为五大王，史青岩通文墨而无战功，可以派了做幕府军师。他又闹着找县厨子，找肉铺饭馆，要大开庆功筵。

何少良这番主张，彭铁印力持谦退，怎样办都好；汪青林痛心兄死，信口唯唯。银蝶胡铮忍不住怫然反驳："固县孤城难守，我们先不要称孤道寡，乱拟官制，还是赶快规划战守之计要紧。官军虽然败走，难道他们不会攻回来么？"何少良道："不当大王就罢，可是我们要成大事，打官军，没有头脑人，行么？"红蜂杨豹忙道："何贤弟说得很对，我们总得有领袖，才好办事。不过咱们几个人，自己封自己，总不大好，还得问问大家。"

当下猎户、响马、红蜂队三方面会盟，公推领袖。猎户队就公推彭铁印、汪青林；响马队就推举快马何少良和他的副手郭占元；红蜂队也就推举了红蜂杨豹、银蝶胡铮。末后这六位英雄计功、叙齿。终于推定了年长而首揭义旗的彭铁印，和多谋而纠合大众的红蜂杨豹为总领队，以下便是何少良、汪青林、胡铮、郭占元为四个副头领；史青岩为军师。跟着遍告大众，众议金同，便写下盟单，依次序位，同饮血酒，誓共生死。杨豹看出何少良有些不悦，又特向他解说了一番："我们起义，全靠这些猎户发难，我们必须暖住他们。彭铁印大哥既是猎户们最信服的人，为人又很慷慨，又肯出头。我们必须推他为首。你我弟兄受尽苦难。欲成大事，何必争先为首呢？"何少良沉吟半晌道："杨二哥既说好，我依着办就是了。"

首领推定，跟着会商今后大计。有的主张据守县城，分兵略地；有的主张火速退出城外，劫粮上山；有的主张率队往西攻，跟闯王的兵联上。有的说：我们人究竟太少，还得多多招揽草莽人物。何少良又拿出一个主意，既图大事，宜增兵力，他要把固县的壮丁一律编入义军。汪青林凛然厉色道："那可不好，我们猎户这回起义，就是因为官军强行抓丁，才激起民变的。"

总头领彭铁印、军师史青岩想出一策，仍用杨豹所拟的闯王豫军先锋营的名号，出一张"招贤榜"，内说义军抗虐政，举义兵，广招贤才，共立大功，为民除害云云。杨豹连声夸好，又道："我们不但要出榜招贤，我们还要出榜安民呢。就请史先生大笔一挥吧。"

史青岩立刻写了安民布告和招贤榜，把据城起义的原委，叙说明白，又打着闯王别队的名号，这榜文一贴出去，居然招来有本领的壮士二十多个，又引来数百名穷汉。

彭、杨、何、汪、胡、郭六位首领一齐大喜，一齐出来问话。把这些投效的壮士，当面验问所长，全都留下，编入了义军。那数百名穷汉，也都分头问了问，凡是年纪轻，有力气，能打仗和有一技之长，确是至至诚诚，内中就有会打铁的，可用他造兵器；也有会缝衣的，可用他做军装。

其余选不上的，倒不尽是老弱，原来他们投奔义军，不是为了反苛政、抗官粮，而是为了杀贼官、除恶霸，控告酷吏和土豪对他们的残害。他们是以投效为名，实在是来喊冤告状。他们看到安民招贤榜，说出义军是闯王的部属，他们这些穷人早就听说闯王是打着抗粮救民、除暴安良的旗号，对穷人最好，对大户大官不客气的好人。这些穷汉受尽了官绅的气，现在他们要报复。他们向彭、杨等控告本城的绅豪，并检举县吏潜藏的地方，要求义军将领，也学闯王，开堂审问榨取穷人血汗的财主和绅阀。又向义军禀报，城外某处还有小股官军潜伏，邻县某处还有大批官军驻防……

义军六位首领听了这话，赶紧定规下分头办事的方法。立刻公推彭铁印、汪青林、胡铮、史青岩，办理"安民""整军"和"放告""传檄"的事，把投效的人安插好了，遂贴出"放告申冤"的告示，派出义军和当地人一面传本城父老，细问疾苦，一面抓赃官和土豪。彭铁印和史青岩都要尝一尝过堂问案的滋味。汪青林和胡铮自去教练投效新军的武功。

另一方面红蜂杨豹和快马何少良，就专办"军务"。一面设防放哨，一面刺探县北境官军的动静，准备出征或御敌。不料官军一见监军内官逃来，县城已经失守，竟不敢进剿，反而退出数十里，到大营告急去了。义军便又选拔了数十人，化装难民，分向四乡外县各处私访军情，试探民心向背，并相机卧底，投揭帖，传檄告，吸引有志之士，来向义军投效，或给义军做内应。

当下，义军六位首领把应办之事，分别负责办理起来，不像开头那么乱了。

他们又采纳父老的提议，先行开仓放粮，并将恶迹素著的固县一个恶霸，审问完了，斩首示众，家产充公。

同时因官军既退，义军才来，地方上难免骚乱，有两处出了明火抢劫。红蜂杨豹和汪青林马上亲自出巡，亲去查办，抓拿了几个首犯，就地正法。这一来，立刻压住了许多谣言，再没人敢说:闯王一到，立刻准许杀人放火的谣言了。

可是义军六位首领毕竟经验不够，忙了这个，顾不了那个。经数次布告，数番出巡，县城商民人等刚刚各安生理，却是谍报传来，河南军门调动数千名大军，分四路前来围剿，收复县城来了!

他们义军挑起了闯王豫军先锋营的旗号。由这个旗号，招来数百名壮丁投效，这是好处。却也因这旗号，引起来官军的震恐，不敢把他们看成小寇。官书驰报上去，断然说是:"闯贼羽党八千名，攻没固县县城，县尉守城，力尽殉职；县令督战负伤，退守北郊，现正戴罪力谋规复……"

把这几百名被逼起义的猎户和山林豪客，说成了八千之众，这是用来解说提督军门的一支兵和监军内官驻兵固县近郊，仍无救于县城失陷的缘由，实是为了寡不敌众。其实监军内使本来占住县衙，现在官书把他搬到郊外，这就因为监军内使本不该和大营"分家另过"，大营和监军分驻两处，正是太监们的任性胡为。

官军这边，全盘力量是在扼守潼关，不料侧面固县先行失守。在潼关大军云集之下，"闯贼羽党"是怎么窜扰过来的？现在官军好几位大帅都手忙脚乱，生怕朝廷谴责下来，他们一面向兵部通关节，一面互诿罪责，最后才忙着收复。可是官军互相观望的习气已深，谁也不愿打头阵。在他们徐徐行军，准备攻城，快开到固县附近之际，距城陷已一个月多了。

义军六将领彭铁印、杨豹等，这时把城内劣绅、赃官、恶霸，惩治了不少。彭铁印、汪青林是本地人，很知道他们的劣迹，这一惩治，大快人心，立刻耸动了远近听闻，很多老百姓跑来喊冤告状，请兵。那些一向贫苦无告的穷人，如潮水般纷纷投入义军，到处宣扬"跟闯王，出怨气"的话，真个是官府文书上所说的"人心思乱，从寇如流"，乱民反叛好像是太多了！

豫军先锋队，由四百名首盟壮士，很快地变为八百名豫军子弟兵。而四乡前来投军的，陆续不断，不到半个月，又凑到二千名了。把这二千名兵，编为前后左右四大营，彭铁印被推为豫军总帅，红蜂杨豹为副帅，快马何少良为前营主将兼先锋使，汪青林、郭占元为左右主将，胡铮为后营主将，史青岩为总文案兼军师。

义军众首领见到军威大振，投效壮士如流，自信大功可成，便将占山之计作罢，真正据城略地了。和闯王闯将通款的打算，却是红蜂杨豹再三坚持的，便教史青岩写下报功文书。密派间使，去给闯王报功请命，同时并告奋勇，要由固县移兵攻打潼关，以收夹击之效，也就是帮助闯王反明。这个密使刚刚遣走，那闯王北伐大将刘宗敏，已据探报，得知固县有猎户起义，竟先

43

遣说客，潜来游说。称赞他们的举义，褒扬他们的战功，鼓励他们与闯王联兵反明。等到义军众首领表明自己愿受闯王节制，并说业已通使请命；红蜂杨豹更说出自己早曾受过闯王一个部将的密札，这说客就欣然大悦道："原来我们是一家人！"立刻从怀中拿出一个蜡丸书，和五颗将军印，他就要承制封拜彭、杨为大顺国豫军统兵将军。这说客只带来五颗将军印，少了一颗印，便和彭杨六人商计，这五颗印应该给谁？人多印少，大家不免你推我让起来。彭铁印说："这五颗印可以分给五位贤弟，我自己不用要了。"红蜂杨豹道："大哥是盟主，怎能无印？依我看，胡铮贤弟可以不要印。"胡铮低声道："你说怎么好，就怎么好。"这样一来，大家又觉过意不去。

军师史青岩就主张只给彭、杨二位两颗印，其余的三颗，等将来出征，按功计赏，再行颁发。何少良哼了一声。红蜂杨豹唯恐盟友表面推让，暗中计较，便索性说破道："诸位盟友，我实说了吧。胡铮贤弟原是我的表妹，我们身遭大难，倾家报仇，只活着逃出我们两条性命。我们亡命江湖，没有办法，已经结成夫妻了。她是我的妻子，武功将略她都不大行，我愿她让出一颗印来，分给各弟兄。我自己也要辞去副帅之职，和她同为后营正副主将，一切都方便了。"

红蜂杨豹说了实话，男装的银蝶胡铮脸红红的低下了头。众首领听了这话，何少良首先笑说："怎么样？我早就看出来了，胡仁兄果然是我们杨二嫂。"汪青林早也看出一点来，就笑了笑，道："二嫂，我失敬了。"银蝶胡铮的男装女态，以及红蜂杨豹和银蝶胡铮的亲密情形，共事一久，便瞒不过明眼人的。当下就算定规，他们改称大顺国豫军五虎将，不过杨豹仍当副帅，兼充后营正主将就是了。

豫军五虎将和这说客，共议军情。这说客名叫罗文俊，乃是刘宗敏的心腹谋士，为人饶有智计。他劝豫五虎将，不必强攻潼关，因豫西潼关陕州一带，明朝大军云集，统计不下四五万，重兵守险，孤军难攻。替五将打算，最好东取徐济，或北攻直隶大名，或南据湖北荆襄，或纵兵恣扰明兵后路，不必定与闯王大军会师。罗文俊说："行军之要，就在乎攻敌所不备。大明兵现在拼死命防守潼关，我们何必硬攻潼关？"

彭铁印听了，唯唯称是。红蜂杨豹十分高兴，再三请教用兵诀要。罗文俊便又劝五将，多遣密使，挟重金四出，运动外郡豪杰起义，说："你们尽量可以假借闯王的威名，尽管可以承制封拜起义将领。"又低声告诉杨豹："你们也该多刻一些将军印，多发一些义军旗号。"汪青林是猎户，不懂"承制"二字怎么讲，就向罗文俊询问。史青岩忙代解说："承制和代传令旨的意思差不多，乃是军务上权宜之计；大将不等天子圣旨，可以先借王命，派官点将。我们现在就可以不等闯王令旨，便宜从事了。"罗文俊笑道："你说的不错。"跟着罗文俊又说："现在举大事，创大义，必须广邀人才，随时随地，多给明廷树强敌，就是多给自己增强兵。汉高祖若不是收罗了韩信、彭越、黥布三杰，也不会把项王围在垓下。然而这三杰的力量极大，要紧的还是汉高祖的入关约法三章，抓住了咸阳和关东关西的人心。成大事必先得人心，你们几位千万不要忘了这一招。咱们打着抗苛政、救穷人的旗号，必须替受苦受难的老百姓出一口怨气，咱们然后才打一仗胜一仗。"

第四章

卖友求荣奸佞人横施暗算
粗心大意英雄汉血洒庭前

  罗文俊这一番话，彭铁印、汪青林、红蜂杨豹等听了都有同感。罗文俊把彭、杨等联络好，他立刻回去，向刘宗敏复命，这豫军五虎将，果然照计行事，只留下一员裨将，把守固县。他们的大队就北极郾城，直趋开封，指向直南，一面攻城略地，一面沿路收兵；大军到处，饥民难民从之如流，很快地攻占了好几县。由于他们豫军五虎将的牵制，闯王大军刘宗敏所领的一支兵，居然打破了宁武关，登时明廷京畿震动。

  彭铁印、杨豹夫妻、何少良、汪青林、郭占元，这五虎将分兵两路，互相掩护着，声东击西，不择一地，在豫省游击作战，闹得声势日益扩大。大明兵都害了怕，调派数员大将，专来堵剿"豫寇"。这里面有一位大将孙传庭，和五虎将初次交锋，打了败仗，二次争战，又吃了一次败仗，被他估透了彭铁印、杨豹、何少良的士气战法有点锐不可当。这孙传庭立刻变计，定下了以守为剿之计，联络各县绅豪大姓，团练乡勇，以重兵按境严守，设法割断五虎将和刘宗敏的呼应联络。暗中仍派大批细作，刺探五虎将的出身来历，和他们能够纠合大众举兵的缘故。其实孙传庭本就知道乱源所在，是由于苛政重税，民不聊生。但他只治军，不理民，单从军务着眼，他认为彭铁印等振臂一呼，应者云集，这等人必有过人之才。他就定出剿抚兼施的方略，上奏明廷。他又表请开仓赈灾，以收民心；豁减税役，以遏乱萌。可是这决办不到。他的戡乱方略，只有几项，邀得阁臣和兵部的批准，那就是准许孙传庭，加紧围剿之外，可以相机招抚闯王以外的乱民，孙传庭用诱降、离间、"以贼攻贼"之法，先从"豫寇"入手。这时豫境举义的地方豪杰，宛如风起云涌，像那伏地王、混世王、活曹操、蝎子块、急三枪、黑铁塔、顶塌天等等，东一堆，西一股，拥众杀官反明；有的懂得联兵协力，同抗官军；有的就抱负奢望，想割据称王。孙传庭看透这一点，就出重金，贿买反间，贴榜文，招抚投降。凡拥大众投降的，即行封侯；杀巨酋受抚的，用为将军。

豫军五虎将，也受到孙传庭的招诱。快马何少良、红蜂杨豹接到密书，劝他们"英雄处乱世，遁迹江湖，亟应乘时立功"，宜速手刃创乱猎户彭铁印、汪青林，提首级来降，定必免罪受赏，且给官爵。对叛变猎户彭铁印、汪青林，也另有密信劝降，先慰二人冤抑之情，殊堪悯恻，次劝二人立功赎罪，合攻豫北创乱土寇"小袁营"，如将袁逆时中擒拿正法，并将小袁营贼众剿除，即可将彭、汪二人委为副将参将，所部亦允改编为官军或乡兵。

孙传庭的反间计，被杨豹识破，杨豹一接到劝降密札，心中一惊，唯恐自己人怀私见，上大当，忙向汪青林询问。汪青林果然说："我也收到一封。"杨豹道："恐怕接到这东西的，不止一人，不止一份，我们的盟友不知有多少人接到了这个，我们得赶紧明心发誓！"立刻报知统帅彭铁印。把五虎营大小将领统统约会一处，当众指破这种表面劝降，暗施离间的奸计，劝大家千万不要互生疑猜。并告诫大家，绿林豪客受招安的，没有一个有好结果，迟早必被官府戕害。现在我们既已起义，必须同生共死。于是豫军五虎营全军再次会盟，歃血起誓，约为生死弟兄，不准单独投降官军，也不准袭击另外起义的豪杰。可是各地起义的豪杰，什么样的人都有。内中有除暴抗粮的义士，也有乱杀乱抢的暴徒，也有假托天命的土皇帝，也有以神鬼为号召的白莲教，更有的聚众称兵，以当强盗为登龙术，专等着受朝廷招安，弄个官做做的土霸。豫军五虎将设誓不扰民，不投诚，不打邻境义兵，却是别家聚众的豪杰，很有的不识大体，甘受明军欺骗，做出来自相残杀，甚至卖友求荣的谬举。

当那时豫军五虎正和小袁营、轰天雷三路联兵北伐，节节胜利，拘来了不少大船，就要北渡黄河，直指燕云。不料分两翼也来会师的红眼狼郎玉山和伏地王王洪绶，这两股盗帮，本已归附闯王，且与小袁营首领袁时中，五虎营首领彭铁印，订盟会面，却暗中受了孙传庭的贿买，突然谋变，要"反正投诚"了！

伏地王王洪绶的倒戈，是为了他的母亲和胞弟，在故乡被官军掩捕，拿这个要挟他"弃暗投明"。红眼狼则纯是私人负义，要出卖同党，换个总兵官做。也是起义军各将领乘胜骄敌，失去对内对外的戒心，结果便被猝然暗算。

其实在他们倒戈之始，本有种种迹象可寻。譬如会盟时，袁时中和彭铁印都轻骑简从，开诚相见；红眼狼和伏地王都盛陈兵仗，戒备森严。会盟之后，伏地王王洪绶故意拉拢小袁营，向袁时中说五虎营举动可疑，恐怕暗与明兵通款，袁时中粗心大意，说："没有的事！我们要图大事，必须推心置腹，千万不要互相猜疑。"那红眼狼却又拉拢五虎营彭铁印，说小袁营种种不对，临阵观望，不肯协助友军。彭铁印道："这不会吧，我们这次北伐，小袁营本来告奋勇，抢头阵。因为他们地理不熟，才公推轰天雷整队先发。"彭、袁二人说过了，就丢开了，竟没对本营将领讲，更没告诉友军，不够联盟之谊。

于是到了爆发叛变这一天了！起义军的先锋队，由轰天雷率领，奋勇当先，一鼓抢渡过黄河。小袁营的主力也有大半开到北岸，南岸则由豫军五虎和袁时中的亲兵后营扼守。然后按预定之计，再由伏地王、红眼狼接守后防，袁时中和彭铁印全军一齐渡河。正在这夹当，军队调动往来频繁，伏地王王洪绶突遣军师约请五虎营统帅到他营里去议事。袁铁印便请副帅留守，自带军师史青岩和汪青林，前去赴会。副帅红蜂杨豹忙道："汪青林贤弟步下功夫好，何少良贤弟马上功夫强，我看还是教何贤弟护你前往吧。"何少良说："对！临阵赴盟，须防半路遇敌，小弟给你保驾。"彭铁印笑了笑说："就这样吧。"

彭铁印、何少良、史青岩率步骑兵一百多人，由伏地王的军师陪同，驰往伏地王的大营。伏地王盛陈兵仗，亲自出营迎接。然后携手进了主寨——这是一所乡宦的大宅子——早已预备好了酒宴，便请彭铁印等三人上坐，由伏地王王洪绶和几个副头领奉陪。彭铁印带来的步骑一百多人，也由伏地王的部下邀下去，在邻院摆酒款待。

酒至数巡，先谈了一些好像是很紧急的军情，跟着王洪绶低声附耳说："我适才得了一个密信，据说是闯王兵败，已接受了明将洪承畴的招抚，整队投诚官军了！"彭铁印愕然道："有这等事！莫非是谣言?"军师史青岩微微一笑，刚要发话，何少良忍不住抢先骂道："这又是大明军的离间诡计，王头领怎么信这个!"

王洪绶一听，脸红了红，改口又说了些别的话，可是跟着还是讲大明军招降之事，说他们惯以高官厚禄，来招安我们起义英雄。因问彭铁印："可接过明朝将帅的招降书没有？"彭铁印道："初起兵时接到过孙传庭的密札，我们立刻就识破了，他的阴谋就是叫我们卖友求荣，自相残杀。"

王洪绶脸色又变了变，沉吟起来。他的副头领接着大声说："我们不问你从前，问你现在，你们近几天可接过官军的密信没有？"

彭铁印双目一凝，说："什么？"

王洪绶接过来说："问你们近来接到过官军几封密信了？"

彭铁印道："岂有此理！"

王洪绶道："竟有这事！……"那副头领就厉声叫道："现在你们和官军私相往来的密信教我们截获了！"

军师史青岩站起来道："这个是离间计，你要留神他们伪造！"

王洪绶也站起来回顾他们的三头领道："什么伪造，明明真凭实据，拿给他们看！"

那三头领立刻从靴筒中掏出一卷文书，直塞到彭铁印的面前，彭铁印伸手要接，三头领把这卷文书往下一按，直抵到彭铁印的胸前，怪喝道："给你们看！"那彭铁印蓦地一声吼："好叛徒！"鲜血便从胸口喷出来。

那一叠文书卷中，卷藏了一把尖刀，在宴席上，豫军五虎营统帅彭铁印遇刺了。

何少良手疾眼快，大喝一声"哒！"踢翻桌案，顺手抄起一把椅子，把三头领打倒，但已无济于事，彭铁印伤中要害，尸体扑地。何少良红了眼，椅子又一抢，猛去砸打伏地王王洪绶，王

50

洪绶一闪身，撞倒了一个自己人。何少良的椅子砸在别人身上，椅子也砸得粉碎。何少良拔出刀来。五虎营的带刀侍卫，侍护在侧，大喊着也都拔出刀来动手。

伏地王存心暗算，预有布置，就在行刺的同时，早发出几支暗箭，奔五虎营三将射去。五虎营军师史青岩身中二箭，锐声急喊："何贤弟，我们中了暗算，你快回去搬兵送信！"跟着忍痛拔剑，向敌搏斗。

那快马何少良，武功矫捷，虽也身中一箭，却状如疯虎，挥起手中刀，极力砍杀，锐不可当。伏地王部下伪装侍宴献肴的武士，早都亮出兵器，一齐闯奔何、史二人。伏地王和他的头领们个个也都抽出兵刀，厉声喊道："何少良、史青岩赶快投刀纳降，饶你不死！"

史青岩咬牙切齿，认准了伏地王，挺剑刺去。伏地王挥刀一格，竟把史青岩的剑磕飞。伏地王的侍从武士却从背后一刀砍到，史青岩登时殒命。

五虎营的带刀侍卫，齐声喊道："何头领，我们赶快突围！"何少良大吼道："冲！"侍卫不待命令，一面打，一面分出人过去背救彭铁印和史青岩。伏地王此时早发动了警号，竟把大厅包围。何少良挥刀当先，冲到庭院，和侍卫一齐高喊："五虎营盟友何在？我们遭暗算了！一齐往外打，回营送信！"

那些在邻院的五虎营步骑士兵，先一步听见动静，也已纷纷动手自卫。无奈敌众我寡，又被分隔成数处，处处都被圈住。敌人迭声高叫："投刀不杀，纳降免死！"但是五虎营大小将士曾经多次攻战，斗志极强。他们不听这种话，竟展开了人自为战的死斗。

当下，血溅会场，伤亡枕藉，何少良及其盟友一百多人，闯出来六七十个。彭铁印、史青岩一死一伤，虽经背救，到底也被敌人抢去。何少良口角喷沫，如疯如狂，率众且战且走，抢到庄院外树下系马处。居然又有四五十个盟友，获得上马突围的机会，扯断了缰绳，翻上了马鞍，刀背代马鞭，疾打疾驰，竟闯了出来，步卒可就失陷了。

但骑士们纵然闯出庄院，要想奔赴老营报警，也大非容易，伏地王已经发动全军，来对付五虎营。何少良等后有追兵，前有阻拦，一路且战且走，层层遭到截击。而五虎营的大本营也在同时遭到了伏地王左右营的猛攻骤袭。

可是五虎营的老营，在红蜂杨豹留守之下，哨兵的瞭望巡逻，将士的枕戈戒备，并没放松。伏地王的掩击竟没得成功，由掩击变成了对战。只是一样，伏地王是处心积虑，集中兵力来歼灭五虎营，他们是去掉旗号，冒充乡勇来的。五虎营却是一心一意，准备渡河北伐，主力多结集在黄河岸，大营守兵不多，红蜂杨豹、汪青林、银蝶胡铮，骤遭敌攻，一面奋力迎战，一面驰传河岸各队回兵来援，一面还要估计敌情，"这路乡勇从哪里杀进来的？"可是他们马上便侦察出：这股乡勇是从伏地王防地杀来的，伏地王的防地必然有变！

一场激战，拒住敌军。河岸的北伐大队回师赶到，在外攻内冲的夹击之下，杀退了伏地王的左右营进袭军；何少良突围落荒，也已奔回老营。于是友军叛变，真相大明。彭史二人殉难，激起五虎营全军愤怒。同时又获得警报：小袁营的统帅袁时中，遭到红眼狼的急袭，大本营几乎全军覆没。

原来红眼狼施展的伎俩，正和伏地王一样，他们两人本是合谋的。红眼狼也是假称有紧急军情，邀请袁时中去到他营密议。袁时中却因自己大队已随轰天雷北渡黄河，南岸只剩下自己的中军后营亲兵卫士；袁时中为固根本，不敢轻离后防，他拒绝了红眼狼的邀请。红眼狼竟带着大队，硬来叩营求见，剑拔弩张，气势汹汹。小袁营的留守将士不肯开门，红眼狼部下倚仗人多，竟把小袁营老营团团包围。小袁营留守将士越发动疑，立即传令，全营登阵自卫，简直把红眼狼看成敌人了。骑虎之势已成，红眼狼怕泄露了阴谋，当下亲自督队火速攻营。被袁时中在瞭望台上瞥见，便开营门亲自出马，厉声诘问来意。只几句话就说僵，双方争斗起来。袁时中一向以硬干蛮干出名，一马当先，挥动双锤，向红眼狼猛攻，一连数锤，打得红眼狼不住倒退。但红眼狼人多势众，他部下群雄一拥而上，把袁时中围住，却又分出一部分兵力来，抄袭袁时中的大营本寨。

袁时中只剩营底，兵力单弱，鏖战稍久，渐渐不支。袁时中一见情势不利，怪吼一声，赶紧率队穿营疾退。主力已在黄河北岸，去船未回，呼应断绝，前后方不能合兵相救。红眼狼挥动全军包抄上来，决不让他合兵共斗。袁时中暴怒之下，仓促分不清敌友，也不敢投奔五虎营求救。他一马当先，率领部下且战且退，红眼狼率领人马一步一战，战到最后，袁时中只剩下一二百人了。袁时中直打了一昼夜，和他的余部饥疲交加，愤怒交进，扎不住阵脚竟与他的北伐大队及五虎营失去联络，一直落荒溃退下去了。

而小袁营的北伐前锋大队，也一着走错。遥闻后方内讧，老营被袭，主帅袁时中负伤阵亡，便一齐暴怒，前锋主将立刻要回兵报仇，以固后方。轰天雷这时已和明军对峙，忙劝小袁营前锋主将，千万不要临阵回师。因为临阵撤退，为兵家所忌，我们还应当奋勇直前，打退前敌，也就解救了后方危机。如若不然，你这里率队一退，迎面明军必然要趁机进攻，后方乱军必然也乘机夹攻，那时我们腹背受敌，兵心必乱，斗志必摧，结果就不堪设想了。我们若能坚定不移，临危不乱，有进无退，专力北伐，但得破釜沉舟，一战成功。前敌获胜，后方叛军定必惊恐。然后回师讨逆，就可以左右操纵裕如了。轰天雷的话说得明明白白，却是小袁营前锋主将有勇无谋，只以同盟私谊、生死不渝为重，竟不听良言，擅自率领大队，开船折回南岸。这一来，临敌忽退，讹言百出，兵心不免惶惑；明军果然乘势进攻，轰天雷独力难支，临阵战死，北伐军全部惨败。而小袁营前锋也闹得半渡遇敌，截成两段，顿如秋风扫落叶，不数日土崩瓦解了。于是，小袁营溃不成军，五虎营伤亡大半。只有叛军伏地王、红眼狼，卖友求荣，营私败盟，果然受了招安。居然大开庆功宴了。这两个叛徒，虽未封侯，却已拜将，他们现在一个是以彭铁印、史青岩的头颅换回来自己的母弟，换取了一个记名总兵，一个是以击溃小袁营，换取了一个记名副将！

那快马何少良奔回本军，和红蜂杨豹见面，竟暴跳如雷，挥泪大骂，一定要求副帅红蜂杨豹，找伏地王算账，给遭难的盟主彭铁印、军师史青岩报仇！那猎人村的起义猎户，更是痛哭流涕，人人要整兵出战，跟伏地王王洪绥火并拼命。

红蜂杨豹知这样火并，无异自相残杀，倒趁了明军之愿。可是友军败盟叛变，乃是事实；彭、史赴会遭害，实堪扼腕，他竟不能劝阻起义盟友稍遏悲愤，从长计议。而且为团结盟友，明知失算，也要符合各盟友的要求；于是豫军五虎营，重推盟主，红蜂杨豹做了统帅，立刻大兴问罪之师，向伏地王声罪致讨，鏖战起来。正在胜负难分，互有伤亡之际，突然又传来警报：他们桐柏山根本重地遭到敌人诱变，覆巢破卵，守军及猎户家小全数被俘了。

五虎营的家小，和那数百名起义猎户的老弱家眷，都聚居故乡桐柏山大坡岭山麓下，筑有土城，聚兵守护，地势奇险，本不会失陷。却出其不意，被大明军勾结当地乡勇刘字团，用诈城计，伪装五虎营报捷之兵，突破土堡；一场巷战，数百名盟友和妇孺，杀出重围的不及十分之三四。这一来把老根毁了，起义盟友骨肉亲族尽丧！这一来，弄得全军号啕，怒发冲冠，恨不得立刻要回师攻打刘字团。刚要调兵回攻，可是又得续报：袭击他们老寨的不是刘字团，还是伏地王的别队。五虎营越发激怒，人人大骂伏地王王洪绶："我们跟他们何恨何仇，他一定要出卖我们，来换取他的家眷，死的活的，也要剿除他！"

这一来，正中了明将孙传庭的"以贼攻贼"的毒计！其实袭击五虎营老寨的，真个就是刘字团乡勇，孙传庭故意派奸细，放谣言，转嫁到伏地王王洪绶身上。就是伏地王为救母弟，才谋杀彭铁印等，提头献降，赎罪封官的始末，孙传庭也给极力夸张，散播出去，好使得五虎营与伏地王冤冤相报，两败俱伤。孙传庭说：这一来，两路强寇就可以一举剿灭了。

孙传庭的机谋，红蜂杨豹、银蝶胡铮夫妻明明知道，可是他夫妻骨肉完聚，并没丧失亲丁，他竟不能劝阻猎户汪青林等，暂忍一时之愤，姑且退兵入山，休兵养力，徐图再举。也不能劝他们看淡私仇，认准死敌，是大明军，不是伏地王、红眼狼。众猎户一个个眼泪汪汪，如痴如狂，要找反复无常的伏地王王洪绶、红眼狼等算账。红蜂杨豹就有良言，也难出口了。而且谣言传播越来越奇，都说伏地王已将他们猎户的家眷，打入囚车，解到明营了。五虎营起义猎户越发难忍，许多人抱头痛哭，切齿詈天，拔剑砍地，一定要报仇，要活捉伏地王，要进攻明营，夺回家眷。而且向红蜂杨豹、银蝶胡铮等叩头下拜，恳请他无论如何，为友复仇。何少良又附和着，红蜂杨豹、银蝶胡铮为了义气，明知不是路，也得这样走。鏖战又开始。

结果"败兵如山倒"，五虎营进击明营，便遭到明军、乡勇和"投诚"军伏地王、红眼狼的攒击，又饶上数场惨败。五虎营愤兵失算，不管兵力亏耗，依然死斗不休，渐渐在豫境平原立不住脚了。而且专务私争，形同械斗，乡里间饱受拉锯式的蹂躏，不可避免地也遭到民间的怨谤。

因此豫军五虎营折兵失民，败而又败，一直败到了豫皖鄂交界。以前北伐，纵横驰骋数百里，有众七八千，现在只剩几百人了。五虎将也只剩下杨豹、何少良、银蝶胡铮、汪青林数人，郭占元也在兵败之际阵亡了。

五虎营屡败之后，这才重定大计，既重推红蜂杨豹为统帅，又推何少良为先锋，突围而出，一路且战且走。决定西投闯王，受了阻拒，就改计南下，要奔深山。但是他们残部饥疲交并，沿路借道借粮，就又受了绅粮富户"团练自保"的武力挡驾。先锋何少良性情粗豪，并不懂卑词借道，因他带队而来，他纵说出价买粮，对方也不肯轻信。而且一路急行军，他们也无暇宣扬反明大义了。他们和伏地王、红眼狼几交混战，早被官绅明揭罪状，说成了群盗火并；而他们兵败南下，也使得"从闯王，不纳粮"这番话叫得不响，号召无力了。

就在他们假道豫南罗山县八亩园，要奔九里关的时候，遭到了"英雄庄主"千顷侯侯阆陔部下乡勇的掩击。

千顷侯侯阆陔是河南罗山县的首富，是八亩园几处庄田的庄主，为人精明能干，能说会道，颇有韬略，也会武功。他母亲得了一种痼疾，他竟不惜重金，购买活人心三颗，当堂剖摘，趁热煎药，给他母亲治病，因此骗得了一个"孝子"之名。佃户们欠地租缴不上，有的流着泪献女给他做妾，他假说虽不爱色，但为救人急难，就慨然收下了。至令他金屋藏娇，已有六七人。他的侄子又是个举人，在官绅两面名声很大。以此人们提起千顷侯，无不吐舌头。等到闯王一发难，各地饥民纷起响应，侯阆陔更比别人关心。他默察时势，心知大乱将作，罗山县一带虽尚无人揭竿而起，却早风闻邻县已有流民吃大户的传说。（所谓吃大户，是明清常有的惨事。大批流民入境，沿路乞食，富户往往闭关，或是拒绝入境，因而激怒流民，夺仓分粮，或入富家争食。官家对此或逐或惩或剿，办法很不一定。）侯阆陔一听此讯，奋袂而起，骂道："这些反叛，还了得么？"立刻禀请大吏，要"团练乡勇，以靖萑苻，而卫桑梓"。大吏素知他是世代绅宦人家，不比草野小民好乱犯上，大帅孙传庭又有密札指示，就很快地批准了。他立刻备款请兵械请旗帜，设乡团公所，自为团总。他的庄田散在各处，便又联络当地财主，设立分团，他居然成了八个乡团的总团总。团勇的招募，大部是他的佃户壮丁，也出重金聘请了些武师。他又怂恿邻村邻县的庄主也团练乡勇，彼此间成立联庄会，他又被推为会总，共计拥众二千多名。声势浩大，果然不可轻侮；散兵游勇，小股绿林豪客都不敢惹他。至于流民饥民，更不敢入庄了。——他曾经活埋过偷掘红薯，私摘玉黍的过境难民，因此他威名远震，提起来人人害怕。豫军五虎营哪里知道这些？大队开到八亩园，先锋何少良遵统帅指示，派小头目持书备银，入庄采买粮秣。却去了十一个人，被侯阆陔登高瞭望的乡兵发现，立刻鸣锣聚众，列队出来驱逐。五虎营小头目先礼后兵，挥五虎旗上前发话，被乡勇一箭射倒，双方登时冲突起来。乡团人多，五虎营十一个盟友立遭包围活捉，只逃回两个。

先锋何少良闻报大怒，马上督队一百二十人驰救。八亩园乡团二百多人由两个教师领着前来迎战。何少良所部虽是饥疲之众，个个都是百战余生，打起仗来，迅如飘风，既能人自为战，又能互相援应。快马何少良更骁勇健斗，一开手便砍了一个乡勇武师。乡勇力不能支，退回八亩园，闭庄登堡，改取守势。何少良立刻展队，乘夜攻庄救友。不料八亩园竟有烟墩烽火，燃起凌空蠹天的数股烽火浓烟来。蓦地锣声四起，不但八个乡团互传烽火，一齐起兵，而邻村邻县的联庄会也纷纷探动静，纷纷起兵救应来了。

何少良怒笑道："哈哈，想不到在这里又碰了钉子！盟友们！杀！"一面拒敌，一面驰报中营红蜂杨豹。

红蜂杨豹哎呀一声道："我们不该沿路树敌！"但是事已至此，只好赶紧相度地形，下令进兵驰援，却遣银蝶胡铮、猎户汪青林，分为两大队埋伏了。杨豹自己只率领一百来人，驰援何少良。何少良见到乡勇云集，怕陷入包围，割断联络，也正且打且退，往后撤回。等到杨豹的援兵一到，便又合兵反攻，把乡勇的追兵杀退。杨豹、何少良便做出二番抢庄的姿势，重杀上来。

可是各路乡勇也赶到了两个分团。乡勇一向是采取分队出动，呐喊鸣锣的示威战术，用来威吓小拨难民游勇的，他们拍山镇虎，也给自己壮胆。五虎营却是见过大阵仗的，便佯作怯敌，倏然又退。乡勇猛追过来，他们猛退下去；一追二退，乡勇竟追入五虎营两翼埋伏之中了。两翼一包抄，倒切断了乡勇的后路，一声号炮，红蜂杨豹和何少良的撤退之兵立刻反旗回攻。三个乡团反倒全被包围了。

五虎营的意思，并不想与乡勇拼命。他们还是志在求和。他们想把乡勇生俘数十人，以见自己的威力；再拿俘虏换回自己的那十一个人，然后假道借粮，一走了事。但他们一路南下，既是急行军，先锋队刺探前哨军情，量不能详确，他们估小了八亩园千顷侯的乡团武力。

这时千顷侯侯阑陔，在罗山县县城本宅，早得驰报；便谒见地方官，急报流寇入境，请兵助剿；又发急使催请联庄会齐起环攻。——却是官绅办事，层层推诿，仅仅迟了一步，他的八亩园田庄，被另一支"官逼民反"的队伍击破了。

这一支队伍的领袖，叫作铁秀才赵迈，他的伙伴是陶天佐、陶天佑弟兄。

铁秀才赵迈，原籍皖西六安县清水村人氏，原是个曾经会试，未得入彀的秀才。他年轻时因为身体病弱，会学技击，锻炼体力。教他技击的不止一个，末后又结识了一个云游道长，在邻境凌云观挂单。这道长不只会武功，还懂些消息埋伏，因此，赵迈也学会了一些。这道长的来路不明，自称姓叶，道号"雨苍"，大约来自川陕。他有时说到李自成、张献忠的故事，和江南里巷的传闻，就不很相同。有一时，赵迈疑心这道长或者跟张献忠有瓜葛，但不敢问。并且叶道长不喜欢人问，他高兴说话时，这才唠叨不休。不过叶道长的武功是很有几手的，他教的法子也高明，赵迈虽然是为锻炼身体，却也从叶道长那里学了些真实本领，并且也正经的拜师了。

第五章

剑气纵横蒙面人凌空飞降
雾氛磅礴公堂上囚犯绝踪

那姓陶的哥俩，跟赵迈算是师兄弟，乃是山东曹州府人氏。陶天佐、陶天佑，实是一对孪生兄弟，虽然师事叶道长，总算"带艺投师"。陶氏兄弟家学渊源，都练的是猴拳、轻功。他们的父亲跟叶道长是同门至好，平素是以保镖为业。陶老者在山东保镖时，遇到随同刘六起义的豪杰，就劝陶老镖师入伙。老镖师没有答应，以江湖义气仍请借道，把镖车赶到历城地界，猝然遇上了"剿寇"官兵。镖车既然是从"匪区"开过来的，当然是"通匪"。于是不管青红皂白，把镖车扣下了，把镖师捆送到县。县官升堂，严刑取供，陶老镖师熬刑不招，拷打了一顿，下在县监。陶镖师有口难辩，气愤塞胸，竟吐狂血而死。凶信报到本乡，陶镖师之妻不胜哀痛，本有痨病，不久也下世了。抛下了天佐、天佑一对孤儿，无人收管。镖局同行痛惜陶氏夫妻惨亡，便有出头仗义，把天佐、天佑这一对孪生子送到同门师叔那里去学艺，这师叔是赵迈的师傅叶雨苍道长。

赵迈以一个书生，学会了一身江湖拳技，又懂得消息机关埋伏，自负己志，常想离开六安本籍，漫游天下，搜奇访侠。又因为屡试不第，便有些怀才不遇之愤。既到师门，和陶氏弟兄同堂学艺，谈起身世来，得知他俩的父亲生遭冤狱，惨死囚牢，赵迈越发不忿起来，果然是朝廷不明，官贪吏污，好人没有活路。不过赵迈的牢骚，毕竟和陶氏昆仲不同，他只是骂贼官，骂瞎眼考官罢了。陶天佐、陶天佑却日日夜夜忘不了他的爷娘的惨死，把仇恨放在大明的文官武将吏卒整个宦场上，更上推到朝廷上，有昏君才有贪官。于是他们说："刘六造反，是有道理的。"暗恨他父迂腐，不肯从叛，才把性命毁掉，因此，陶氏昆仲常常讲到：官逼民反，谁有活路，谁也不肯上梁山。等到闯王兵起，陶天佐、陶天佑喜得拍手大笑。有时候，陶天佐、陶天佑就在市井上，信口訾议，不知不觉，还是骂太监们所把持的那个北京朝廷，也就无心流露出来，说李闯王是个好汉子，不贪色，不贪财，替穷人出怨气，便不是一条真龙天子，也是个夺取大明天下的混海蛟龙。

赵迈和陶氏昆仲说话都很不检，他们又常在清水村郊外庙中盘桓。实在是学艺，官府却动了疑，连叶雨苍都猜成"闯贼间谍"。官府捕快暗中密访，还没来得及下手，叶道长和陶氏昆仲便忽然不见了。捕快们到凌云观根究，既知赵迈和叶道长有来往，过了不久，就把赵迈捉到县衙。

赵迈被捕以前，也风闻县里派下人来，访查叶道长所交结的人物，又打听陶天佐、陶天佑非道非俗，究竟是干什么的，自然也刺探到赵迈身上了。但赵迈总以为自己是六安县土著，又是一个读书人，有家有业，虽和叶雨苍交往，乃是为了学艺健身，自问不致被官人多想。他却没想到捕快们打草惊蛇，走了正点子，无法交案，就把罪名横搁在良民身上了。

捕快们以为赵迈虽然是个念书的人，可是交结"匪类"，罪有攸归。叶道长和陶氏昆仲时常诽谤朝政，颂扬绿林暴客，那简直是反叛。反叛的朋友门人自然也是罪人。当他们捕空了正点子，就决意拿赵迈顶缺，同时也存着吓诈的心，于是把赵迈捉了走。赵迈问心无愧，理直气壮，心想捕快们尽管吓诈良民，我是不吃这一套的。到了县衙，见了县官，咱们再说理；县衙门不会不讲理，不会诬陷好人。因此他对付这两个捕快，一点也不买账，捕快拿话套他，他也不拾这个碴。他说：咱们公堂上评理去，硬抓老百姓，欺负乡邻，那还行；欺负我赵某，不太容易。

赵迈这可想迁了。县衙门并不往交结"匪类"上问，更不往诽谤时政上问，县官劈头一句，就往"叛逆案子"上扣。县太爷把惊堂木拍得山响。两旁衙役暴喊堂威，问过了"你叫赵迈么?"第二句就问："你跟那个陶天佐、陶天佑，和妖道叶某，从何年何月何日，受了逆贼张献忠的伪命? 在本省本县，你们的同党都是谁? 你们的秘密巢穴共有几处，都在什么地方；你们规定哪月哪日，攻城造反? 如实招来，免受皮肉之苦!"

赵迈被这么一讯，弄得瞠目结舌，莫名其妙。他决没想到县太爷问案，是这样硬拍硬扣。一时激起了他的书生脾气，冷笑着向县官回禀道："老父台这么讯供，你太高抬我赵迈了，我姓赵的只是区区一介寒儒，素无大志，老父台怎的竟把我看成黄巢宋江一流人物了? 我虽然是个不第秀才，却毫无振臂一呼，豪杰景从的感召之力。你这么抬举我，我倒成了乱世豪杰了! 老父台所说的那个陶天佐、陶天佑，倒像是有点阮小二、阮小五、阮小七的派头。那个叶老道倒也有点像梁山军师吴用的劲儿。只是他们并不是书呆子，他们也许都上梁山去了，可是没邀我，我也不知道。我若知道，县太爷的捕快们也不会堵家门口，去讹诈我去了，我也就早跟他们这帮一块溜之大吉了。"

62

赵迈只顾快心抗辩，嘲笑了县官县役，惹得县太爷勃然震怒，骂道："好奴才，你不是个反叛，也是个刁民，竟敢顶撞官府，咆哮公堂！打！打！"把一简令签丢下来，狠狠敲打了一顿板子，吩咐钉镣收监，随后跟刑名师爷核计去了。

赵迈入狱，身受刑伤，十分痛楚，心中越发愤怒。他觉得那些县官县吏一定还要用毒刑逼供，一定要把自己拷打成反叛不可。他想起了陶氏昆仲所说的陶老镖师的遭际，起初他还有点半信半疑，做官的人也是人，就应该有人心，断不会那样昏聩糊涂，草菅民命。也许陶老镖师久走江湖，与草寇通气，所以才陷身法网。不料今日自己也受了无妄之灾，也落了个通匪谋逆的罪名，眼见得摘落不开！由此始信"官逼民反"这句话，不是愤激语，竟是真情常事了！

挨了几天，那县官果然又提出赵迈来，摆了一堂刑具，严加拷讯，定要从赵迈口中，追出叶雨苍、陶天佐、陶天佑，以及张献忠所遣入皖间谍的全部案情来。赵迈熬刑不服，只是冷笑。再问急了，他就说："我招什么？你不是说我阴谋造反么？你既然这么硬扣，何必再问？我就算是造反，就算是谋逆好了！你没有捉我的时候，我还没有这么想；现在谢谢老父台给我提醒，我倒真的这么想了！吃了冤枉官司的人确乎是要反，可惜闯不出你这牢笼罢了！你若问谁是党羽，何时起事？告诉你，凡遭贼官诬陷的，身受酷刑拷打的，都是要造反，都是我们的党羽。只要有机会，什么时候都想起义，你就不必多问，替我画供吧！"

县官气得胡子炸，一迭声地拍桌子，喝命行刑。衙役们把夹棍给赵迈夹上，一阵喊堂威："还不老实供出来么？"赵迈连哼了几声，仍然不招，县官道："收！"陡然听得公案上拍的一声响，一件东西飞掠过来。斜插案簿，正钉在桌面上，颤颤的直动，原来是一支小箭！

县太爷失声惊叫，往起一站，突然溜下来，溜到公案底下去了。近侍拉着县太爷，连滚带爬，往后堂滚。堂上的人恍惚看见从偏庑房顶又射来了几支箭，才喊得一声："不好，有贼！有刺客！"倏然数条黑影凌空而至。还未容吏役们看准认清，便随着黑影泛起一团迷目呛喉的白雾，罩住了公堂，同时刀光剑影在官人面前打晃。官人们发一声喊，七颠八倒，乱钻乱逃。

偏庑上跳下来的黑影，是几个蒙面黑衣夜行暴客，公然在白昼，在公堂上劫差事。就凭他们这份大胆，这份手疾箭快，就吓散了官人。官人只顾逃命，有的还顾得救县守，可是竟没有一个官人还顾得及"护差事"。恰好赵迈的脚镣已除，夹棍才上；黑衣人电光石火般奔来一个，把赵迈背救起来，向外就跑。外面快班有几个捕快，闻声举着铁尺，刚刚奔来。不料偏庑上黑衣暴客还有巡风的人在，立即随手发出甩箭，把捕快打伤好几个。跳下来的暴客，有两个挥刀开路，背救赵迈的健步追随，还有两个仗剑断后，寻砍官人。就是这寥寥六七个暴客，便把犯人劫走。好像他们胸有成竹，闯出了县衙，急钻小巷，跳入人家，不知怎么一弄，人就没影了。也许是一出县衙，便改了装，装成老百姓了。

县衙乱作一团，暴客劫走要犯以后，才从后衙旁边民宅中，把县太爷找到；肩头受了箭伤，其实并不要紧，却已吓酥了。但一听要犯已被劫走，就冲着捕快衙役大闹一顿。过了半晌，方才想起："快知会本城守备，派兵丁，捉拿歹人！"并派役下乡，去拿赵迈眷属。

守备一听到县令受伤，要犯被劫，登时大吃一惊。守备部下，按名额有一百多名士兵，可是吃空名字的去了一停，给老爷们看家当差，又去了一停，老弱残丁又去了一停，剩下来驻守城门的，只得二十几名，却又多半不在岗上；还有在守备衙门听候差遣的，合起来竟不到三十几个。现在突然在县衙出了重案，只得东找西凑，把民壮调了十几个，凑了五十多名。守备急得嗓子都哑了，才得齐队。于是，人虽少，刀矛、挠钩、弓弩，居然应有尽有。由守备骑了马，带队先护衙，次缉盗。在通衢大街搜了一圈，这才巡阅城门，把那守城门的把总找到，把那散赴茶寮市井、吃喝玩乐的守城兵也找到，这才关城门，宣布全城戒严。

紧跟着文武会商大事，县官和守备又吵了一顿。县官责备守备怠忽城防，守备说县太爷办理叛逆大案，不应该事先不关知武吏。像这样重案，关系全县全府安危，县太爷一个人就办起来了，守备一点不得预闻，跑了要犯，当然非武识之过。

县太爷大怒，说："我都受了刺客的暗箭，我是因公负伤。你老兄把我公事不当公事，躲在家里享福，正事不谈，先往外卸责任！好，咱们走着瞧吧。县属出了叛逆，你说你不知道，你管干什么的？还怨县衙没有咨照你，现在请你缉拿要犯，你过了半天，才把队伍调出来！你那队伍都上哪里去了？就只这几个人么？"

武职官到底斗不过文职父母官，守备逼得脸通红，不敢再顶了。县尉、典史连忙从中斡旋，向文武二吏说："二位寅兄都是为了国事发愤，足见忠君爱国。现在暂请息怒，还是赶紧追缉要犯吧。但不知劫差事的那几个贼党，年貌衣履如何？请县尊指示，我们赶紧拨派兵捕丁壮，严行搜拿！"县令气愤愤说道："贼党劫犯行刺，我就第一个受了伤。贼党也不知是施的什么妖术，从天而降，起了一团迷雾，弄得人人睁不开眼，谁看清他们的年貌了？"典史道："我想衙前皂隶在场的，总有看清的，何不把他们传来，细细问一问？就好下手了，若不然，也无法搜缉。"

这典史很有才智，县令气哼哼地吩咐把在场吏役传来，挨个询问劫犯逆徒的人数，因为他们都是蒙面的，看不到年貌。只问了个大概，就写出一张单子来，命书手复抄多份，分发出去缉拿。

可是典史的才智，还不如县尉。县尉问县官："本案要犯赵迈逮到之后，不知县尊通详上去没有？"县官道："哪里顾得通详？这不是抓到时过了一堂，今天刚提出来，才过第二堂，便被劫走了！"县尉道："那就好极了。依小弟之见，逃脱叛逆要犯，文武官吃罪不轻；县尊既然没把本案上详，足见县尊虑事周详。我看我们把这一案哑密下去吧。我们只暗暗访缉。千万不要上报。如果我们缉着了逃犯，再通详报功；如果缉拿不到，我们就把这一案暗暗地销了，那时县尊和守府都不至于担处分了！"

于是把这叛逆劫犯的重案，无形中消灭了，正合乎官场"大事化小，小事化无"的秘诀。如果缉拿住要犯，那时再请功，尤其合乎官场"成事必说，坏事不讲"的大道理。于是乎照方抓药，皆大欢喜，就这样做下去了。自然头一步，还是在城中加紧搜拿；第二步，派捕到清水村去抓赵迈的家属。结果是搜城捕叛，抓了好些个"情形可疑"的老百姓，算是逆党；差役到赵家，赵家的老小一个也不见，赵宅的什物空空如也，只剩下破桌子、烂板凳了。不知怎的，走漏了消息，连四邻也跑了好几家。可是差役们照样是"贼不走空"的，要犯家属逃亡，四邻逃亡，四邻的四邻到底还有没逃亡的，官人就把他们抓了来见官。官吏就把这些吃呈误官司的四邻好好敲打了一顿，有钱的交钱赎罪，没钱的就算是"无恒产即无恒心"，也就是刁民流氓、不安分之徒，县官用重刑敲打他们。"人心似铁，官法如炉"，总可以把一

66

些人炼成了钢。但是好些个无能的老百姓炼不成钢，恰好替赵迈顶了缸。这件大案就这样破案了结，父母官也就照样通详上峰，报了一功。可是官场所认定的原案要犯赵迈，却鸿飞冥冥，逃出了法网。

救走要犯赵迈的是谁呢？可想而知，正是叶雨苍和陶天佐、陶天佑弟兄，另外还有叶道长一个长门弟子穆成秀。

叶雨苍在六安县清水村停留的时候，惹起官人的留意，官人稍稍刺探，叶道长立刻惊觉。叶道长的惊觉，又是他的长门大弟子穆成秀首先提醒的。穆成秀看破了地方里甲对他师徒侧目而视；又发现改装私访的捕快，在庙前庙后逗留，于是他秘密报知叶道长。叶道长身负重任，秘有所为，暗地里命弟子穆成秀给巡风，现在果然不辱使命，见危报警。

穆成秀原是个弃儿，父死母嫁。被叔伯们狠心霸产，把他从六七岁上赶出家门。六七岁的小儿街头行乞，冻饿号哭，无人过问。于是教云游四方的叶雨苍道长遇见了，出家人以慈悲为本，游侠客以救难为怀，遂不嫌累赘，把穆成秀收救了去，当作一个道童儿。那时穆成秀已经八九岁了，这小孩生得头大身矮，巨眼浓眉，有点奇形怪态，却天性笃厚，十分眷恋师恩。又以身世惨苦，饱受折磨，遇见人间不平事，立刻感同身受，疾恶如仇。因此他很能够敬业尊师，好义济贫，获到师尊的信爱。叶雨苍教他技击，他学起来，又聪慧，又能坚持。从师十几年，常给后学师弟们领招垫招，居然尽得叶道长真传，武艺精深，非一般徒儿可比。只是他虽已出家，不能信道，叶道长也没法勉强他。

他自幼乞食，不洁不屑，习于流浪，街头巷尾，找到一个角落，便可以蹲着睡觉，风餐露宿，视为故常。谁能料到他是叶道长的耳报神、踩盘子小伙计呢？后来他武功越精，堪以独当一面，叶雨苍便命他独行游侠。他依然佯作行乞，每遇不平事，便伸手搅他一搅，贪财的叫他破财，仗势的叫他触霉头。虽说真人不露相，江湖上行家尽多，渐渐被人发现，渐渐闯出了名堂，武林道给他一个外号，叫作木头猴、鬼见愁。木头猴并不是说他头脑有毛病，只是他姓穆的谐音罢了。"鬼见愁"是形容他生长的丑陋，鬼见了也发愁。

叶道长是出家人，忽然带了两三个俗家弟子，出没在清水村，明面是在凌云观挂单，可是到庙里找他，十回有八回找不到。叶道长由城到乡各处出现他的踪迹，他的几个弟子又太异样。陶天佐、陶天佑像一对跑江湖的汉子；穆成秀简直是个讨饭花子；赵迈又是个识文断字，有家有业的当地念书人，不第秀才。这样的道俗师徒，已经不伦不类，惹人注目，说出话来，又十分的"离经叛道"，昏君贼官张口就骂。于是乡约地保、官人捕快大起猜疑，暗中盯上他们了。他们师徒又往往是白天少会面，每逢月白风清，就聚在林边月下，练功讲武，还说些士大夫掩耳不敢听的话。官人暗中窥伺他们，只不多日子，便把他们弄"灵"了。

然而叶道长艺高胆大，他又忙得很，只密嘱徒弟们多加小心，勿留把柄，他照样忙他的事走了。案发这一天，偏赶上叶道长把陶氏昆仲也叫走了，官人们先搜庙，后搜村，末后逮捕了赵迈。穆成秀那时正睡在凌云观匾额上，什么动静全听见了，他却没有动弹。他骨子里看不起绅士派头的师弟赵迈，但要动手搭救他，忽然他的心思一转，要看看赵迈被捕后的骨气，便袖起手来。

赵迈抓到县衙，穆成秀施展轻功，潜去听审。看到赵迈抗刑不屈，庭辱县官，居然很够味，他这才悄悄抽身，奔回去找叶道长，把赵迈夸了一顿，说："这位秀才居然是个人物，师傅眼珠子够亮的，我倒没有估透他，现在咱们怎么搭救他呢?"陶氏弟兄道："我们搭救他便了。"穆成秀道："搭救得赶快，他激怒了县官，势必要连过刑堂。不管他扛得住，扛不住，县官必要判他死罪!我们必须马上动手，再迟了，也许他受酷刑，伤了肢体，也许被狗官们暗中处死。"陶天佐道："既然如此，我们何不夜入监牢，把他盗出来?"叶雨苍微微一笑道："我还要借赵迈这一案，撼动江南一带的人心，我打算白昼去闹公堂，劫要犯，你们看，可使得么?"三个弟子哄然告奋勇道："师傅觉得这么硬干有好处，咱们就硬干起来!"叶雨苍道："可是得涉险呀!"弟子们道："要造反，还怕涉险么?赵迈老老实实待在家，凶险还找到头上来!"叶雨苍道："好，对!"

于是师徒四人计议停当，决计要闹公堂，劫要犯，第一步先准备好了去路，此时张献忠已经入川，和他们消息隔绝;大家决定先奔西北，去投李闯王。潼关的闯将，跟叶雨苍有交情，先投闯将，再投效闯王。凭师徒一身艺业，定能轰轰烈烈干一场，将阉党权奸把持下的大明朝廷推翻，将绅豪把持下的府县治摧毁，老百姓一定得以舒喘一口气。他们把第一步去路讲定，第二步便是救人了;未救要犯赵迈，得先救要犯的家属。叶雨苍是道家装束，恐人打眼，便命陶天佐潜到清水村，面见赵迈的妻女，劝她们避难离乡。赵娘子颇识书字，丈夫涉讼，丈夫的朋友劝她弃家远飏，她竟不肯走。她说得好："外子不出狱，我不能离家，要死死在一块。"她决不肯跟一个外人出走避难。陶天佐说破了唇舌，她流泪谢绝。陶天佐无可奈何，回报师傅。叶雨苍想了一想，就是自己去劝，也怕无用。只得设计从监狱中，贿买牢卒，获得赵迈的亲笔书字，上写："琳儿爱女见字，家门不幸，汝宜

69

随母到汝婿家暂为托庇，勿以我为念，汝及汝母应听从太老师之话，将来昭雪，再图完聚……"叶雨苍这才重派陶天佐，再见赵娘子，垫好了话，挨到二更后，叶雨苍亲去剖说利害，劝这徒弟媳妇避地免祸。

赵娘子她以为丈夫的亲笔字条，措辞暧昧，只哭求老师搭救她丈夫，仍不愿意出走。叶雨苍晓得她还有点信不及。只得长叹一声，把真情实祸，仔仔细细对她说破，"你们家现在遭的是灭门之祸，罪一问实，就是叛逆重案。为了搭救你丈夫，我们要破狱纵囚。到那时，我们既要救你丈夫，又要保全你们母女，实在来不及。你既不放心，这样办，你先带女投托附近至戚躲一躲，等到我把你丈夫救出来，你们见了面，再定夺以后逃奔远方的事。"赵娘子还在迟疑，叶雨苍沉下脸来，严词正色说："你不许犹豫了，事机很紧，性命交关，你不要害了自己。你一定要听我的话，一定要这样做！"

说罢，叶雨苍离开赵迈堂屋，刚走到阶下，便施展武功，挫身一跃上房，浑如轻烟，没入夜色之中了。他是要拿他的武功，增强赵娘子的信赖。却是赵娘子依然存着男女有别的念头，更怕江湖上人心难测，随便叶道长怎么说，她还是潜存戒心。

叶雨苍是久闯江湖的大侠，他看透赵娘子左右为难的苦处，他就左想右想，想出了一招。修书一封，急命穆成秀星夜投递。穆成秀经两夜一天，持书邀来了一个女侠，论辈分还算穆成秀的师姊，论年岁才二十六七，她的名字叫作熊忆仙，就是汪青林的师妹。

熊忆仙一到场，赵娘子的顾虑消除了。立刻打点细软，由熊忆仙保护着，把赵娘子母女都改扮了一下，乘夜潜遁。

那一边，叶雨苍道长，率领穆成秀、陶天佐、陶天佑，另外还邀来几个帮手，去搭救赵迈。探得这一天问审，他们就骤然下手，用暗箭射伤县令，用石灰粉迷住了公堂上官人的眼目，很迅速的，很容易地把赵迈劫救出来。由陶天佐、陶天佑替换着背负赵迈，冲出县衙西箭道，跳进小巷，三转两绕，逃到了一个落脚地点，马上给赵迈改了装，脸上也涂了色。其余的人也都脱下夜行衣，扮成各式各样的老百姓，隐藏起来。这隐藏地点，自然也是叶道长手下同党的住处。耗到夜晚，他们就架绳梯，爬城墙，保护着赵迈，逃出了县城。

一到城外，早有预备下的暖轿，把身受刑伤的赵迈火速运到邻县，和他的妻女见面。赵迈仅仅过了两个热堂，所受刑伤已经很重，人竟糟蹋得不成样子，赵娘子和女儿不禁哭了起来。不意赵迈自经此变，把颗心变得更硬了，他皱着眉对妻女说："你们哭什么？我打了这回官司，长了好些见识，我这才懂得'官法如炉'这句话的意思，这个炉也许把人炼成灰烟，也许把人炼成热铁纯钢。我从前总觉着官府是讲理的地方，现在我明白了，原来官府是苦害良民的所在，俗谚说：'衙门口向南开，有理没理拿钱来。'这话虽俗，竟是真事！又道是哪座庙里都有屈死鬼，他们抓不住葫芦，就找瓢；屈死鬼给老爷们销差请功，屈死的是太多太多了！"

叶道长看定赵迈说："如此讲，你看李闯王、张献忠这些反叛，所说的'官逼民反'这句话可对么？他们要造反，应该不应该呢？"

赵迈切齿道："应该！只是有一样，他们造反成了功，那时候改朝换帝，称孤道寡，他们也就变成昏君酷吏了！"

叶雨苍冷笑道："你倒有这一虑，可是谁变成昏君酷吏，谁就激起民反；隋炀帝胡来，隋炀帝的脑袋就保不住！李闯王他们

71

还不是没有改朝换帝么？你不能因噎废食！"

叶雨苍的确是和李自成、张献忠通谋的，他肩负秘命，是到东南来搜罗起义人才的，叶道长看中了赵迈这个不第秀才，以为他生有侠气，可以共图大事。可是叶道长渐渐发觉赵迈到底是念书人，心眼儿弯弯曲曲，有许多瞻顾，和陶氏弟兄截然不同，和穆成秀更截然不同，然而叶雨苍识高于顶，老早就认定要成大事，除苛政，戕民贼，不但要网罗草野豪侠，还要拉拢失意的文人。固然谁都知道"秀才造反，三年不成"，他们一向是议论多，行事少；但明朝重文，秀才举人们每每成为一乡之望，良懦的老百姓常常受他们左右。要举大事，应该拉过几个失意文人来，教他们当幌子，做号角。

叶雨苍更见到闯王举义以来，劫富济贫，深遭绅豪诬骂，动不动就标榜出"乱臣贼子，人人得而诛之"的话头来，替朝廷张目。而朝廷派来的剿寇大军，和地方官绅结成一体，尽情造谣，说李自成、张献忠滥杀读书人，又说他们专用流氓山寇，最嫉妒良民。这正是王朝官府一种消灭反侧的毒辣宣传。为的是激起一般人们对闯王闯将的恐怖和反抗。那么，闯王起义军为了打破这个谣言，也应该多方搜罗官场上失职的小吏，科场上失意的书生，借他们的嘴，道破官府的谣言。

叶雨苍远游江南，搜罗了一些不羁之才，赵迈也是其中的一个。赵迈失意科名，又遭冤狱，对王朝官府已深蕴悲愤；可是他到底中了一些四书五经的书毒，总觉得"离经叛道""犯上作乱"不大受听。而且伯夷、叔齐饿死首阳山所唱的"以暴易暴兮，不知其非矣！"这句诗也在他脑中作怪。——暴君可恨，暴民也可恶！现在他身受刑伤，叶雨苍等闹衙劫犯，把他救了出来，他竟糊里糊涂变成反叛了。他只能跟着反叛走，当顺民他不甘心。当乱民他不舒服，他呻吟病榻，还想到遁迹深山，做一个挟武技以全身的自了汉；陶渊明的世外桃源，他想找一找……

叶道长为想打破他这个自了汉的拙想头，特地丢开别的事，留在赵迈匿迹养伤处，破釜沉舟，向他开导了两天两夜。告诉他："虎狼当道，并没有世外桃源！而且目下内忧外患交乘，大丈夫生于今日，当抗起铁肩，除民贼，驱外敌。妄想置身世变之外，将恐胡骑南下，神州覆没。我们当不成佩剑的侠隐，却有份当定胡奴了，大元帝国就是前车之鉴。你可知道南北朝五胡乱华，嵩山隐士挨刀的故事么？"这位老道长大发婆心，煞费唇舌，才把头巾气十足的赵迈说得五体投地，也愿意当闯将了。可是对于张献忠还有疑惑，江南士民传说张献忠滥杀良民，把缠足妇女的脚剁下来堆成莲足山，假装开科取士，把儒生匿骗来，整批整批地活埋。又传说张献忠有七杀碑，是个杀人成癖的魔王，可是叶道长口气中，还说张献忠是个英雄。赵迈索性把心中的疑惑说出来，问叶道长："这是怎么一回事？"叶道长哈哈大笑，说道："张献忠如果滥杀，他的声势不会这么大。这都是官府造的谣言。我给你一个抄本，你看一看就明白了。"叶雨苍从他的行囊中，找出一本"罪唯录"，乃是明末一个小吏写的，交给了赵迈细阅。赵迈仔细翻读，这才明白张献忠的滥杀，其实是官兵干的，却转嫁到张献忠账上了。"罪唯录"上写得明明白白："官军淫掠，杀良作俘"，打不过张献忠大西国的起义军，就攻入良民村庄内，烧房屋，抢财物，强奸妇女，把壮丁杀死，提人头报功，说是扫荡了一座贼寨，其实是杀绝了一村良民。

做主将的只图给部下请功受赏，不问虚实，官兵交到一颗首级，就赏银牌一面。激迫得老百姓"屯聚以拒官军"，"以州县迫降流寇"，结果，弄得良民也变成"流寇"了。张献忠的声势越来越大了。官书上屠村的账，全写在张献忠的账上，张献忠便变成一个好杀人的凶神了。"罪唯录"又写到李自成倡出"均田免粮"的号召，到处引得"畏官如贼"的良民"焚香牛酒以迎"。赵迈把这个抄本看了一通，这才恍然大悟，同时也明白了官书不断写着杀贼几千几万，竟杀得遍地全是流贼，其中缘故就在乎残杀良民，虚报军功，这才激成闯王闯将的成功！

赵迈长叹一声，丢下书册，向叶道长说道："弟子全明白了！自今以后，我也只剩一条道，要想逃活命，免得被逼为盗，只明趁早投闯王，我决定跟着师傅走了。实不相瞒，前些日子，师傅每每提到张献忠，我心里总不以为然，现在我懂了！"

叶道长道："你既然懂了，你应该怎么办呢？"赵迈慨然道："弟子愿听老师驱策，赴汤蹈火，所不敢辞！"叶雨苍道："好好好，等你伤愈，我自然要借重你！"

赵迈刑伤的确很重，按理说应当借地多多调养，却只在这小村子歇了几天，便觉出风声吃紧。他们男男女女忽然而来，白天不敢露面，做得太严密了，倒惹起四邻的疑猜。居停主人背地告诉了叶道长，说有人暗中刺探。叶道长立刻决计分头出走，远离省境。于是约定了后会的地点，先命穆成秀乔装车夫，陶天佑乔装赵娘子的小叔，把赵娘子母女连夜送走，寄顿到外省一个隐僻地方。陶天佐乔装仆从，算是服侍抱病登程的主人。赵迈扮作扶病回馆的幕府师爷，虽然患病，却奉东翁急招，现在从故乡出来，要跟随东翁一同上任。于是两拨人先后上路，叶雨苍道长别有要务，也匆匆走了。

陶天佐伴护赵迈，走着路养伤。走一程，歇一程，也许住店，也许到老百姓家寻宿。凡是寻宿的人家，赵迈看出来，大概都跟叶雨苍有渊源似的，叶雨苍虽是出家人，他的交游似乎很广。赵迈刑伤很重，像这样奔波疗养，自然好得慢，直过了三四个月，方才痊愈，却也来到约会的地点了。这是在苏皖交界的一座小镇，接头的地方是一家骡马行，穆成秀和陶天佑早就来了，还有几个别的人，都是跑江湖的汉子，念书人只有赵迈一个。见了面，穆成秀将安顿赵娘子母女的情形，告诉了赵迈，赵迈大放宽心，感激不尽。然后引见朋友，骡马行的老板，和两个赶车骡的把式，一个卖艺的，一个卖药的。穆成秀说："这都是自家人，我们以后要多多亲近。"

这些人在骡马行候了几天，叶雨苍道长还没有赶到。大家等得心焦，日日翘盼，好容易盼来了一个"踩盘子"的朋友，带来一封密信，密信写了好几张，单有一张是写给赵迈一行人的，内说原议赴潼关，投闯王之计作罢（原本这话就是叶雨苍试探赵迈决心的），命赵迈和穆成秀、陶氏昆仲分作两拨，漫游豫皖以及长江上游至江西九江，要察看地理形势，官兵防务，要物色江湖豪杰，绿林人物，并访查官绅劣迹，民间疾苦。顶要紧的是设法宣扬闯王义军"诛民贼，除苛政，锄暴救民"的真情，把官府屠良民、报军功，捏造"流贼滥杀"的谎言，彻底揭破。

这封密信所规划有事体很多，其中最机密、最要紧的，乃是命穆成秀、陶天佐、陶天佑，和别位同门，分途漫游各地，联络草野豪侠，传递消息，准备在豫皖江汉纠众起义，响应川陕。这机密大事，暂且没告诉赵迈。叶雨苍怕赵迈念书人心多疑虑，肩少担当，又没共过事，不得不加小心。因此，只将机谋告诉他一个大概，意思是教陶氏昆仲陪伴他奔走风尘，多历艰苦，多看看人间不平事，宦场鬼域情，好激起他的义愤，坚定他的斗志，同时也磨炼他的才气，希望他变成起义军江南方面的一个中坚人物。起义军多是川陕健儿，穷苦农民；叶雨苍特意在东南半壁，拉拢像赵迈这样身遭不白之冤的书香人家，鼓励他们竖起义旗。人人都说书呆子不能成大事。叶雨苍却道："在努力鼓动，努力开导之下，能使得书呆子也肯造反，那推翻暴君酷吏的统治，就易如摧枯拉朽了。"这就是叶雨苍道长的一番苦心深意。

叶雨苍这个人很有卓见，他和李自成、张献忠两方面似乎都有联络。他常说歼灭民贼，必须万众一心；南北十三省，应该各省都有人起义；三百六十行，各行都有人入盟，这样才教官军"剿寇"顾揽不过来。同时各地起义军更要互相策应，联成一气，官军击此则彼救，击彼则此救，步伐协同，互相策应，才免教官军各个击破。张献忠不肯拥戴闯王的大顺王朝，他竟率部入川，自立为大西国王，叶雨苍认为这样举动大错特错。叶雨苍近年来奔走各地，不暇喘息，他就是专心给各地义军"排难解纷"，化除误会，鼓动他们团结一心。他成了义军中间的鲁仲连。

现在叶雨苍与赵迈定了约会，没有赶到，也就是义军中间，不幸又滋生了意外的波澜。

当下，穆成秀等接了密信，依计而行。陶天佐仍和赵迈结伴先走，赵迈刑伤已愈，体力未复，还怕他仓促遇事，应付不来，穆成秀和陶天佑就稍稍落后，在后面暗地跟随保护着。自然他们在漫游过程中，仍忘不了他们的正事。

陶天佐和赵迈等，由豫皖交界，绕赴豫南，西趋荆襄，一路上拜山访侠，察关隘，侦民隐，饱尝风霜，大开眼界。赵迈渐渐磨去了书生习气，也颇体验了江湖人物气味。靠着穆、陶等人的帮助，交结了一些草莽豪杰，并且也安排了一些举义的准备，在江西九江口，他们结纳了两个豪侠。一个叫镇九江丁鸿，乃是当地鱼行老板，有许多的渔民跟他结义，在水路很占势力。另一个叫神手蔡松乔，生得白面长髯。相貌清癯，世传针灸法，接骨科，专治跌打损伤，在九江口岸悬壶行医。九江口是个水陆码头，江湖上好汉常有打架斗殴的负了伤，折了骨，就找蔡松乔调治，治得很灵效。蔡松乔为人好交，也认识了一些江湖人物。他本身也会武功，他和镇九江丁鸿，乃是拜盟的弟兄。

镇九江丁鸿生得身材壮大，大眼睛，高喉咙，气势雄伟，体壮力强，年纪比蔡松乔小几岁。鱼行出身，家中有钱有人，却也生性好友，很有人缘；是单雄信、晁盖一流人物，也交结江湖人物，也交结地方绅豪。他这"镇九江"的外号，乃是他做了一件威镇江滨的事，当地人给他贺了一个外号。那年由上游来了许多木排，木排争水道，撞坏了渔船。渔户和排上的人起了纷争，排户强悍，动手行凶。渔民报复，纠集多人要打群架。事被丁鸿知道了，慌忙到肇事场所。他晓得斗殴一起，必出命案，胜的欣然庆功，败的含耻寻仇，那就冤冤相报，死的人必然更多。于是丁鸿掏出他的看家本领来，头一步先拿出他的地方豪侠的派头，向渔民大叫："诸位老乡且慢动手！这是俺姓丁的事，俺不能叫人堵上家门来欺负，我一定要办个了断！"登时把事情全揽在自己身上，把众怒压得一压，把眼看爆发的拼命械斗暂且拦住了。第二步他脱了上衣，光着臂膀，举一支铁篙，跃上渔船，一个渔民替他摇桨，如飞地找那木排上的排头搭话。

这时候有十几艘渔船，像蚂蚁交螳螂似的涌聚在木筏前边，拦住了去路，几乎要封江。排户聚了人，抄起家伙。丁鸿舌绽春雷，连声大叫："哥们让道！哥们让道！瞧我小弟的面子，让我来'了断'！"竟使出雄威，把这些蚁附木排的大大小小渔船，用他那铁篙一点一艘，一冲一艘，眨眼间拨开了水道。他又将铁篙一点，眼望木排排头存身的那块大木排，行船一直凑上前去。又高喊一声："朋友息怒，俺丁鸿来也！"嘈杂声中，没人理会，船临切近，他踊身一跃，跳上了木排。这木排被他飞身一落，竟一浮一沉，恍如压下千斤重闸。木排上一个年轻排户横身拦叫："哎，休得……"抢竹篙一打，呱的一声响，碰在丁鸿的铁篙上，折为两段。丁鸿哈哈大笑，早已跃登木筏，把铁篙投在脚下排上。"光棍眼，赛夹剪"，木排上气势虎虎，站定好几个人，他立刻认出哪个是排头，便抱拳上前。

正是先声夺人，那排头马天祥愕然张目，喝问来人是谁？丁鸿重新通名，那排头道："哦，我当是谁，原来是九江口鱼行老板丁二爷么？"抱拳还礼，伸臂过来拉手。两人手拉手，暗中一较劲，排头哈哈大笑，道："名不虚传！既然是丁二爷出头了事，我水上漂让了！"吆喝一声，教木排往江心错开。却又故意亮了一手，那身一掠，从这座木排，跃登那座木排，从那座木排，跃登第三座木排，好像是传话止争，其实是把他那轻功施展出来，挣回面子。丁鸿连忙喝彩："好俊飞纵术！"马天祥笑道："出丑出丑！"随后跃回来，向丁鸿拱一拱手道："丁二爷请回吧，改日再拜访！"

马天祥就要走，丁鸿道："且慢！小弟应尽地主之谊，请到舍下。"马天祥道："这个……"眼往岸上一瞥。

丁鸿道："仁兄务必赏脸，我还要替我们鱼行哥儿们向诸位赔礼！"

马天祥道："是我们的不是！"

丁鸿道："是我们的不是！"

两人一齐哈哈大笑，相携登岸豪饮；一场纷争，在江湖义气上，杯酒言欢间，化为乌有。这镇九江丁鸿的外号，便是这样获得的。哪知道为了这个外号，丁鸿竟身陷法网，为官府所毁害！

赵迈、陶天佐、陶天佑、穆成秀四个人分两拨漫游江湖，访

78

察豪侠，窥探江防，看到了九江南昌一带形势险要，如果在这地方，联络江湖人物，布置起义，恰可以截断江航，震撼南疆。四个人暗暗寻访堪以举义的英才，便从市井间听到镇九江丁鸿这个人物。丁鸿这时候，恰遭横祸，被官绅勾结，拿王法当圈套用，把他挤到头一道陷阱中，直落得倾家荡产，仅挣出活命来，却是第二道陷阱又给他安排停当了。

镇九江丁鸿曾经无意中得罪了一个姓施的卸任御史的门丁，这施御史便是九江府一个很厉害的乡宦。偏偏本府又来了一位新任耿知府，生平以清流自居，以风雅自高；现在流寇蜂起，治乱国用重典，分要振刷振刷。刚一下车，便垂问民隐，暗访豪强。他却不打算惊动把持官府，欺压良民的豪绅乡宦，那是士大夫，和他乃是一流，决不会造反。他要找寻惩治的恶霸土豪，乃是没功名、有声望，而又不安分、富资财的老百姓。于是他倒从这个卸职御史口中，问到了几个恶霸，头一名就是镇九江丁鸿。

丁鸿在当地很有名声，家境又好像殷实，并无科名，偏偏又有"镇九江"这个倒霉绰号。耿知府老爷以为这正是不轨之徒，好人焉有绰号？好啦，除暴安良，杀一儆百，乃是地方官的职分。耿知府立刻发出传票，"抓来见我！"一顿敲打，丁鸿抗刑不招，其实就想招，叫他招什么呢？他并没有抢男霸女，也没有谋夺谁家的寡妇田、绝户产。他最大的罪状，只是不受御史老爷府上门丁的讹诈。

第六章

险恶豪绅仗势倚财强霸道
鱼行好汉熬煎受迫怒焰生

施御史老爷妄想不花钱，日日白吃鲜鱼，鱼行老板丁鸿先生给碰回去了。这是他得罪人处。虽然他身陷法网，但素日人缘不错，渔民们联名递保结，不成；当地商户联名递保状，也不成；又烦出别的绅宦来说情，后来保出来了，却弄了一身刑伤，耗去了全部浮财，他的渔船也变卖了好几艘。当然绕着圈子，肥了新任耿知府和施御史了。

丁鸿挣出活命来，回到家中，问出自己的出狱，乃是家中人变产行贿，打点出来的，他不由发怒，向家中人嚷了一阵。更打听这场官司受枉的缘由，起初还弄不清，日久渐渐访出底细来了，"丁仁兄，你这是财多为累啊！"这一下更把他气得暴跳如雷！原来是去职的御史施乡绅秘密检举他的！他切齿道："好好好！这可真是官逼民反，咱们往后瞧吧！"

却不料"往后瞧"这句话，不知怎的，传到了施御史耳中。御史老爷微微冷笑："好个刁民，他还要恫吓乡绅，我一定教你好好地往后瞧！"

可是施御史捻须冷笑的话，不知怎的，又传到了镇九江耳中。丁鸿又怒又怕，狠狠说道："这可应了那话，贫不跟富斗，富不跟官斗！却是我姓丁的也不是老实的，随便任人拿捏。还是那句话，你教我好好往后瞧，我就好好'往后瞧'就是了。但愿你御史老爷，知府大人也要好好地往后瞧！"

从此，镇九江丁鸿，暗地里也有戒备，也有些拉拢。他想："狗日的，逼急了老子，老子不在水路混了。老子上山！"

在这时候，赵迈、陶氏昆仲、穆成秀悄悄地来到九江了。

不久，九江江边上，突然出现了几位外路好汉。卷胳臂，捋袖子，气势汹汹，好像是白相朋友，混混儿新来开码头的样子。丁鸿的鱼栈就开设在江边。这几位短衣帮好汉就不断来到鱼栈左右打旋。过了个把月，丁鸿认识的一个开赌坊姓郭的白相朋友，找来跟丁鸿私谈。丁鸿问："什么事老哥?"赌坊主人郭老板说："丁二哥，你可觉得这两天你们鱼栈有什么事故么?"

丁鸿一愣道："没有啊！"

郭老板道："你没觉出，有人琢磨你这鱼行么?"

"没有吧，等我问问看。"丁鸿把鱼行掌秤杜恒才找来一问，掌秤杜恒才大大意意地说道："谁敢琢磨咱爷们！我管保没人这么大胆。但是，浑蛋哪里没有，这些日子的确有几个外路江湖，不断到咱们鱼行来打旋，向咱渔船上的朋友乱问一气。"

丁鸿张大眼问："问什么?"

"问油水，问好处，问你有多少船，问别的渔船就甘心吃你的摆布么?"

丁鸿忙道："他们怎么答的?"

掌秤道："他们当然实话实说了，说我们丁二哥也是苦朋友出身，一向公买公卖。处处顾全我们同行。人家是我们渔船上的公道大王，谁和谁有了竞争，都请人家评理。"

"他又怎么说?"

"他们说,好一个公道大王,怪不得要造反呢!"

丁鸿直了眼道:"哈!"愣了半晌,转怒为笑道:"我就是公道大王,我就要造反……我不是还没有造反么?"

赌坊郭老板道:"丁二哥不可大意,我却晓得这几个家伙别有阴谋……"

"有什么阴谋?"

"大概是聚了些打手,要谋夺你的鱼栈渔船。"

"哼!好,我镇九江真有点混够了,我正想迁码头,躲一躲这帮贪官豪绅,只要真是江湖上的好汉,按江湖道想来跟我比武较量,我镇九江干脆准让了。我谢谢郭大哥的关照,他们还有别的打算么?"

赌坊郭老板便将那几个外路好汉在赌坊押宝耍钱所放的狂言,所无心透露的诡计罄其所有,全告诉了丁鸿。丁鸿略作沉吟,暗暗打定应付的主意,当下便留郭老板喝酒。郭老板一面喝酒,一面也替丁鸿出了一些主意,并自告奋勇,要拉拢对方,探探他们的口气,是不是可以和解。

过了几天,赌坊郭老板向这几位江湖汉子试探口风,这几人神色侮慢,毫不兜揽。郭老板再往深处谈,这几个人突然滑头滑脑,装出假面具来,嘻嘻哈哈,胡扯一阵,自说他们乃是路过九江,并不打算在此地开码头,但又"回马一枪",从泛论九江口的江湖人物,打听到镇九江的势力、为人和他经营的鱼行的内情。郭老板转问他们,打听这个做什么?他们却道:"谁不晓得镇九江这号人物,真是威名远扬,我们很钦仰,可惜没工夫。若有工夫的话,倒要结识结识。"跟着叮了一句:"你老兄大概跟'镇九江'很有交情吧?"郭老板赶紧顶上话去:"不错,'镇九江'这个人仗义疏财，最好交朋友，最有义气的，不但我在下跟他不错。本地街面上的人物，以及官私两面，他都有朋友，都跟他至好。像你们哥几位这表人物，倘愿跟他交交，他是求之不得的。"

这几人你看我，我看你，微然一笑道："是么？"忽又道："好，不久就有机会，我们哥们跟他交一交。"便站起身来，告辞走了。郭老板惹了一肚皮气，这伙人云山雾罩，口气怪得很。看气派，他们又像江湖道，又不很像；看来意，好像来开码头，又不肯认账，郭老板是个粗人，就愤愤地骂了一句："狗养的，这伙东西到底是怎么个路数呢？"他一点也没摸清，也就没给镇九江送信。

然而机缘竟够紧迫，隔过不多几天，这几位外路好汉带头引领着两个气度骁雄、武师模样的人物，倏地气势汹汹，找上鱼行，先说久慕"镇九江"的威名，"我们来交交"，等到柜上把丁鸿找来，他们就开门见山地说出口来，要吃挂钱，入干股。丁鸿问他们："凭什么？"两个武师沉默不语，那几个带头的好汉掀衣襟，啪的往桌上拍出刀子来，一指刀，一指鼻头："爷们凭这个！"

镇九江丁鸿一见这阵仗，哈哈大笑："诸位赏脸，光顾到我在下这里来。在下一生好交，一定教诸位乘心如愿！"眼光一罩，光棍眼里不揉沙子，他立刻分出轻重，转脸对着那两位武师递话，重新请教姓名。两位武师一姓张，叫张开春；一姓黄，叫黄建堂；那带头发话的叫舒长旺。丁鸿眼望着张、黄两武师，话对着大家，沉着讲道："我们自家人有话摆在桌面，我们也用不着绕圈子，诸位也不爱听。现在我小弟要冒问一声，诸位的来意，可以开诚布公对我言讲么？诸位如果在财力上，有需在下效劳之处，小弟不才，愿倾囊献上，诸位尽管说出多少来。如果诸位此来，是替好友找场出气，我丁鸿自问血性交友，从不敢欺压哪一个人。请打听街面，便知小弟不是自往脸上贴金，街面上的朋友还没有说小弟不够朋友的。但是，无心之失，谁人没有？或者我无意中开罪了好朋友，就请诸位明白指教，我丁鸿还不是护短讳过的人，诸位尽情挑明了，我一定知过必改，有罪赔罪，准叫好朋友面子上过得去！"

张、黄两个武师还是不言语，只拿眼盯着丁鸿的嘴，又侧顾到带头发话人舒长旺的嘴。舒长旺总不理丁鸿这一套，不依不饶，十分强项。丁鸿烦出街面人物来，在酒楼说和，怎么说也说不拢，对方强项依然。并且越叨念话越难听，舒长旺狂笑着说："丁二爷威镇九江，把持鱼行，有财有势，莫说老百姓惹不起，连官面都另看一眼。可是水满了要流，吃肥了会吐，丁二爷也享福这些年了，把渔户的油水也诈弄到透骨了，该换换口味了。丁老兄吃惯头一口，现在该换我们哥们啃第二口了。"干干脆脆，就是这等口调。

说和人出力对付，试替丁鸿探问他们入干股、吃挂钱的成数："哥们打算吃多少股呢？哥们究竟是多少位呢？"

答话很凶，人头不太多，一百多个，干股四六也不行。"怎么才行呢？哥们难道说，整个端么？"

啪的一下，舒长旺砸桌子，瞪眼睛道："你猜着了！"

"我也没烦你们费心呀！"

"好！你们事有事在！"说和人气得面目变色，站起来，豁剌剌地全走了，立刻回复丁鸿："预备桌面外的吧。"

镇九江丁鸿哪里吃过这样挤，当下挤翻了。冷笑说道："好吧，谢谢诸位，回头我给诸位道劳去。"于是亲自接见舒、张、黄等人，"既诸位不赏脸，桌面上讲不通，那么请诸位划道吧，我姓丁的在这里接着！我刀山、油锅、拳脚、家伙、单打独斗、群殴械斗，请诸位赏脸赐教！"

却是舒长旺这几位好汉又不想卖打，拼命。张、黄两武师首先划出道来，教镇九江摆擂台，普请天下英雄"以武会友"。胜者占有鱼行，败者夹了尾巴走。打擂台自然是单打独斗，镇九江丁鸿的武功还盯得住，略一寻思，咬牙道："好，就是这么着！"他明知虎狼当道，应该韬晦，可是事到临头，死了也要争一口气。他是豁出去了，对手舒长旺看出丁鸿的狠劲，突然又变了卦，另说出定期纠众械斗，不要单打独斗了。丁鸿道："械斗群殴，不见本领，你老哥这做法不嫌差劲么？我却怕江湖人耻笑我靠着家门口，倚众欺人，我情愿跟你单个对单个！"

张、黄两武师微微动容，舒长旺也道："一定要群殴！谁不知道你镇九江在本地人多势众，谁也惹不起，我们却偏要惹一惹。"

丁鸿怒极，也拍桌子道："好，就请你们定日期吧！还有，日期请你们定，地方也请你们定，我全听着就是了。"

就这样僵上火，定了局。

两边暗中都忙着准备。丁鸿只是预备人，那边除了人，还有别的准备。这时候，地面上全轰动了，接骨科郎中神手蔡松乔却从别方面，另得了一个信，又过细地扫听了一回，慌忙赶来，找镇九江丁鸿密谈。先略问经过，跟着蔡松乔眉峰紧皱，叹道："这可不好……这可怎么办呢？丁二哥，我跟你讲一句心腹话，械斗使不得，擂台摆不得，闲气简直怄不得。你能压住火，把这口气咽下去么？你想你这时候，可很有点不对劲呀！"

丁鸿微喟一声，摇头道："他们堵上门来找寻我，我不顶着干，怎么办？他们要打架，只好跟他们打。死就死，毁就毁，还顾得及别的么？"

蔡松乔道："丁二哥，你只知其一，不知其二。你要弄清楚，这不是争码头、抢衣饭，寻常江湖好汉较量胳膊根的事件，这里面还有别的把戏……"

丁鸿闻言，寻思了半晌，似有所悟，双眉一皱，咬牙瞪目，道："我明白！"此时他叛志已萌，便向蔡松乔透露了口气。可是神手蔡松乔未遭切肤之痛，只觉当山寇、当反叛的名头，有些吃不消。但丁鸿左思右想，别无他途，经过两人多时叨念，更已利害分明，丁鸿竟把大主意拿定。

神手蔡松乔见到丁鸿志向已决，只好说道："既然如此，我也不再多劝了。事情危急时，二哥如有需用我的地方，千万给我一个信，小弟是赴汤蹈火，万死不辞！"

"好，一言为定，我谢谢你的盛情。"

当下，两个人紧紧地握着手，好久好久，方才告别。蔡松乔自回医寓，听候吉凶。丁鸿赶忙布置，一面安置家小，一面向鱼行同事、渔船至好，透露己意，一面跟江湖上的好汉通谋。

当天夜里，便有两个绿林壮士，高春江、鲁晓峰，应邀潜来参预密谋，规划举事。举事必须有够上数的死党，还要有接上手的外援，现在却苦于外援的"远水不救近火"。九江口这地方，附近既没有占山称雄的陆路好汉，也没有据水抗官的江湖豪客，西北够不上闯王，西南够不上洞庭湖的百鸟。盘算了一阵，又把九江府官军的兵力估计了一下。镇九江骂道："管他娘的外援够上够不上，老子我要硬搞、瞎搞了！"

他觉得一旦杀官造反，没处投奔，实在有点差劲。他毫没有造反的经验，他竟想不到，此刻只要闹起来，遍地都会出现帮

86

手；随便一个地方，攻下来便可以据为梁山泊；并不一定先要有个梁山泊，然后再投了上去。那高、鲁两个绿林壮士也很外行，他们只是独行强盗罢了，他们俩告诉丁鸿："我们可以给丁二哥引见几个能人来。"

第二、三天，便把能人邀来。这能人正是鬼见愁穆成秀、陶天佐、陶天佑、赵迈一行。

鬼见愁穆成秀、铁秀才赵迈一行到达九江口不久，便听见茶寮酒肆，纷纷议论当地豪杰将有打擂台、夺鱼行的纷争。既然是打擂台，一定有武林中的能手，穆成秀等便留上心了。恰好丁鸿正在寻访跟闯王闯将通谋的人物，中间撮合人自然是那两个绿林好汉，高春江和鲁晓峰。

穆成秀、陶天佐、陶天佑一听见两个绿林提到丁鸿的遭遇，便欣然雀跃："好极了，这可找到合适的人了！"便要几个人同去会见丁鸿，赵迈道："且慢，人心隔肚皮，这位姓丁的朋友恐怕是被逼急，要拼命。他这个人素日究竟怎么样，是否有号召大众的魄力？我们先不要鲁莽，我看应该试着脚步，留点后手，我们头一步要考一考他的真假虚实。"穆成秀道："但是，夺鱼行，要械斗的事，九江口街面上都轰传动了，决计假不了！镇九江丁鸿这个人，我也早有耳闻，是个豪爽汉子。不过你的话也很有理，造反到底非同小可，魄力决心应该品察一下。咱们这样办吧，你跟天佐找他面谈！我和天佑留在外面访，咱们一明一暗。"大家齐声说好，赵迈就和陶天佐，由居间人陪伴，候到天刚黑的时候，悄悄到鱼栈后面，跟丁鸿会晤。

初次见面，略有寒暄，跟着就摒人密谈。丁鸿以为赵、陶两人既与闯王通谋，是造反的人了，应该是骠悍泼剌的人物，不意赵迈文质彬彬，江南口音，活脱像个幕府师爷；陶天佐又鬼头鬼脑，江湖气很重，两人不伦不类，都不像黄巢、闯王派头。

丁鸿存着戒心，赵、陶又存着试探的心。这一边反打听赵、陶跟闯王的关系，叮问九江附近，到底有没有闯王潜伏的兵力；那一边又刨根问底，盘诘丁鸿的决心与实力："到底你老兄手下有多少人？还能号召多少人？都是些什么人？"谈了半夜，彼此总隔着一层，没有做到推诚相见。——本来呢，他们这是头一次会见。

谈到夜深，赵、陶二人告辞，并订后会。丁鸿要亲送二位回转下处，问他二人住在哪家店房？两人悄声说："你请回，不要送，免得叫官人打眼。"并没有说出店名，也没有说出现时落脚处。那两个居间人高春江、鲁晓峰要陪着客人走，被丁鸿留住了。

丁鸿送客归来，掩上了鱼栈后门，和两个居间人来到屋里，脸上闷闷不乐，鱼栈别屋早聚着十多位死友，听候消息，纷纷围上来，动问："跟北边的人会见情形怎么样？是他们派大队接应我们来？还是我们杀出去，投奔他们？"丁鸿摇头道："还提接应呢，这两位闯将城府很深，任什么话都不告诉我们，只拼命挤我的底细，问我死党都有谁？打算怎么动手？有什么外援？我若有外援，还用得着找他们么？简直这两位闯将满不够味！"转问居间人："到底赵、陶二位跟闯王沾着点边没有？他们打哪里来的？不是官府派来的狗腿子，暗中刺探我们的么？你跟他们早就认识，还是新交？你可听见刚才我问他二位的下处，他们都不说么？"居间人高春江、鲁晓峰极力担保："这是好朋友，绝不是官府腿子。丁二哥别多疑，人家许是仔细审慎，我这就找他们去，跟他们透底说开了。刚才你们接头的情形，我也觉得有些合不拢，彼此都有点放心不下。但是无论如何，他们是咱们这窝里的人，绝不是狗腿子一流的人，他们就不能帮我们一手，也不会坏我们的事，若不然，我们也不敢给你们撮合。我们这就问去！"立刻站起来走了。

丁鸿很烦恼，且把赵、陶丢开，专谈械斗，由于人多主意多，大家商谈起来，七言八语，居然谈出一个策略来。当下商定，多多地聚众，明面跟对方械斗，暗做造反的准备。一旦发现对手果有陷害机谋，就把械斗一转而为杀官造反。

死友们就纷纷出动，以邀人助拳为名，加紧地找这位，拉那位，左密议，右聚会，挪地方，严关防，探敌情，窥动静，磨武器，备车船。暗中穿梭似的布置，鬼见愁穆成秀、陶天佑暗中窥察，获得了蛛丝马迹。

那两位居间人高春江、鲁晓峰也已诘问赵、陶。赵迈笑道："老兄不要忙，他们恨不得我们立刻调动人马，帮他杀官造反，我们却要访一访当地的情形，估一估力量。请你转告丁二爷，稍安勿躁，我们也得合计合计。好在我们是初会，下次再见面，我们拿出我们的做法来，丁二爷就高兴了。我们也是忙得紧哩！"

于是居间人自去回复丁鸿，丁鸿微微一笑，对赵、陶竟失去了信心，随口答道："好吧，我静听他们的好信吧。"索性连最近的布置，也没告诉居间人转达。

穆成秀和二陶一赵，既已侦知丁鸿的决心和实力，立刻也决定了对策。先派陶天佐北上驰报叶雨苍，但不必远去，只出离省境，便有他们秘设的驿站，专管传递消息。然后，穆成秀、陶天佑、赵迈找到居间人，要立刻地跟镇九江丁鸿会见。丁鸿另换了一个隐僻的地方，邀几个至友，和穆成秀等见了面。

穆成秀大头巨眼，花子似的打扮，可谓其貌不扬。但和丁鸿一"对盘"，立刻看出他眼光闪烁，精力弥漫。等到一开口，穆成秀开门见山，便问："丁二爷这两天运筹辛苦，还有几位朋友血性相交，给你拼命奔驰，想见你们同心决意要抗拒酷吏豪绅！丁二爷，我们全很忙，事机又迫切，我们要痛痛快快地办。我先叮问你一句：你预备得怎么样了？"

镇九江丁鸿道："略微有点安排，但是不成，人手太少，还得请你们诸位大力应援。"

穆成秀笑道："哪里，哪里，我们是远水不救近火，我们知道你已然预备得差不多了，你们已经纠合了二百一十七位同盟死友了！"

"什么？"

"你们不是已有二百一十七位患难弟兄，都订了同生共死的盟单了？"

丁鸿微微一惊，环顾盟友，不知是谁走漏了消息；又拿猜疑的眼光，打量居间的朋友，末后又凝视穆成秀、陶天佑、赵迈三人。丁鸿久涉风尘，眼力是高的，他看出穆成秀生相尽丑，却绝没有官府捕役狗腿子们那种恶奴狡辣相。穆成秀冲着他一笑，他立即回笑道："不错，穆仁兄耳目够灵的，我们人虽然不算少，但是九江口地扼长江中游，驻扎着水师三营，还有城防马步五营……"

穆成秀道："我知道，江防水师共八营，现在九江的就剩三营。然而你老兄布置得很好，你的朋友也够交情，你的举动很露形了，可是瞎眼又瞎心的官府不很知道你的，也没提防人。如若不然，他们不会把那五营水师开赴鄱阳湖去……"

丁鸿道："穆仁兄，你只知其一，不知其二，他们因为我是水路买卖，他们是怕我往鄱阳湖里跑，他们是要截断我的退路……"

穆成秀摇头道:"不是,不是!我们还没动手,还谈不到退。就是退,也不该往南边退。现在我们要核计的是,怎么动手,何时动手?我们估计,地面上水陆官兵尽多,也不过水师千名,马步二千余名,再加府标、县捕、丁壮,多算也只是四千人上下罢了。你若起兵,但凭二百一十七名盟友,再加上一二百名义从,人是不太富裕。"

第七章

御史府中夜行人插刀留柬
白当镇畔运粮船火光冲天

穆成秀顿了一顿，又接着说道："当然，若猝然发动，是可以杀他们一个落花流水，措手不及的。所顾虑的倒是持久之计。长江上游汉阳的重兵，和下游芜湖的重兵，恍如一条长蛇，他们怕不容你在九江口拦腰一刀切断的。所以，起兵攻城是可以的，攻城略地是干不得的。还是应该学闯王，且战且走，到处给他窜扰，才能成其大事。你们打算占山，入湖，这个我都觉得不对……"

镇九江丁鸿忽然笑道："这也不好，那也不对，其实都是后话，将来有工夫，可以仔细盘算。我们现在着急的是眼前的办法，诚如你老兄所说，人不多，帮手少。咱们干干脆脆一句话，穆仁兄，你们能出多少帮手呢？"

穆成秀也笑道："我们也更干脆，你当是我们还对你老兄有什么夹藏掖么？我们的人都来了，就是一巴掌这些个！"

镇九江不由动怒，道："你们才五个人么？"

穆成秀道："五个人还少么？"

丁鸿简直要大骂，可是他忍住了。他说道："五位英雄果然不少，桃园不是才三结义么？不过我们二百一十七人已太无能，总觉不是万夫不当之勇。可是就冲你老兄这个气派，也给在下仗胆助威不少，我一定豁出去干就是了。穆仁兄、陶仁兄、赵仁兄……你们到场是三位，你三位请回，听我们的好消息吧。"

镇九江这一气，非同小可。他已然决定了，先杀穆陶赵三人以灭口，就算拿他们开刀祭旗。他认定穆成秀等口吻狡狯，言行诡怪，简直不是恶作剧，就是官面的狗腿子。自己的计划决不再多说，已然认为说得太多了。他心想，只要穆成秀等告辞要走，就把他们扣起来，先审审他们的底细。丁鸿双眼闪闪，往外冒火。他的盟友们看出不对劲来，那两个居间人高春江、鲁晓峰，却早恼了，突然上前，抓住了鬼见愁穆成秀，厉声诘问道："姓穆的，你不能拿好朋友开玩笑！是我多事，把丁二哥身家性命交关，还牵连着鱼行渔船好几百口人生死的大事，瞎眉瞪眼地告诉了你们；也是你们先要造反，来找帮手，我才相信你们。怎么着，你们把实底掏摸了去，放出这样的稀松平常的屁来！姓穆的，你此刻不说出真心实话来，我跟你不客气！"

陶天佑、赵迈一齐拦道："慢来慢来，有话好讲！"穆成秀面现诧异，说："我怎么啦？我的话还没讲完，我的主意还没有拿出来，丁鸿兄就急不可待了？人家着急是应该的，老高、老鲁你这两位中间人也引头瞪眼，瞪眼能办事么？"

神手蔡松乔一看下不了台，忙站起来，横在三人中间，赔笑道："消消气，有话慢慢商量。穆老兄，你究竟有什么高见，指教我们丁二哥呢？"

鬼见愁穆成秀刚要张嘴，铁秀才赵迈施眼色止住他，自己却用和缓的口气，笑着向丁鸿、蔡松乔说道："我们也是想到丁老兄帮手少，仓促起义，未见得马到成功。昨日里，我用釜底抽薪的法子，把你们眼前这场是非压一压；然后容开手脚，我们去给你们请救兵，里应外合，才能成事。"

丁鸿纳着气问道："请问用什么釜底抽薪之计，才能压得住这场械斗呢？难道说向官府行贿，找主使人向施御史服软？"

赵迈道："服软行贿，如果有效，也未尝不可以。只是这些贪官豪绅一向软的欺、硬的怕，你越央求大老爷恩典，大老爷越要拿板子敲打你。"

"那么，怎样釜底抽薪呢？"

赵迈道："我们想了一条拙计，请丁老兄和诸位兄台一同斟酌。其一，耿知府、施御史是丁兄的真对头，他们那里，我们可以设法托人去善劝他们，教他们适可而止，不要再算计你。其二，出头争码头来的那几位江湖朋友，我们也可以绕弯子找人，跟他们说开了，劝他们不要受官府豪门支使，当傻小子……"

居间人高春江、鲁晓峰听了一愣，说："你你，怎么你们跟他们官绅也有拉拢么？"

穆成秀、陶天佑、赵迈全笑了。穆成秀抖着大头说道："咱们闯江湖的人，眼皮是杂的，跟哪一行都来往。官绅这一方面，咱们虽然高攀不上，可是总能找出门径来，挖出跟他们对上脸、说进话的人，烦他们给丁老兄疏通疏通。我们相信，只要容开了空，我们管保把他们老爷们善劝好了。"

丁鸿见穆成秀说这话时，神色冷淡，忽然想过味来，忙问道："穆仁兄，你们的话里面有好大的脱榫。赵兄刚才说他们吃软怕硬，怎么又能听人善劝！你们的善劝的法子是怎样的呢？你打算烦谁去善劝呢？"

穆成秀笑而不言，只说："三天以内，我们总能找出善劝的人来，既然找到人，自然他就会拿出善劝的妙法来，你就统统交给我，不必多问了。"镇九江丁鸿摇头道："不对，不对！莫非你老兄这种劝善法子，是要用插刀留柬么？"

穆成秀敞笑起来，说："你就不要叮问了，反正我们担保给你办得妥妥当当，决不会挤出枝节来。实对你说吧，你们的决心和人力，我们都体察明白了，知道你们确有起义的打算。可是我也已看出你们人力不大够，我们已然连夜派人送信去了。但丁老兄你要知道，我们跟北边人距离太远，莫说来一批人，就是来一个信，也得十天半月，何况沿路上还有官军。所以在眼前，我们该用一点手法，把事情按一按，好容得咱们展开手脚。我说的这宗办法，乃是我们哥几个替你老兄设身处地，经过深思熟虑，方才商定的，丁老兄，你觉得怎么样？"

"倘或善劝无效，事情按不住呢？"

赵迈慨然说道："那当然我们也不能袖手旁观，要替大家安排一个退身步。总而言之，我们是拿丁老兄当一个自己人看待，一切请放心，我们既然来了，就不会事到临头，再躲闪了，丁老兄别忘了我们是干什么的。"

镇九江丁鸿和居间人到此都放了心，丁鸿首先站起来，向穆成秀、赵迈、陶天佑抱拳道歉："小弟是当局者迷，这几天忙得我头昏眼花，未免把老兄的高见错想了。我也不说感激的话了，此后我丁某的身家性命，全托付你们哥几位了；我和我的朋友一定跟了你们几位走，赴汤蹈火，万死不辞！"

赵迈也忙谦谢道："是我们说话不透亮，容易教朋友误会。话既说开，我们抓紧时机，赶快办起来。"那两位居间人也连声谢过，再三说自己莽撞。穆成秀笑道："好了，好了，二位兄台不要描了。二位兄台热心为友，你们越发急，越见得你们有义气。我们现在还是谈正经事。"

95

当下，几个人开诚布公，通盘筹划一番。丁鸿把他的至友——跟穆成秀、陶、赵等引见了。穆成秀、赵迈为了坚强对方的信赖，提议一同拜盟，"誓不相负。"镇九江丁鸿欢然大悦，立即歃血订盟，矢共生死；然后又一同密谋了一阵，就彼此加紧分头办事。

那鬼见愁穆成秀的"善劝"办法，果然是类乎"插刀留柬"的路数。这一天夜间，施御史在本宅"进士第"中，正和如夫人高卧香床，好梦正酣，那如夫人突然听见天崩地裂，屋梁塌下来，惊得她尖叫一声，挣身要爬起，竟爬不起来。一瞬眼间，记得是临睡熄了灯，如今却明灯辉煌，照眼生皱，抬头看帐顶，屋梁并没有砸下来，支肘再起，觉有什么东西，把他们的绣被钉住了。如夫人忙叫老爷，老爷睡得像死狗，推也推也醒。定眼一看，施御史脸色惨白，昏迷不醒。本来就是个枯瘦老头，如今像个死尸枯骨。如夫人惊叫起来，拼命一挣，挣出被外，这时候才发现有几把匕首，环绕着施御史夫妾，透被穿床，给钉住了。桌上还有一张白纸，压在灯台之下。

如夫人战战兢兢下了地，叫道："你们快来，不好了，老爷死了！"推门而出，逃到外间，把值夜的使女拼命砸醒。使女也跟着喊，不大工夫，内客仆婢，阖府男妇，先后全惊醒了。

有着气膈病的大夫人自然也吵醒了，先是骂，跟着又惊又怒，披衣赶过来，一看见死尸般的施御史，摸了一把，冲着如夫人破口哭骂起来："你这狐狸精，你这娼妇，白日里老爷还好好的，怎的一夜工夫，就教你毁成这样了！"

如夫人还口道："太太你凭什么骂我，你看看这个！"大夫人这时方才看出刀子来！"哎哟！不好，有刺客！快来人！"吓得坐倒地上了，命使女们把男仆快快都叫来。

这时，门帘也扯掉了。男仆站在卧房外间请命，大夫人又骂起狐狸精：“死不要脸！还守在这里做什么！”又骂男仆：“死尸们！还不快救你们老爷！”

男仆乱作一团，这才走进来，拔匕首，救主人。正忙着，大夫人卧房的套间内，又怪叫起来。那套间内住着乳娘和小少爷，一阵嚷闹，乳娘惊醒，一摸小主人没有了。大夫人又奔回上房，果然四岁的爱子连褓裙全不见了。大夫人号啕大哭，又骂男仆，“还不快找找少爷？”

幸而很快地把小主人寻到了，真是出乎意外，小少爷连褓裙竟上了房顶，救下来，也是昏迷不醒，面色惨白。大夫人一面哭孩子，哭丈夫，一面想起了家财，催骂仆妇查看箱笼。还好，财物没有失盗。于是直闹到天大亮，施御史父子才被救醒。那插在施御史周身的匕首竟有五把之多，刺力惊人，直钉入床板，恍如用大铁锤砸进去的，那灯台下压着的白纸黑字，也已拿给施御史阅看。施御史喘着气，双手抖抖地看了一遍，吓得他一声不言语，把白纸掩藏起来，直抹头上汗。大夫人说：“这是贼，还是刺客？”施御史摇头道：“全不是，这大概是江湖上的人过路跟我开玩笑，你们不要乱说！”又传谕仆妇丫头，一律不准向外讲，极力地把这件事哑秘下去。

挨到次日傍晚，施御史捻着胡须，千思百想，打定了主意，第三天悄悄地坐了轿，拜访知府。

刚一投帖，府衙长随先说：“敝上今天不见客。”因为施御史是常客，就抱歉似的解说：“敝上昨夜忽得重病，至今没上签押房，恐怕没法子会客，施老爷能不能改日再来？”施御史眼珠一转，说：“哦，病了？什么病？多早晚得的？”长随赔笑道：“小的说不清，小的是外班。”施御史想了想道：“你辛苦一趟吧，拿

97

我的名帖进去报一声，说我一来问病，二来有要事奉商。"长随道："这个，施老爷不是外人，小的试去碰一碰看。施老爷稍候一候！"长随进去了。

过了好一会儿，长随高持名帖跑出来喊："施老爷请，请往内衙一叙。"做出来要开中门的姿势，却没有传人伺候，施御史摇手止住，便下了轿，径走角门，随了长随，曲折进了府衙后宅。与耿知府两人见面，施御史说："听说公祖老大人欠安？"耿知府卧在床上，推被而起，说道："施年兄，恕罪恕罪！我本要请你来谈谈，不过……近来时令不正，容易得病，你府上可好么？昨夜里你没有……你昨夜睡得可好么？"

施御史登时明白了，知府这个病大概是跟自己同时得的，随即答道："贱体托福顽健，公祖老大人请躺下说话吧，尊恙如今可好些？可是昨夜得的么？这可谓同病相怜，小弟我前夜也闹了一阵，险些死了！"

耿知府道："唔，你也病了？什么病？"

两位官由互问病情说起，慢慢地绕着圈子吐露了实情。耿知府和施御史一样，昨夜得的也是那种怪病。——刀插穿被头，人中毒不醒。

官和绅两位老爷又绕了一回圈子，耿知府先把他那张"白纸黑字"拿出来，并吐怨言道："施年兄，这病是我自找的，却也是你老兄嫁弄给我的。这件事分明是丁鸿这东西，看出我们布置的械斗的圈套，是要作弄他，他这才主使出人来干的，借此威吓官绅……你说我们该怎么办？"

施御史道："我想丁鸿前次在押的时候，畏官惧刑，现在忽然弄出这一手来，究竟是他还是别人……"没等到说完，看出耿知府神色不以为然，立刻改口道："我想，就是别人干的，也一定跟他通谋。他挑了这么一个夹当，在出狱之后，械斗之前，突然暗遣刺客威胁官绅，他简直就是反叛了。我们是不是把他抓起来，严刑讯问，钩稽党羽？"

耿知府笑了起来，说："年兄服官多年，怎么想出这个主意？"

"那么，依公祖之见呢？"

耿知府道："事缓则圆，丁鸿这个刁民既敢密遣刺客，齐迫官长，势必早存叛逆之心，暗中正不知他布置了多少党羽。现在一重办他，恐不免打草惊蛇，激出大变。鄙意以为我们目前不妨把事情按一按，好像是他这一来，真把咱们吓住了，不敢惹他了，过些日子，他自觉没事了，松懈了，我们再猝然逮捕他和他的党羽，一网打尽，然后才是我们做官的报效朝廷，隐销乱萌的道理，而你我这口闷气也就出了，何必急在一时？至于目前之计，年兄熟悉地方情形，请你多多偏劳，设法打听丁鸿这家伙交接的都是些什么人物，是不是跟水寇鄱阳百鸟有勾结？"

施御史听了，沉默不言，他恨不得把丁鸿立刻抓起来，免除后患，他试着又催了一下，只是催不动。他就变了个法子，另问知府道："公祖所见甚远、甚稳。兄弟不胜心折。只是他们械斗的事，该怎么办呢？"

耿知府笑道："那是他们地痞流氓干的事，也是多年留下来的嫌隙，官府睁一眼，闭一眼，只要激不出事来，那就吏不举官不究就是了。"暗示着借械斗隐害丁鸿的诡谋，他不管了，不办了。

施御史很不满意，可是大权在知府手内，知府不再听他的吆喝了，他到底拗不过去。见知府眼望屋梁，意含厌倦，知道再不告辞，主人就要端茶送客了，便只得又敷衍了几句闲话，起身

99

告辞。

回到家，施御史吹胡子瞪眼睛，冲家里人闹了一阵脾气。末后思量了一回，打算送重礼给知府，买嘱他逮捕丁鸿。他又心疼钱，不大愿意掏腰包。正在打不定主意，他那门斗又跑上来，禀报他一件要事。据那个舒长旺说，重金礼聘来的打手张开春、黄建堂两位名武师，退还聘金，不辞而别了。张、黄二位武师还婉劝舒长旺，应看重江湖义气，不要做官绅陷害良民的工具。——这一来，施御史更瞪眼了。

然而"把事情按一按"的办法，已经耿知府决定了。鬼见愁穆成秀、陶天佑、赵迈会同镇九江丁鸿，所做的"插刀留柬"的办法奏效了，居然把"事情压一压"了。虽然潜伏着隐患，穆成秀觉得这一来，到底容出工夫来，展开手脚了。于是穆成秀很得意他这做法，向丁鸿笑道："丁老兄，你看怎么样？"丁鸿自是欢欣感谢，丁鸿旁的朋友们也都高兴，至少把这场逼到眉睫的械斗，不知要死多少人命，惹多大乱子的凶杀，居然给化解得无影无踪了。

独有赵迈，另有所见。他向穆成秀说："我看施御史吃这大的哑巴亏，未必甘休。这几天没事，不晓得耿知府、施御史他们暗中捣什么鬼了。我总觉事情不算完，须提防他们暗中调兵遣将，密布网罗。"

穆成秀把他那大脑袋尽摇道："我已对张开春、黄建堂两位武师仔仔细细说开了，反正械斗是闹不起来了，眼前不会出事就够了。至于官绅不肯甘心，我也知道，但他们另布陷阱，那还得些日子。现在我们赶紧回去，替丁鸿延邀帮手。"

又过了些天，官府和豪绅那里，一点动静都没有。械斗的事似乎准是化了。那几个耍胳臂根的汉子，不但不再找丁鸿，就在九江口码头上也看不见了。穆成秀等便问丁鸿："府县衙里边，可有靠近的朋友没有？"丁鸿说："有。"又问："现在事情是缓一步了，如果再有风声草动，你事先能得信么？"丁鸿道："能倒是能，只怕未必灵通。"穆成秀思索了一回，道："你再设法好好地贿买一下！"

又过了些日子，陶天佐回来了，带来了叶雨苍的回信。现在闯王大兵分道入豫入燕，和江南有些彀不上。叶雨苍事忙，也不能亲来策划。不过皖、鄂交界四流山地方，啸聚着一群山林好汉，为首的寨主虞百城，跟闯王部将也曾通谋。信中说镇九江丁鸿倘有起义决心，当鼓励他自己干，干起来自然有人，倘或势孤事危，可教他与虞百城联兵。信末就教穆成秀等，马上给虞百城丁鸿联络一下。穆成秀、赵迈依言先去找丁鸿。

镇九江丁鸿此时已经相信穆成秀等人的力量了，就拜托他们赶快与虞百城联络。穆成秀、赵迈、陶氏弟兄带了丁鸿的几个死友匆匆地去了；丁鸿就一面戒备着，一面照常干他的鱼行生意。耿知府、施御史连日一点动静也没有，街面上也没人寻隙；他虽然还没有放心，却也渐渐有点懈了劲。

这时地方上竟传大局吃紧，说是建夷（满清）自获得明廷葫芦岛三降将孔有德、耿仲明、尚可喜的率部投降，现在正整顿水师，窥伺鲁东广岛、登州、芝罘一带。而"流贼"闯王李自成也正率匪部直窥燕云。"内忧外患"交乘，凡属官绅士民食毛践土，理应效忠君国，荷戈勤王。九江既系久沐皇恩，难道还不该出兵、出饷、出械，以捍国难么？官绅这样说，老百姓这样传，于是军出旁午，征调频繁，市井间陡然紧张起来，这情形也波及江边船户渔民。

有一日，驻扎九江口的水师提督军门，忽发羽檄，传谕沿江所有航船、渔艇的排头、业主，齐到军门大营听令。大大小小的船行业主都被抱大令的水师营一齐催到军门。军门大营出来一位气象威武的将领，向这些船行排头"讲道"。先晓谕当前时局，辽寇当御，流寇当杀，但是"攘外"必先"安内"，安内必当剿贼，所以讨流贼更比征辽御辽紧要。次指示征调重务，既为迎击流贼，防制他南窜，故此官军要征调江船，大批运兵、运粮、运军器，教他们船户人人掏出良心来，替皇家效力。征调是不给船资的，但照支"力役"的伙食费。传谕完了，就教他们画押，随时听候调遣。

这个传谕的将领，有人当是水师提督军门。可也有人认识，这人不过是中军参将，提督军门大人是轻易不跟小民见面的。这些船行散了之后，回途上七言八语，免不了怨言百出，尤其渔户，一向不管航运的，现在也征调到了。镇九江丁鸿既是鱼行老板，又是渔船排头，他却一声不响，低头沉吟。这回征调是为了御辽寇，剿"流贼"，可是自己是和闯王通谋的，"我怎能帮官家航运，来资敌害友呢！"

但这次征调，不比往日由军门檄告府县地方官办理，这次既是由军门径直下令，采取的是"军兴法"，"如违"便要"军法从事"。镇九江丁鸿和他的死友，同行商计，都说穆、赵联结虞百城未回，我们羽翼未丰，不可抵抗，还是且看动静，守机待时为妙。万一临到我们被征，也只好暂时虚与委蛇，不可硬顶；却不妨派人和穆、赵、虞百城，送信告急去。——就这样商定了。

却是事机紧迫，隔不了几天，征调令竟落到镇九江丁鸿头上。镇九江丁鸿心中不由疑忌，军输航运，理应先调江船，江船不足，然后征调渔船接济。怎么军输刚开始，就落到自己头上了呢？这其中是否耿知府、施御史暗地作祟？如果是他们作祟，我们又当如何？

镇九江丁鸿耳目是灵通的，就一面准备应付之策，一面设法刺探。刺探结果，地方官似乎并不知情，且已引起文武大僚的争执。知府认为水师滥肆征调，侵夺理民之权；水师提督认为地方官有意私收民誉，阻挠军兴之令。双方竟互讦起来。要闹到督抚那里去。后来还是那个地方巨绅——施御史——出头调处，才算完事。

丁鸿只从府衙打听到文武不和的消息，便告诉了同帮盟友，大家说道："既然如此，我们姑且只好应调了。"但为了对付不测之变，头一批渔船应调，就由镇九江丁鸿亲自率领。这头一批船，运的是新征集的兵丁和一批粮械，要运到安庆，再转到南京。文武大吏更为照顾商艰民困，只让运到安庆，再由安庆另行征发船只转输，以均劳逸。镇九江丁鸿和十二只江船，六只渔船，一同装运丁壮粮械，面江流往下游运，每只船都有兵弁随同押护。等到开始装运，镇九江丁鸿陡地起了疑心。按这装载的丁役粮械计算，只要八九艘江船就够了，本来用不了这许多船，更用不着渔船。他试着向小武官和江船排头探问，所得的回答是："丁二爷你也是老江湖了，难道还不懂得官场的手法么？""什么手法呢？"江船排头说："谁打点得到家，谁就免征；谁打点得不够格，谁就辛苦一趟。这有什么可怪的！"

可是丁鸿也打点了，莫非打点得不到么？怎的渔船头一批就临到自己头上？他想不通，就只得多存戒心，多加探访。

可是沿路上居然一帆风顺，平安运抵安庆。押船的官弁对丁鸿也另眼看待，似乎认为丁二爷是九江地面上的人物，要攀交攀交。等到船抵安庆码头，拢岸不久，验收才毕，公事交代还未完，便惊动了码头上出头露脸的人物，立刻邀请丁鸿和江船排头，到下处饮酒歇息，还要请他们看戏。镇九江丁鸿推辞不掉，只得应酬，从这应酬中，听到了许多朝野新闻。原来大局败坏，讹言百出，税重役多，民心动摇，又不止九江口一个地方，这安庆一带也很骚动。丁鸿听了，只哼了几声。过了几天，签发的回批文书领到，丁鸿就掉船回返九江。九江口的朋友们本来不放心，现在齐来探问，得知平安无事，也就丢开了。

跟着第二批、第三批船运，也都派下来。随后到了第七批船运，又轮到丁鸿头上。丁鸿既然心存戒慎，就又亲自押运，随船驶往安庆。一路平安无事，到了马当地方，那里关防突然吃紧起来（而马当镇依然属于江西九江府地界）。沿江舰艇密布，水师云集；丁鸿等这批渔船一共六艘，虽然是奉檄随办军运，仍被严厉盘诘，仔细搜检。竟给扣留了多半天，眼见得船不能启碇了，便夜泊江边，预备明早开行。镇九江丁鸿睡在一只渔船船舱中，含怒饮酒，不觉睡熟。忽然间，船发惊讯，船户水手喊成一片："不好了，丁老板，粮械船走水了！"

镇九江丁鸿，一跃而起，抢到舱面，拿起了他的铁篙。他才待喝问，其实不用喝问，满江通红，六艘渔船，已有三艘起火！另有八只江船，一只也没烧！

这运粮运械船警夜戒备本严，又有兵弁护航，怎么会突然失慎，又不止一艘？此时竟无暇查究，镇九江丁鸿奋起神威，大呼同伴，赶快来抢救。他挥动铁篙，先要冲开那已发火之船，与未起火之船隔绝。

可是丁鸿之抢救，不但根本无效，而且押运粮械的兵弁，和闻警驶来护航，驻扎马当的水师营，竟一齐前来抓拿失火船上的水手渔户，并且要拿办丁鸿。

丁鸿在火光中，冒着炽热的火焰，用铁篙奋勇把失火船捣到江心，使它离开其他的船。然而在火光中，他竟看到了官军冲他放箭。而且更在火光中，恍惚瞥见了水师营游艇上有两个人。

这两个人是那受施御史指使，要以械斗争夺码头的武师，一个是舒长旺，另一个也是一位武师，二人在那里指点帮拳。

江岸上，江流中此喝彼和传出一片呐喊！

"拿呀，拿呀！"

"渔船通匪！"

"渔船与闯贼勾结。"

丁鸿蓦地憬悟，但已迟了。可是，无论如何，他也不会"早"，一定要"运"的。

他不懂"王法做圈套"这句话，更不懂"王法"本来就是"圈套"。

马当口一片喊声，要拿私焚粮械，阻挠军运，与闯贼勾结的九江口水上恶霸"镇九江"丁鸿。

镇九江丁鸿一阵怒笑，怪喊如雷："盟友们，我们上当了！我们反，我们反，我们杀！"

随船渔民们一看火起，也都急了，便跟着一齐喊。镇九江丁鸿使出他那威镇九江的本领，挥动铁篙，驾渔船扑奔水师快艇。水师营兵操舟来攻，倒被他挥篙打倒好几个水军士兵，他竟当先跃登快艇，招呼死友，快快登艇。渔民们果然一齐硬来夺船。渔民的水性比水兵强得多，不大工夫竟夺取了两三只快艇。镇九江喊道："突围快走！"

这时白霜横江，夜色迷离。镇九江丁鸿和二十来个渔民，驾船急逃，水师营官兵驾船急追。水师营的操舟术不敌渔民，很快地就被渔民冲出重围，逃了开去，而且很快地毁舟登岸，昼伏夜行，从陆路逃向九江。镇九江丁鸿的意思，还要潜入九江口，把死友和亲眷拔救出来。不料九江口官面上预先安排下圈套，在马当口阴谋纵火归罪的第二天，便已开始搜查渔户，暗加监管。却是手下官人，暗中有和镇九江通气的，在第三天便泄露了机谋。镇九江留在当地的死友们叫道："不好！我们应该赶紧起义自救！"

不过人们畏难苟安的心情，依然作怪。他们还要等一等镇九江的准信，妄想看准了再动。准信没来，渔民已经有十几个人被捕。这一来，渔民们被迫不得不动起来了。

渔民们三三两两密议，大多数都把亲属运到渔船，假装下江捕鱼，以便伺机逃奔四流山虞百城。结果，水师营封江，渔民强闯，激起了一场水战，渔民终于闯出去了，却被打得落花流水，各不相顾。大半数舍舟上岸，少半数战死遭擒。等到赵迈等和四流山虞百城联络妥帖，九江口渔民的抗官运动已经失败到底了。

失败的缘故何在呢？

就在于赵迈、穆成秀等联络水陆联兵起义，迟了一步。

怎样的迟了一步呢？

铁秀才赵迈尚还"能见其大"，而鬼见愁穆成秀的游侠作风，竟把事情"轻重倒置"了。鬼见愁穆成秀他半路上忽然要考验赵迈吃苦耐劳的本领；他又路见不平，拔刀仗义，要搭救一些落在妖人手里的童男童女。他耽误了二三十天，把童男童女救了，可是把九江口渔民起义的事给误了！

原来，在叶道长分派穆、陶等人，搭救铁秀才赵迈时，穆、陶等人都觉得赵迈文绉绉的，和自己气味不大相投。等到救出赵迈之后，陶氏昆仲陪伴着赵迈逃难，一路上艰苦备尝，赵迈却能忍受，对赵迈便改了一些看法。可是鬼见愁穆成秀总有点不放心这个文弱书生。这一次由九江口到四流山，鬼见愁穆成秀恰与赵迈同路，鬼见愁要试试这位秀才师弟，于是他玩了一点把戏，而赵迈果然吃不消了。

穆成秀自幼受苦，当乞儿惯了，风餐露宿，冷地寒天躺下就睡，一睡就睡熟，有点动静，睁眼就清醒。赵迈是读书人，怎么着也得有铺有盖，躺在床上才能安眠。别的苦他都能受，受累起早全成，就是这一手他准伤风。跟穆成秀伴行几天，他就患伤风几天，随后咳嗽起来了。但是他贪图跟大师兄学能耐，学江湖经验，强行忍受，苦不肯言。数日后，被穆成秀看出来了，他却不能同情赵迈这份脆弱。他脾气既怪，又太任性，他嘲笑赵迈："怎么样，老弟，不行了吧？要想干我们这一套，就得熬得住，受得了才成。再像旧日在家纳福，可有点吃不开呀。"

赵迈脸一红道："我得慢慢地来，吃苦也得练，师兄你不要心急。日子长了，我就改过来了。可是，若教我练成大师兄你这样的铜筋铁骨、心硬如钢，我还差得远，却是你要容我一步一步地修炼。"

鬼见愁穆成秀哈哈大笑道："老弟这几句话，是该画圈（犹如说，值一百分），我倒想不到你体气盯不住，嘴头子倒够硬的。"

第八章

万恶妖人竟然生剖孕妇
无知土霸妄想南面称王

然而，克服困难，须有限度。十数天后，赵迈又病倒了。而且穆成秀在路上走，不但眠食无正规，而又忽然施展夜行术，紧跑起来，忽然又耗起来。遇见道路传言，人间愤语，他就要刺探。譬如刚在一座破庙住下，师兄弟睡下了，半夜一睁眼，赵迈看见穆成秀没影了。等到天亮，又睡在身旁了。清晨该上路了，穆成秀缩作一团，要补睡一觉。八个字的批语：他是"起居无时，行止无定"。往往是今天误了行程，明天就该跑步。穆成秀虽然是大师兄，脾气确乎有点乖僻，他又有点刚愎自用，总而言之，"穆师兄乃是怪人也。"赵迈却是个常人。

可是这一来耽误正事了。赵迈病了好几天，不能走动，陶天佐、陶天佑也被牵扯得走不成了。四个人重聚在一块，一面给赵迈延医治病，一面由陶天佐、陶天佑向大师兄发话，把大师兄的怪诞脾气，痛痛地抨击了一顿。穆成秀还强调夺理："我这是好意，我这是给赵迈弟一个磨炼。"陶天佑道："哪里有这样磨炼的？你也得照顾到赵师弟的体力呀，你不能把他磨出病呀。"陶天佑道："不对！这不是磨炼，这简直是贻误要务。我们现在需要赶紧和镇九江、四流山联系，我们得快赶紧着走，不能沿路逗留，因小误大。要磨炼盟友，得看缓急。大师兄，你犯了任性逗留之罪了！"

穆成秀起初还狡辩，到底被二陶痛切驳倒。他扪着大脑袋，翻了一回眼珠子，好半晌忽然笑道："是，是，是愚兄错了！我就算犯了逗留之罪了。"

陶天佑道："不只是逗留之罪，还有轻重倒置，拿正事不当正事办的毛病。"

穆成秀道："对！这都是一连串的，一错百错，通通出毛病了。实在讲起来，我是嫌赵师弟斯斯文文的不大对路，我要矫正他，可就矫枉过正了。"

陶天佑道："你那一套也不能算是正。你忽东忽西、忽睡忽醒的劲头，只有我哥俩跟着你，还能盯得住，换一个人，谁也受不了啊。"

穆成秀道："你挑的不对……"刚说出口，却又赶紧咽回去，道："对对，我行的尽管正当，可是我这讨饭花子的做派，确也不算正常。老弟，以后我知过必改。"

这么一闹，等到赵迈病好，二陶就提议换拨，由陶天佐跟穆成秀一路，陶天佑跟赵迈一路，这样就好办多了。

于是继续登程，奔赴四流山。只走了几天，赵迈和陶天佑已经赶出两三站。穆成秀又犯了老毛病，自恃脚程快，落在后头了。陶天佐一犯脾气，说："鬼见愁，你一个人煞后吧，我也陪伴不了你。"攒起脚力，很快地赶奔前站，与陶天佑、赵迈合成一路。穆成秀笑骂了一声："我就一个人煞后！"便剩单人，算是暗中跟随他们了。

这一天，刚走进鄂北罗田县一个村镇，天色已晚。赵迈便和陶氏弟兄，寻了一家客栈住下。二更以后，陶天佐、陶天佑枕了小包袱睡下了。赵迈向灶上讨了一盆热水，脱袜洗脚。刚刚洗完，忽然听店房后窗沙沙一响，赵迈微微一动，回头低问窗外："是谁？"

窗外低声笑道："是我。"

赵迈道："可是穆师兄么？"

窗外说："快开门，是我！"

赵迈慌忙拭脚穿鞋，陶天佐已然一跃而起，低叫道："鬼见愁，你不会跳窗洞么？"却已下地开门，穆成秀掩了进来，一口吹灭了灯，过去就推陶天佑。陶天佑伸手一刁腕子，道："大师兄又搅惑人来了。"

但陶天佐在未灭灯以前，已看出穆成秀神色有异，料知有事，忙说道："别打岔，师兄什么事？"

摸着黑，师兄弟四个人聚在床边，赵迈没经过这样的事，未免沉不住气，首先开口问："师兄怎的了？有什么事故？"

穆成秀道："你们住的这座店靠不住！"

赵迈失声道："难道是黑店？"

陶氏昆仲手摸兵刃道："看出哪点破绽来了？"

穆成秀道："反正有毛病，是不是黑店，还难说。——也许毛病不在店内，在四邻。"

陶、赵齐问："怎见得？"

穆成秀低说道："你们进店不久，我就溜到店门了。我却没进来，要转一转。忽然看见一个高大肥胖的和尚，走到店门口，他也是不一直地走进来，却抬头看了看牌匾，忽然绕到店后。我觉得他奇怪，就慢慢地溜达着，缀在后面。他拐过墙角，我就蹲在墙根。那时候天刚黑，似乎他并没觉出有人暗缀。他东张西望，末后挨到墙底下，站住了，从怀里掏出一块石子来，隔墙抛了过去。隔了一会儿，后墙上有人探头，向下望了望，看见和尚，就向他招手，又向旁边指了指。那和尚便向那指示的方向走去。又是一个墙角，和尚转眼之间拐过墙角，看不见了，墙头的人也缩回去了。我这才直起身来跟追，拐过墙角，再找和尚踪影不见。那里什么没有，只有一座草棚。我进了草棚，里面空空如也。你们看这份诡密，能说没毛病么?"

赵迈听得发呆，以为这不过是个和尚钻洞，也许是偷情，不见得算是黑店。陶氏兄弟却一面听，一面结束停当，背起兵刃道："走，咱们仔细蹚蹚道，那里一定有什么蹊跷。"便催赵迈穿袜整衣，收拾利落了。四个人侧耳凝神，听了听四面动静，约莫已在三更时候。穆成秀轻轻开了房门，当先引路，陶、赵三人紧紧相随。

陶天佑最后出屋，便回手带上了门。几个人悄悄溜出店院，却喜店中人全都入睡了。穆成秀一指店墙，陶天佐飞身上去，伏身窥察无异，飘身跳出店外平地之上。赵迈不会上房，穆成秀骑在墙上拉，陶天佑蹲下来，叫赵迈踩肩头，往上攀登。两人帮忙，把赵迈架弄出去了。

穆成秀当前引路，陶氏弟兄和赵迈紧紧相随，曲折找到草棚左近，四个人分开来，先窥看人踪，次履勘地形。草棚这边是一片空旷之地，孤零零有几棵柳树；空地以外，是一块禾田。四个人反复寻勘了一遍，似无可异，重新来到草棚内外。晃火折火照看，棚中空空洞洞。大概原是个磨坊，此刻废了，却靠墙根，立着一个大磨盘。穆成秀仔细察看了一回，低声说："毛病在这里了。"熄了火折，陶天佐伸手，就要用力搬。穆成秀急道："慢慢的，轻轻的，不可用强。"他怕的是有消息机关。果然所料不差，陶天佐手劲不小，两只手试行搬移，竟分毫搬弄不动；不但磨盘沉重，还似生了根一样。陶天佐立刻重新站好了姿势，就要拿出全力，穆成秀忙推开他，自己过来，翻翻摸索，竟摸着机括。只一推，便很圆滑地推开了

磨盘开，窟穴现。"不好，这一定是地道！"里外漆黑，眼睛看不清楚，用手一摸，穴那边还有档头。穆成秀推开档头，立刻从窟穴中扑出一股子阴风，挟着霉温气。那么，窟洞之内，必有地道，必有地室，已无可疑了。

四个人决计入穴探险。四个人分开办事。陶天佑和赵迈在外巡风，两人一个藏在棚外，一个蹲在草棚内。穆成秀和陶天佐拔出兵刃，摸着黑，先从俯腰进入地洞去。这洞初进很矮很窄，渐进渐深，忽然开朗，约莫走出三四丈，由地道达到地室了。

地室有门，门隙透光。穆、陶互相关照。提气蹑足，分立门两边。听了好半晌，里面微有动静，不闻人声。却从门缝中，微微觉得扑出热风。门缝太小，看不见内面。陶天佐心急，伸手要挖门缝。穆成秀拦他不及，门那边忽然有人出声："谁呀？唔……没人？真他娘的，像下地狱、熬油锅一样，总教人起鸡皮疙疸，浑身发毛！屈死的小娃子，和娃子妈，你们不要闹鬼。冤有头，债有主，可没有我马老二的事呀！"

陶天佐再也按捺不住，突然肩头用力，猛一靠门扇，门扇开了。

灯火之下，地室之中，一个大胖子背身蹲在地上，在一火炉旁，大盆前，正在鼓捣什么。门扇骤然一开，胖子回头惊看，失声叫出来："谁？做什么？"陶天佐一个箭步，窜上去把胖子按住。胖子极力挣扎，穆成秀倏地赶上来，急忙堵嘴扣喉。胖子只哼了一下，狗似的躺倒，幸未噎出声来。穆成秀急急往盆里瞥了

一眼。大盆中是一个死小孩。

穆成秀勃然大怒，陶天佐吐一吐舌头："好家伙，钻在地窖害人呀！"穆成秀立下重手，把胖子闷过气去。随即叫陶天佐火速把胖子拖出外面去，陶天佐便掐脖颈，扛死尸似的，往地道原路走。穆成秀留在后面，马上开始了寻搜。地室有三间，人只胖子一个。来不及搜地室的上面，便先倒闩上地室门，灭去了则才扒门拖拉的痕迹，吹熄了灯，恢复原状，退出了地道，来到草棚，掩上磨盘。这个胖子好沉，足有一百八十多斤，陶天佐弄了一身汗，才把俘虏架弄出去。陶天佑、赵迈一齐动手接力，很快地把胖子架胳臂抬腿，撮弄到禾田地。穆成秀也赶到，动手把胖子弄活转来，急急逼讯内幕真情。

"你叫什么名字？做什么的？为什么藏在地窖宰活人？"

胖子喘息良久，被逼问数次，方才惶惑地说道："我叫马二，本行是屠行，现给本家当厨掌灶。我不是宰活人，我是给本家主人洗死尸。"

"那盆里明明是个小婴孩，你怎么给弄死的？"

"不是，不是，我敢起誓，这没有我的事。那是从娘胎里一剖出来，哭了几声，就死了的。那是一具童尸，主家教我剥洗剥洗。好汉老爷们可以细看，尸上没有刃伤，我是受人雇，给人支使，我绝没害人！"

"受什么人支使？你可知道杀孕妇，剖婴胎该当何罪？你分明是个妖人，不算主谋，也是帮凶！"

"好汉老爷别这么说呀，我不是帮凶，我只管洗一洗，剥剥皮，我并不管宰活人。我不干，主人不饶我。我是被逼无奈！"

"你主家是谁？"

"我还闹不清楚呢！他们不教我说，说了就拘我的生魂，炼摄魂幡。老爷们饶了我吧，别问啦，你老爷自己访去吧。"

赵迈听得毛发直竖，穆、陶一齐激起义愤来，低喝道："你还替妖人隐瞒，你就是帮凶！赶快说实话，举出你们的教首来！如若知情不举，教你尝尝厉害！"陶天佑掐住了胖子的手，使力一夹，如拶子一般。胖子疼痛，失声待喊，穆成秀早防备到了，马上一伸手，便掐住喉咙，略使几分力，胖子又差点闭过气去。于是松了手，陶天佐抽出匕首刀来，往胖子脖颈上一蹭："还不快实招，再不招，先宰了你，给惨死的婴孩报仇雪恨！"

胖子喘了半天气，方才实招。先招出他的东家姓李，叫作李二爷，李永照，就是这座店房的老板。李永照是鄂北罗田县大户李永光李五爷李五皇上的本家。李五皇上有财有势，"乐善好道"，家里供养着一位红莲仙姑，道法高深，有很多信徒。"可是李五皇上信的那门道，还不如我们李二爷。我们李二爷好交朋友，眼皮很杂，五行八作，三教九流，他都能交得上，就因我们李二爷现开着店房，什么样的江湖异人、过路英雄，他都有办法碰得着。因此，我们李二爷就交结了一位陆地真仙……"

"陆地真仙……他叫什么名字？"

马二道："这位真仙，叫作太谷僧，清世洁佛。"

穆、陶三人一齐惊说道："太谷僧？这个名字好熟！"

赵迈听到这里，忍不住笑了："管着和尚叫真仙，把僧道混为一家了！"

那马二说："可不是，人家太谷僧是把僧道儒三教归一，红莲白藕青荷叶，三教算来是一家，人家太谷僧常常这么讲究。"

赵迈道："放狗屁！"

穆成秀也忍不住笑了，说："糊涂浆子一锅粥，你别打岔，叫他说下去。"

马二继续说："人家太谷僧老佛爷道法真高！"

赵迈嗤道："又是道法，你不懂得道法和佛法是两件事么？"陶天佐推了赵迈一把道："你不要咬文嚼字，叫他赶快讲清楚了。"

马二说："太谷僧上知天文，下知地理，前知五百年，后知五百年，又会相面批八字，看骨法，炼丹捉妖，长生不老。人家的道行可大了。他那天住店，看见我们李二爷供奉着骊山老母，就讲起道来，一夜就长谈，把我们李二爷说得顽石点头，五体投地。顶要紧的是，他算出来我们这地方，该出真主。说我们李二爷鸿福远大，贵不可言。李二爷起初还瞧不起自己，后来经太谷僧指出李二爷身上有三根仙骨，若肯修道，可以成仙；若要做官，可以封侯拜相。倘得能人辅佐，祈天造命，就许能够登九五之尊。把个李二爷说得虔诚信仰。后来李二爷讲到他的本家李五爷外号李五皇上，为人更信道，更有财有势，家中供着红莲仙姑。太谷僧就问李二爷，这位李五爷住在何方？李二爷告诉他离店五十里，罗山县西境。太谷僧就恍然喜叫道："哈哈，原来大贵人出现在这里呢！"立刻烦李二爷引他去见李五爷李五皇上。

穆、陶、赵四个人互相推了一把："想不到江湖上传说的妖僧，太谷和尚落在这里了！"便催马二扼要的赶快讲。马二接着说："太谷僧跟着李二爷，见了李五爷。李五爷的局面，比我们李二爷又大了，光看住宅，就像皇宫修的那么排场。那太谷僧当然早从李二爷口中，把李五皇上的一切底细打听清楚了，一见面，就口念'阿弥陀佛，我贫僧奔走江湖已经十几年，不想今日，果然得过真主！'趴在地上就叩头……"

穆成秀、陶、赵四人齐声问道："李五皇上现在做了皇上没有？太谷僧这个人现在住在李五皇上家中没有？"

马二道："听说李五爷快做皇上了，已经把龙床龙袍做好了，封我们李二爷为一字并肩王了，太谷僧现在就是护国真灵佛祖师。"

可是太谷僧进封为护国佛祖，也煞非容易。"他就和红莲仙姑斗了三天三夜的法，据说是用尽无边佛法，这才把红莲仙姑战胜。他们两位在和解之后，太谷僧这才进封了护国真灵佛祖，称为我主爷驾前的罗田四友第一位……"

"罗田四友，还有三友？"

"那三友第二位是太谷僧的一个师弟，人称白罗汉任松，一身的好功夫，会钟罩、大力重手法。第三位就是红莲仙姑，三十多岁，生得漂亮极了，道法也高，就是不如太谷僧。第四位已经占算出来，是青巾玉面儒童仙尊，据说是位白面书生举人秀才，将来可以请他当护国军师，可是至今还没有访着。太谷僧给找了一位，姓刘，是个秀才，很有刀笔的能耐，岁数大点，红莲仙姑却坚不肯认，她说这位刘秀才才学不高，还是小事，可惜他福命不大，五行中又与李五他相克。李五爷是船底木命，刘秀才是金命；金克木，妨真主，害国运，是决计要不得。最好是水命，才能保养真命主。因为这个，一位佛祖，一位仙姑，又抬了一天杠，盘了一天道。末后还是我主爷跟刘秀才谈了一回话，没有谈拢，就算拉倒了。这一回可算是红莲仙姑胜了，现在还是托人四处寻访护国军师儒童仙尊呢。听说访着儒童仙尊之后，我主爷还要效法刘先主，三顾茅庐，御驾亲请哩。"

穆成秀、陶天佐、陶天佑、赵迈问到这里，一齐惊诧，想不到潜搜黑店，找到一个妖僧的劣迹。但是还有死孩子这一件事，穆成秀再叮问下去："你们这地道地窖玩的是什么鬼把戏？你是个屠夫，却来当厨役，你一定宰过活人！看你横眉竖目，决计是个刽子手。你老实说,你害了多少人命?"

马二极力支吾,说自己从来没害过人。这个死孩子,不是他害的,他没有弄死过一个人。就是说误伤人命,那也不怨他。白罗汉逼着他阉割活人,阉割了两个人,实是上命差遣,事不由己,不信可以问白罗汉去。自己还为了这个,受了责骂。现在人家白罗汉就是来亲自动手的。马二推了个干干净净。穆成秀不由发怒动手,捏紧他的手腕子,狠狠一用力,他闷哼了一声,几乎疼死过去。放松之后,他这才呻吟说:"我说,我说。"

马二于是揭穿了又一个害幼童的罪迹。自从太谷僧、白罗汉先后到了罗田,施展"法术",先给李五皇上净宅相坟、造风水、破恶祟。改建了几间房,添了几起楼,泄了宅中"白虎"余气,又给李家坟园,添上地皇黄龙尾。他们说:"这一来李五爷的一统天下,足可后福无穷,奉天承运万万年,至少后嗣可当二十八代帝王。"

据说李五爷信心还不坚,虽然想争天下、登龙位,却怕祸灭九族。罗田三友异口同声劝驾,说我主爷不过是觉着地方小,臣辅少,有些迟疑。古人说:圣人无土不王,文王以百里兴。可是我主爷现在就拥有数顷良田,还有这些佃户,已经是有人有土了。现在只不过是辅佐将相不足。我们三友可以尽力传道,广招信徒,古人云圣人以神道说教。红莲白藕青荷叶,三教归一,一以贯主,我们"大成教"行下去,一定可以搜罗几千几万信徒,可以运用他们起事。

赵迈插口问道:"哦,原来是大成教!你们李五爷、李二爷就都信么?"

马二道:"怎能不信?现拔着这法灵验,信徒越来越多,佃户们谁要是信了大成教,李五爷就不再追欠租,也不再夺佃了,信了教就是教亲，跟庄主李五爷都成一门同道，你想，谁敢不信？尤其是年轻的女信徒一旦入了大成教，就可以随便到庄主宅院，穿门入户，听经受法，跟一家人一样了，好吃好喝地待承着。真有些女人舍身入道，整天整夜在庄主家中法坛上修炼，连自己家都不肯回去了。可是其中也有女人只去一趟，便痛哭流泪，说什么也不肯再去了。后来便因为她信这不笃，真心不够，闹出了大差错，弄得女人教男人痛骂狠打，女的上吊寻死，男的马糊涂街，因而激出来夺佃被驱逐，忽然失踪……一连串的惨剧。"却是这种暧昧情形，马二不能全知道，知道了也是不敢全说出口。就只这样，穆、陶、赵已经听得毛发直竖了。"好妖僧，简直罪恶滔天了！"

于是穆、陶、赵催促马二："快说下去！"

马二道："这一来，大成教信徒传布得很快很广，地面官也知道了，好像是县太爷曾把李五爷传了去问话。"李五爷和县令盘了几天道——骨子里是李五爷花了很多钱——县太爷不但不追究，还赏了一块匾："劝善化俗。"说大成教三教归一，可以正人心，息邪说，隐消乱民不轨之心，忠君报国，有益王道。自从县太爷一赐匾，大成教在表面上又打起了勤王事、保大明、讨流贼、御外寇的"光明正大"的旗号，算是奉官批准了。罗田三友太谷僧等向李五皇上庆贺；李五皇上大喜，信心增强，赶造地下宫殿，黄袍龙床，王灵大宝，封侯拜爵，秘造旗帜甲仗，闹了个凶，备了个全。像中了魔似的，李家宅中男女疯疯癫癫，关上门，下地窖，称孤道寡。于是乎大山金资，拐卖少女童男。女孩子准备选偏妃，当宫女。至于男孩子呢，马二说准备着教他们当太监。

陶天佐忍不住哼了一声，道："当太监，当太监？"

马二说："就是这一手，小的我才受了罪。我虽然当过屠户，可是我只会阉割牲口……"

鬼见愁穆成秀不由暴怒道："好王八蛋，草菅人命。你、你害死几个了？"

马二嗫嚅道："我我我上命差遣，概不由己！"

"王八蛋，我问你害死几个？"

"还不实招么？"陶天佑捣他一拳。

马二无奈，这才说道："十二个童男，只试了两个，就阉割死了。那十个还活得好好的呢，就是不大吃东西，总哭，都瘦成鬼了。宫女们也很糟糕，有两个老婆子，专给她们缠脚。要登在两丈多高十二座莲台站稳。并且不管登宝殿摆驾，登法坛排班，登莲台迎仙，她们总哆哆嗦嗦打战，越打她们不教她们害怕，她们越害怕越叫唤。弄得日日夜夜得看着她们，她们总寻死觅活。"

穆、陶、赵再也忍不住了，一齐骂道："一二十条孩子们的性命，就教你们这群妖人恣行淫虐，任意宰割，你你你万死不足抵罪！"

"好汉饶命，上命差遣，罪不在我！"

"你这个凶手！"陶天佐疾恶如仇，照准马二就下毒手。

穆成秀道："等一等，我们还要向他追究那一帮孩子现时困在何处？还有妖人太谷、白罗汉、红莲仙姑，以及李五皇上、李二王爷！"

可是陶天佐抢先下手了，用重手又把马二弄死过去，本来跪诉，栽倒在禾田里了。穆成秀怒斥道："陶老大，你这家伙太混账，来不来的就行凶。你看你把个活口弄死了，再也问不出什么来了，你赔我吧！"

"治活他还不容易？"

"你摸摸看，都没气了。"

"没气了，不过多死一个妖奴，多臭一块地，世界上并不短少他一个。"

"你还不认借？"

"我就不认错！"

陶天佐也后悔了，但是他还是晓晓抗辩。穆成秀道："我没有工夫跟你吵，现在赶办正事要紧。审讯这小子，耽搁工夫太大了，我们快去到地室搜寻妖人，搭救孩童去吧！"

"马二这具死尸怎么办呢？"

"也许还醒得来，先不要埋，你把他捆上，堵上了嘴，放到没人处，以免贻害禾田主。"

陶氏昆仲赶紧照办了。觅一荒林土，把马二捆堵了，放在土坎内，上加浮草、落叶，免被发现。然后穆、陶、赵迈四个人齐趋草棚，重下地道。

这一回更加审慎，因为不晓得地道内地道上妖人有多少，只得四个人各仗兵刃，一齐钻地道，进内探险，寻妖、救人。

第九章

四众探地牢除恶务尽
单身入虎穴死里逃生

仍由鬼见愁穆成秀当先引路，陶天佐断后，陶天佑和赵迈居中。穆成秀怕妖人已发觉马二失踪，进探很慢，一步一侧耳，一步一警戒，慢慢地开门掩门，来到了地下室洗尸的所在。妖人并没有觉察。各处履勘了一阵，随后听得地下室上面的房舍中透出不清晰的笑语声。四个人低声传话："上面人不在少数，要多加小心！"于是晃着了折子，点着了地下屋灯，重勘一遍，确是他们架走马二后，无人进来，一切照旧。退路没毛病了，四个人很快地，然而很轻地，从地下室往上室进探。

仍然开门掩门，从地下室爬上地面，这三间地下室是建在一排后单房底下的。后单房又不像店房，倒像大宅院的后下房。出了后下房，就是后院，四处寂无人声，也许有人都早睡了。前面正房却人语喧哗，灯光还透过后窗纸，映得后院微明。四个人跃出地下室的出入口，略搜一下，便轻轻蹑足，散开来往各处窥察。

鬼见愁穆成秀施展轻功，首先蹿登正房后窗台，舐窗往里一看，竟看见了那个胖大和尚和一个瘦脸绅士高踞上座，正在饮

121

茶，旁边侍坐的、侍立的有着七八个歌童女伎模样的人。这不是店房该有的情景。穆成秀侧耳要寻听他们的谈话，原来他们喝醉了，说话已不清楚，只听见"道亲、王爷、祖师，再来一杯，再来一杯"的劝饮声。可是那一边二陶进搜别院，另有发现，赶来急打手势，催鬼见愁快快过去。

在店房小小一座跨院里，他们发现了佛堂法坛。佛烛半明半灭，炉器香烟缭绕，有一位瘦猴大仙，闭目阖睛，端然打坐，在法坛上装蒜；坛两旁立着四个仙童，已经困成瞌睡虫了。"又是四个倒霉孩子，这一帮妖人把天真无邪的幼童毁害多少！"

穆、陶、赵琢磨着，便要对这大仙人下辣手。这大仙手持尘拂，背后还插着宝剑。穆成秀心想："这东西也许有两手本领，不可不小心。"把掏出暗器来的陶氏弟兄暂且拦住，他要试一试大仙的眼神。由技击家讲来，验看一个人的武功乃至道术，可从他的眸子分出深浅。

穆成秀掏出一块飞蝗石子，正要试投一下，不料那大仙口中念念有词，随后睁开眼，直勾勾瞪视，伸手一指，喝道："好孽畜！"

这一喝，莫说陶氏昆仲，连穆成秀也吃了一惊："不知怎的，教他听出动静来了！"穆成秀没动地方，二陶都退后一步。

等到窗外人再上前细看时，大仙手指处，并非向窗外，乃是向坛下。穆、陶、赵顺着手向下来看："哈，坛下黑影里，还跪着一个呢！"

"真他娘的，倒把我吓了一下！我还当他未卜先知，闭着眼就看见窗外呢。"

穆、陶、赵看透了大仙的伎俩，果然眼大无神，纯然是个妖孽，便准备下手捉拿。却不料艺高人胆大，背后有能人！他们各处潜搜，惊起了两个行家。客房中歇息的人，内有应聘新到的两个绿林豪客，竟似听出动静，结束停当，抽刀而起，从鬼见愁穆成秀、陶天佐、陶天佑、赵迈身后悄悄地掩来了。

"呔，看镖！什么人？"

且问且下手，照陶氏弟兄首先攻到，因为是相隔较近。陶氏弟兄却也警觉，霍地一窜，闪开了暗器。在小院中，双方交了手。

穆成秀应变不乱，先下手为强，一任二陶拒敌，他手发暗器，穿窗打入一支钻心钉。大仙应手而号，随声而倒，直栽下法坛来。穆成秀低叫："赵师弟，快追去捉妖，我来应援二陶。"他已看出掩袭而来的二客，身手矫捷，是个劲敌，于是飞鸟掠空，扑到敌前。赵迈扑进法坛捉妖。

二客挥刃急斗，并喝道："你们可是鹰爪？"真是做贼的心虚，他俩把穆成秀、陶、赵当了追缉他们的捕快了。

"朋友快说话，你们可是山东来的朋友？"

"是灵霄殿派下来捉妖精的朋友！"二陶嬉皮笑脸地回答。此时他们嫌小院回旋不开，且斗且走，双方俱已转到店院空旷处了。

二陶开玩笑的话，激得一个好汉出口恶骂，另一个好汉却听话知因，怦然心动。又见穆成秀冲上来，其锋锐不可当，便急急叫道："朋友别动手，你们要是冲大成教太谷僧、白罗汉来的，便与我们弟兄无干，我们是过路的合字。咱们井水不犯河水，不要耽误了你们的正事。朋友，我们失陪了！"

两个剧盗说着话，手底下加紧，脚底下加快，把兵刃猛向穆成秀一攻，以攻为退，倏地抽身，跳出了圈子，扑奔店墙。穆成秀挥动了点穴橛，向二陶急说："你们搜店，这两人交给我。"二贼一转身，蹿上店墙，穆成秀跟踪他也一纵身，追上了店墙。二贼飘身而下，觅路急走；穆成秀施展开身法，翻墙跟踪，蜻蜓三点水，倏地赶过去，拦住了二贼的去路。

二贼大怒，回身上步挺刃，齐声喝道："我们不是怕你，你何必苦苦地追赶?"

穆成秀上步回答："我也不是追你，我是给二位送行，还有几句话向二位说一说，问一问。"

"你问吧!"

"你说吧!"

穆成秀先问二贼的姓名，二贼反诘穆成秀的姓名。穆成秀道："我叫鬼见愁。"

"哦。久仰，久仰!"

"你二位呢?"

"我们是哥俩，萧英、萧杰。"

"久仰，久仰!"

"穆兄台为何事在此动手?"

穆成秀爽直地回答了，然后反问二人。

二人说是应罗田富户李五爷之聘，给他护院。"我们本不愿给财主当看家狗，无如我弟兄在山东背着命案，杀了一个恶霸，恶霸很有势力，追捕得紧。我弟兄无可奈何，要借李某的家，隐避一些时。"跟着说自己弄不清楚李某人的底细。

穆成秀道："原来如此，你说的这李五爷外号李五皇上，大概抢男骗女，挟财为恶，残害男女幼童。他又勾结上太谷僧、白罗汉、红莲仙姑，一心想称孤道寡，作威作福。"

"呀!"

"你哥们难道一点摸不清?"

"一点摸不清。"

"现在总听清了吧？我在下是路见不平，追拿妖人，为民除害，正感人单势孤。意欲奉烦二位拔刀相助，赶到罗田县李五皇上家，救幼童，捉妖党！"

萧英、萧杰听得呆了，穆成秀又催了一句，半晌才答道："穆仁兄，我可真是对不住！此事我本应遵命，追随各位，替人间除害。无奈我先已受聘，李五算是我们的东翁，去了，岂不是倒戈害友？"

穆成秀哼了一声，大不以为然。

萧氏弟兄却又说下去道："我弟兄的意思，我们不便出头，我们先设法却聘，另外替你老兄转邀两位朋友出场，不知老兄以为好不？"

穆成秀道："也好，就是这样办吧。"

二萧道："我们也不回店了，就此告别，改日再会。我们给你邀好了朋友，就在某日，某地方，找你老兄接头。"

"好，好，好！"

彼此一拱手，说："请，再见！"

萧英、萧杰退出了是非场，鬼见愁穆成秀急急折回店房。二陶和赵迈已然把全店房的人捆的捆抓的抓，扫荡完了，把被难的男童女伎也都救出来，正在放火，要烧店灭迹，穆成秀说："咳，使不得！现在还有这些遭难的男女孩子，还有这些胁从人犯，杀不得、放不得。我们一放火，四邻必来救火，你们怎么弄？"

二陶咧了嘴，好在火刚放，赶紧扑灭。穆成秀问赵迈道："那个大仙，捉住了么？"赵迈道："捉是捉住了，这东西连滚带爬，已然逃出法坛，我把他按住了……"说到这里住了口，陶天佐道："我嫌麻烦，赏了他一匕首，送他上了上清宫，见太上老

125

君如来佛去了。"

穆成秀又哼一声，仍问赵迈："那个跪在法坛的人，和那四个童子呢？"

"童子现在这里，那个跪坛入道的信徒，乘乱跑出去了。等我追上大仙，把他擒住，再找这个信徒，已然溜没影了。"

穆成秀道："吓，你们办得好利落，好干净！还有那胖和尚和瘦绅士呢？"

二陶笑道："和尚宰了，绅士跑了。"

穆成秀道："你们砸锅啦！妖党既然逃走了许多个，一定跑去给李五皇上送信，李五皇上和太谷僧一定要有准备，你们说是不是耽误事？"

二陶忙道："现在我们还可以急谋挽救，我们脚程快，我们立刻动身赶到罗田，杀他一个措手不及。"

穆成秀道："也只可如此，这里善后的事，我们紧着办。只是这一伙被害的男女难童没处安插……"赵迈忙道："就烦那两位绿林好汉萧英、萧杰，把孩子们救走此地，送回原籍，岂不方便？"

"可惜的是二萧已然走了，而且仓促之间，交给他们，也未必妥靠。我们现在应该立刻把孩子们救出店外。"穆成秀说罢，引领陶、赵马上把孩子们凑在一处，匆匆收拾了，把客店中柜房中的浮财，扫数取出来，散给这些男童女伎，教他们各奔家乡，自寻生活，然后一把火烧了店房。穆成秀等就要奔赴罗田，去访拿妖人李五皇上。

赵迈对此不甚同意，他向穆成秀说："清洗妖窟，搭救被害的人，固然要紧，可是我们不要忘了正事。我们必须先把镇九江丁鸿和四流山虞百城的线接上，再办别事，方不致误。"

穆成秀和陶天佐、陶天佑都不以为然。他们以为插刀留柬之后，九江官府已经胆裂，镇九江丁鸿等可保无事。可是抄店之后，白罗汉、李二王爷，一死一逃，若不赶紧下手，李五皇上一有准备，就不好拿了。赵迈一个人，扭不过三个人，就一齐赶到罗田县，很快地窥探李五皇上的动静。

李五皇上家，果然事先得知变故了。首先透露消息的，倒不是店中逃走的绅士和店伙，反而是头一个挨捆的厨子马二。二陶弟兄以为马二已经扼死了，把他当死尸捆放在田边空地坑洼中，盖上了乱草，他竟活了。嘴堵得不严，教他吐出来了，天明喊救，被人发现。他获救之后，连店也没敢回去，一直跑到李五皇上家报信。然后李五皇上派人探店，这才知道他的店房密窟教江湖能人剿灭焚毁了。

他既图谋不轨，他也怕犯案。故此他乍一听说，那些个难童女伎教人救走，残害幼童的命案当然也败露了，他心上十分的疑惧。但等到穆成秀、陶、赵四人赶到罗田时，李五皇上被他手下那群妖人再三鼓舞煽动，出主意，想对策，把颗心又稳下来了。

太谷僧傲然发话："我主爷请放宽心，我们道法高强，恶徒敢来生事，我一个也不教他得逃活命。"李五皇上道："我只怕恶徒上官府告密。"太谷僧道："那也不要紧，县太爷跟庄主你是莫逆之交，县里真要是来查究，庄主再送给他一点钱，什么事都完了。"李五皇上发愁道："上回我已破费不少了，这回又得教县官狠咬一口，你不知道这位县官食嗓大得很哩。"太谷僧哈哈大笑道："庄主你要图大事，安能惜小费？将来你得了天下，这整个世界都是你的了。你的钱搁在县官宦囊里，和搁在你的箱子里，正是一样，早晚都得奉还你。"

太谷僧倒慷慨得很，李五皇上未免心焦。心焦当不了事，现在仍得想法子，提防有人堵上门来找。李五皇上的辅佐也纷纷推测说："据马二讲这些剿店强徒，不像鹰爪，倒像江湖人物。怕是那些个拐来当太监的孩童，失踪之后，他们家中父兄烦出镖行拳师，武林好汉，一路寻访来，搭救他们的。救走了人，想必就没事了。"李五皇上摇头说："不对，他们拿起刀来就杀人，他们不会善罢甘休的。马二不是说么，他们一定要找我来，你们不要大大意意，你们得想法子保驾呀！"又很怨恨地说："你们硬说不要紧，等到要紧时，你们别要哈哈笑，教我一个人倒霉呀！"

李五皇上竟是如此地缺少"兴王气概"，除了怨恨，更无英断。辅佐们一齐说："庄主放心，我们是你殿下之臣，为我主爷创江山，焉能临危袖手，坐观成败？对头若来，我们一定要拼命保驾的。"

可是辅佐们尽管瞎吵，对于当前的事变，应该怎样拼命护驾御敌，这些从龙之士，竟没有半个人提出妥当办法来对付。太谷僧一味吹气冒泡，自夸法术灵妙，敌人来一个，死一个，别人也有恃无恐，随声附和。罗田三友的红莲仙姑，言谈更妙，她不想御敌保驾之法，却引着头卖弄风姿，专跟太谷僧抬杠。太谷僧告奋勇，仙姑就说破话；太谷僧说道法可以杀贼，红莲仙姑就说武功才能御患；太谷僧说晚上要提防刺客，她就说夜间不要紧，要留神白昼；太谷僧说这一定是武林镖客，受人委托来找失踪的小孩，她就说不对，这准是官面来剿贼店，李二王爷做得不机密，把事情弄砸了。哪里是兴王君臣"御前会议"，简直是男女妖人斗法拌嘴，蛤蟆吵水塘。红莲仙姑的故意捣蛋，把太谷僧气得翻白眼，她倒咯咯的笑起来。胡搅了一阵，到底晚上怎么样，谁也没说出准主见来。有一两个护院武师，肚里有点办法。见"我主爷"过于宠信罗田三友，武夫负气，也就"徐庶入曹营"，一言不发了。

僵持了好半晌，末后还是一个武林打手忍耐不住，提出了自己的办法，劝李五皇上增派坐夜巡更之人，持兵刃戒备。又催促太谷僧、红莲仙姑，请由今夜起，赶快登台施法，禁御意外来袭的强徒，并说："我们是粗人，只知拿刀动杖；你们有法术，还不赶快施展出来，查看对头的动静和来踪去影么？"

太谷僧、红莲仙姑傲然应声道："那个自然，我们的法术一定要全拿出来，咱们是文武道术，各显其能！"

"对！"

于是乎"御前会议"就这样吵了一阵，跟着便瞎抓起来。

武师有武师的做法，磨刀备箭，照着防备贼来攻庄的做法，乱搞了一阵。

术士有术士的做法，红莲仙姑仍用她那一套骗人伎俩，除了登台念咒，还是登台念咒。太谷僧却变了卦，不知怎的，他竟猜到抄店的人是冲他来的，他的师弟白罗汉，又被敌人杀死，上了天堂。他不愿意追随师弟，也升天堂。他暗暗地布置了一旦有警，赶快"脚底下明白"的妙策，也就是三十六计，走为上计。可是他阴沉极了，暗中潜做打算，他谁也不告诉。

李五皇上昏聩到极点，当初满腔帝王梦，现时又怨天又怨地，逼迫他手下的辅佐："你们得给我们想办法。"店房被抄，白罗汉一死，似乎吓破了他的胆："万一出了事，我唯你是问。"他对谁都是这一套抱怨责备的话，竟有点讹人的味道了。

他想不到这些混饭吃的妖人和拳师，只会架秧子，吃财主，不会替主人公分忧御敌。他们只想当开国功臣，不会当赴难勤王的忠臣。他们从来就没有琢磨过"忠臣不怕死"这一套，只懂得"帮闲骗富户"。挨到了夜晚，居然也有些人做起御敌事情来了，也就是武师持兵坐夜，法师登坛念咒。

这时候鬼见愁穆成秀、陶天佐、陶天佑、赵迈等一齐来到罗田县境了。按指定的地点，和萧英、萧杰邀来的帮手，彼此会了面。

二萧邀来的帮手，一共三个，一个叫邵宏图，一个叫飞猴李柏，一个叫大力柴青，都是江湖上有成就的拳师，和二萧是师兄弟。连穆成秀、二陶、赵迈共凑了七个人，要凭七八个人搜庄捉妖，实觉人单势孤。七个人密商了一阵，只好采取擒贼擒王的办法，乘夜急袭，专拿太谷僧、红莲仙姑这两个妖人，李五皇上这个人，究竟是个伏地蛇，若要动他，人手更嫌不够，并且他一向所作所为，虽然略有耳闻，也当细访。飞猴李柏便开口说："我们先摸两天，再动手。"众人都说好，就暗暗访察起来了。

不料这一访，李五皇上的"乡皂"，竟非常恶劣，可当得起为富不仁，欺压善良，结交官府，称霸一方的考语，提起来竟人人唾骂。至于收纳妖人，宣扬大成教，挟财渔色，骗诱孩童，也实在有据。这个李五皇上，无论如何，也不该轻饶。

七个好汉访了两天，仍苦于人力不足，若要捉妖人，除恶霸，同时并举，还得另外想法。穆成秀和二陶左思右想，想到鄂北还有熟人，飞猴李柏也推荐了几个朋友。可惜此时他们都无暇分身，亲往邀请，遂由穆成秀和李柏写了两封信，转托邵宏图，另烦同道，驰往求援。又耽误了几天，李柏所邀的人竟扑了空，仅仅由鄂北邀来五个帮手，凑在一起，不过十二个人。可是李五皇上的护院打手，以及妖党信徒，足有百十号人。而且李五既是罗田绅豪，可算是地头蛇；动手之时，也须防他以当地绅董，报官请兵，把捉妖群侠诬为明火打劫的强盗。穆成秀、李柏两人为首，与众帮手做一夕筹商。陶氏兄弟道："管他娘的呢，我们动手吧。我暗敌明，我们骤然袭举，足可以把太谷僧、李五皇上一包总拿住的。他们人多，全是废物！"柴青、邵宏图也道："我们十二个人一定马到成功，穆老兄不必太仔细了。"

这些草野豪杰，一向是胆大气豪的，都说："我们管保弄不砸！"左不过一个土豪，几个妖人，几个打手，算是要犯，剩下的大成教徒，无非是胁从之辈！他们全是李五皇上的佃户，受逼入教；他们绝不会尽忠护教，实在是怕财主，不敢不附和。他们一向受害，敢怒不敢言；我们把搭救他们的意思表明了，他们准保一哄而散，恐怕卖命保真主的人一个也没有。穆成秀道："我假装乞丐，到村子里刺探，就听见这些佃户啧啧窃议，人家还没真当皇上，就把人们惩治得这样苦，真要是登了金龙宝殿，我们全活不成了。李五手下那伙恶奴闹得更凶，整天逼迫乡下姑娘媳妇，进庄院听经礼拜，拜红莲仙姑为师，往往害得两口子打架，爹娘骂女儿。年轻小伙子，也被迫到庄院信道站班，苦不可言，佃户们真是怨声载道，我们一动手，一定替穷人们解恨。只有一样憋扭，我们人少，捉妖党容易，救难童却麻烦。"飞猴李柏道："既如此，还是找内线。里应外合才好。不知李五皇上手下的武师，有咱们认识的没有？有嫌恶李五，嫉恨妖人的没有？多少能够拉过一两个来，给咱们卧底，就不怕敌众我寡了。"鬼见愁摸着大头，皱了半晌眉说："我们再多耽误两天，继续往里头钻钻看。"群雄说定，分别改装，围绕着李五皇上的庄院，续行深入刺探。这天正赶上市集，乡民们忽然竞相传说:集上出现了一个神算子，千百年眼。未卜先知，算法奇验。而且这个人出没神奇，忽然在集上卖卜，眨眼间，忽然又在村边上出现了，好像是会分身法一般，教人捉摸不透。给人算卦，胆大敢言，往往出语惊人，吓你一跳。这样的神奇之谈，立刻传到李五皇上的手下人耳中。为了献殷勤，立刻有人报告李五皇上："咱们这里又出现异人了，是个卖卜先生，未卜先知，一定是我主爷洪福齐天，才引得异人下降。庄主何不叫这算命先生算一算？"算命先生的奇迹，李五皇上不很深信，却也动了好奇之念："把他找来，试一试看。这个人是怎样的打扮？"手下人把算命先生的言谈举止，形容了一番。这位先生并不是双失目，乃是个睁眼瞎子，三十来岁，外乡口音，怪模怪样，自称千百年眼，神算子，非为卖卜，乃是奉师命，寻找异人，访道求贤。手下人夹七夹八讲了一阵，李五皇上的帮闲有的说："这一位一定是个奇人，庄主爷应该把他搜罗过来。"有的说："不对劲，恐怕是个奸细。"又有的说："奸细能把庄主怎么样？现在县太爷就是庄主的好朋友。"最后仍有一个人说："不管奸细也罢，奇人也罢，总该先叫进庄院，盘问一下，岂不是好？"于是由李府上派出两三个人，寻找这千百年眼神算子。很快地就在市集上，把神算子找到了。原来这正是陶天佐，他乔装改扮，串村卖卜，已经好几天了。直到市集这天，才耸动了乡下人。他正想进窥李五皇上的妖窟，只苦混不进去，现在居然来邀，不由大喜，拿了算卦的招子、小药箱、小锣，随了李宅帮闲，进了李府。穿宅入户，被引入内厅，李五皇上端然正坐，命从人给算卦先生下首设坐。李府上的帮闲细细打量陶天佑，倒是满脸江湖气，只是眼珠子骨骨碌碌的，似乎不大老实。帮闲们开口询问："先生贵姓？"回答："湖广人氏，湖北的。""先生原来是外乡人，怎么流落到异乡，串乡卖卜呢？"回答说："实不相瞒，我在下乃是奉师命云游四方，寻访真主的！""什么，寻访真主？""正是，我在下修道多年，精研道法，前知五百年，后知五百年，夜观天象，知道文曲星、武曲星早已下界，要扶保真主。只不知真主出现在何方？我觑星九九八十一天，只看出紫微星君

132

光芒下照。似乎出现在江南分野，可是准方向估不定。是我重上衡山，拜谒恩师，亲承指教，才知真命主出现在罗田一带，按八字推详，此人该是三十八岁，属牛的，拥有良田，广宅，有人、有势、有大福命……""咦，咱们庄主可不是三十八岁，正属牛么？"

"不要瞎说，先生给我们庄主先算一算。"

"那太容易，请庄主把生辰八字赏下来。"

"庄主是丑年、寅月、卯日、辰时……"

"哦，这可是大贵之命……"

陶天佐装神弄鬼，胡诌起来。其实他并不会算卦，至多会黄鸟衔帖罢了。他常常奔走江湖，巾皮彩卦的口头禅，耳濡目染，得到了一些，可惜略知皮毛，病在浅尝，若被行家一盘道，立刻就问短了。当着李五皇上及其帮闲，他胡天胡帝，信口乱扯，仓促间倒把李五蒙住了。然而太谷头陀来到了。他早就学会一套跑江湖的本领，听了一会儿，觉出毛病，就退出内厅，向手下人询问："这家伙是从哪里来的？"手下人一说，太谷僧摇头道："不对！这个人来历可疑！"忙把一位护院武师找到，两人暗暗嘀咕了一阵，就齐到内厅，认真地盘诘起来。陶天佐渐渐应付不下来，被人发觉了对算卦是一窍不通，登时弄得"图穷匕首见"！他那市招暗藏兵刃，太谷僧一句跟着一句地盯着问话。武师假装旁听，冷不防把市招拿过来，信手一抽，抽出一把匕首。

"哈哈！你这东西是贼！来人呀，快给我拿下！"

陶天佐仓促间还想支拒，李府武师全拥上来了。有一个武师说："朋友，你是干什么的，你说实话吧！看这样子，你还想动手么？"竟把陶天佐抓胳臂，架肘腋，拖到下面空屋子里，捆起手来，吊在屋梁上，由李府几个帮闲，拿了藤条，且打且问：

"小子，你到底是干什么来的？谁打发你来的？"

陶天佐口说："冤哉，枉哉！我在下本是下山访贤，你们怎么把我当作坏人？有我这样的坏人么？"

拷打良久，得不到实供。陶天佐反而做出认命受刑，以身殉道的模样，自言自语说："这原本是我在下一步魔难，我家师早就提示我了，不经磨炼，不能成佛，想不到我的魔难出现在此地！"虽遭痛打，他倒豁出去了，一声也不哼。帮闲们打得腻了，换了人再打，太谷僧也来亲自拷打，竟没打出实话来。太谷僧向李五皇上说："这个人一定是奸细，今晚三更，把他活埋了吧。"

李五皇上亲自到空房讯问，见陶天佐衣服都打烂了，依然无招，便走过去，亲自问了问，陶天佐说："庄主，你是大有福命之人，你不要听信小人之言，残害我一个世外人呀！孽是他们造的，祸可是庄主承当呀。我不过是个走江湖，吃开口饭的！他们竟把我当了奸细，要想屈打成招！庄主，这是你的事，你不要受人架弄啊！"

李五哼了一声道："你既不是奸细，怎么他们盘问你，你答不上来呢？"

陶天佐道："我是道家，他是僧家，道不同，不相为谋。他问我的话，我本来不在行么。反过来，我要问他，他也一点答不上来哩。"

第十章

囚徒竟分身帮闲传言惊庄主
暗器如骤雨来人出手吓妖僧

李五皇上又哼了一声，他陡觉陶天佐未免太可怜，太谷僧未免有点可恨。他一声不言语，离开了空屋，跟红莲仙姑谈了一阵，红莲仙姑照例说了太谷僧的破话。李五皇上便暗暗吩咐手下人："不要毒打了，你们不要听太谷僧那一套，我看这人不过是一个寻常算卦的。硬说他当奸细，他给谁当奸细呢！等到晚上没人时，把这人放了吧。"

李五皇上不满意太谷僧的独断独行，生了反感。他这番话不知怎的，又传到太谷僧耳中。太谷僧冷笑道："庄主原来不相信我，好，叫他尝尝吧。"寻思了一回，想出对策，打发一个信徒，去到邻村，寻找店中厨子马二。马二受了惊吓，回老家养病去了，太谷僧找他，是教他认一认陶天佐，是否剿店之人。却是太谷僧没把马二叫来，这里又生出了稀奇古怪的新闻！

李府上是把算卦先生扣下了，锁在空屋，吊在房梁上，已经丧失自由了，想不到算卦先生他突然又在邻村出现。

李府帮闲大为惊慌，"这个人我们没放他，他怎么出来了？莫非他会分身法么？"

分身法的传说，很快地传播开来。这一个江南人卖卜，被吊在李府空房，那一个卖卜先生，仍在邻村敲小铜锣算卦。一模一样两个人，分在两地！李府帮闲不胜骇异。

这一个帮闲跑到邻村，找到算卦先生，瞎扯了一阵，算卦先生言谈形貌，与被囚的人一般；立刻抽身回来，告诉了李五皇上。李五皇上大为惊骇，连忙带着帮闲，来到空屋，开了锁头，把陶天佐提出讯问。"先生，刚才在村边敲小锣算卦的，不是你么？"

陶天佐道："你们瞧着是我，就是我。我不是教你们吊起来，锁起来了么？我怎么又会溜出去呢？"

帮闲直凑到鼻头，把陶天佐细看，连说："怪道，怪道！"

于是另叫一个帮闲，去到邻村，寻找那一位先生。找了一会儿，居然找到，这一位串村的，和那一位被囚的，分明是一个人！这个帮闲就诘问道："喂，先生，你不是在李家庄院被吊起来了么？你怎么又溜出来了？"

这一位算卦先生大睁眼道："你说我多早晚被人吊起来了？"

回答道："我说的就是现在——"

算卦先生道："现在我被吊？——我现在不是好生生地串村子么？"

帮闲十分骇怪，说："先生，你——是不是会分身法？"

算卦先生道："你瞧我会分身法么？"

帮闲道："你一定会！刚才我还在李家庄院空房子里，看见你双手吊在房梁上——对，我记得你手上有绳捆的伤痕，先生你伸出手来，让我验看验看……"

算卦先生怪笑着，不肯受验。

帮闲便邀这一位先生，同他到李家庄院对证。这一位先生冷笑不肯去，说："你们把我诓了去，也吊起来么？"

帮闲忙道："不、不，我们庄主李五爷正在访求异人，先生，你如果会分身法，我们庄主定要重金礼聘你的！先生，跟我去一趟吧。"

这一位先生仰天狂笑，说："你们庄主访求异人，却要把他吊起来打，哪一个异人肯去挨打呢？你们庄主真要访求能人，何必远求？你只把空房中吊着的人放下来，好好赔罪，自然他会原谅你们庄主有眼不识泰山之罪，你不必冲我麻烦了。在家敬父母，何必还烧香？你们回去好好冲吊着的人磕头吧！"

帮闲听了这话，非常惶惑，想了半晌，仍拉住先生不放，定要邀他同赴李五皇上的庄院，去对证一下分身法。这一位先生坚不肯去，被帮闲强嬲不已，最后忽然动念，笑着说："好了好了，我同你去一趟吧。你得先告诉我，你们庄主是在什么时候，遇见那一位卖卜先生的？什么时候把人家吊起来的？以及为什么要吊打人家？"

帮闲以为这是异人考验他，他一五一十，如实说了，说是"庄中的太谷法师把你老的替身当了奸细，所以吊起来打。想不到你老会分身法，我知道空房上吊打的，不是你老的正身，乃是你老的替身。你老道法如此高深，你老可怜我一片诚心，收我为徒吧！"

算卦先生哈哈大笑，道："我若是仙人，我也不能收你这样的徒弟呀。你把仙人当罪犯，先盘诘，后强拖——"

帮闲跪下说道："请恕弟子冒昧之罪吧。"

强嬲了半天，这个帮闲到底把这个先生架弄着，由邻村扑奔李家庄院。两人且行且谈，陶天佑大放厥词，帮闲肃然起敬，把他当了异人，天佑把这帮闲当了傻小子。一路谈来，李家庄院的动静，被陶天佑盘问了一个够。帮闲起初还有隐饰，陶天佑说："仙人考问你的真心，你却滑马吊嘴。你骗别人，已经不该，骗仙人，更见你浑蛋，你还妄想拜仙人为师呢！"帮闲一想也对，便老老实实，问什么，答什么，全说了。

转眼走到李五皇上的庄院附近，帮闲一眼看见同伴，大叫道："喂，我找到神算子的替身了，那位神算子还在空房吊着没有？"

同伴老远的瞥见了，也不胜惊奇：分明是一个人，却在两个地方出现，不是分身法，又是什么？这可真是李家庄院奇人奇事太多了。光一个红莲仙姑，一个太谷头陀，就闹得稀奇古怪，乌烟瘴气，现在又冒出一个神算子，一身两现！这同伴两眼死盯着陶天佑，直扑过来，大声嚷道："来吧，来吧，快把他带到庄院去吧。那一个还吊着呢！……"

不料这同伴刚一扑来，那陶天佑两眼骨骨碌碌地瞪着他们，忽然怪叫了一声，眼往这旁小树林一瞥，小树林似有人影一晃，天佑大喝道："好孽畜！"猛然一翻身，像一支箭似的，往小树林飞蹿过去。两个帮闲吓了一跳，怪叫道："神算子先生，你不要走！"陶天佑不听那一套，很快地窜进小树林。两个帮闲追入树林，却是三转两绕，陶天佑没影了。帮闲嗒然若丧，无法回去交差。两个人围着树林转了一圈，惊惊诧诧地回转庄院，向李五皇上回报："的确寻见了神算子的替身，费了许多话，把仙邀到家门口，不想他一声长笑，好像飞鸟似的腾地不见了！神算子说：你们庄主要访异人，须具诚心；你们把异人吊打起来，你们的罪孽可不小呀！"

李五皇上心中纳闷，不知如何是好。太谷僧仍认定神算子是奸细，至于分身法，他说那是妖术，不足为奇。他说："那也许

138

是两个人装扮的炫人之技。"劝李五皇上用毒刑拷打空房中吊着的那一个，重刑之下，必能拷出真话。又斥责两个帮闲："你们两个人是叫变戏法的妖人骗了，我不信他会飞！"

太谷僧的狂傲武断，引起帮闲们的不快。当下不说什么，背着人向李五皇上，大进谗言："人家神算子说了，人家是奉师命访求真主，考验真心来的。太谷法师主谋吊打人家，那是大错特错。大主意可得庄主自己拿呀。人家说了，区区绳子捆不住人，人家要飞就飞，不过是看一看庄主怎样待人罢了。"

李五皇上没了主意，说："依你之见呢？"

两个帮闲你看我，我看你，谁也不敢硬出主意。仓促之间，一个帮闲答道："依我之见，还是把神算子解救下来，用好言慰哄，先问他的分身法是怎么回事。不妨暂且软禁起来，拿好饮食、好待承哄着他。他若是奸细，软禁着也害不了事。他若是真仙，我们也可以说，这一回出主意吊打仙人的，乃是别人的阴谋，简直是仙人的魔难，与庄主无干。"

另一个帮闲道："对了，常言道得好，擒虎容易放虎难，我们固然不该轻放，也不该毒打。我们好好地软禁起他来，他若是真仙访真主，一定晓得庄主的真心的，也不会错怪了庄主。庄主可以把错儿全推到太谷法师身上。"

"况且这也不算是推错，本来是太谷的错么，太谷法师，简直我不客气地说吧，他是有点嫉妒。他一见这位神算子会分身法，他就醋起来了。"

经过这两个帮闲翻来覆去一说，李五皇上就命二人偷偷背着太谷僧，把那会分身法的神算子解救下来，挪到别院空屋，好好地软禁，诱哄起来。

这个会分身法的神算子——陶天佐受伤不轻，两个帮闲给他治伤，给他酒食，问他"分身法"究竟是怎么回事。

陶天佐饱食大喝之下，笑而不言。他的分身法"秘诀不传俗人"。

究其实他的分身法，不过是借仗了他和陶天佑，乃是孪生兄弟，一样的相貌，一样的打扮！陶天佐探庄卖卜，被吊在空房；陶天佑串村卖卜，因为模样太相似，耸动了李五皇上的手下人，一哄两哄，哄出了分身法、替身符的怪话。

若是把陶氏弟兄俩，聚在一块，细细比验，当然验得出两个人虽然貌似，究有不同。却是分隔开了，两个人太像了。孪生弟兄本来少有，一块儿卖卜更是罕见，李五皇上的手下人可就少见多怪，瞎吵起来了。这一瞎吵倒提醒了陶氏弟兄，两人一在庄内，一在庄外，索性装模作样，怪闹了一阵。

陶天佐是被解救下来，冲着李宅帮闲云天雾罩说怪话。陶天佑钻入树林，觑人不见，溜了出来，赶紧找到了鬼见愁穆成秀，诉说胞兄探庄被扣之事。同时飞猴李柏、大力柴青、邵宏图等，也访得了李五皇上宠信妖邪，实无伎俩，结怨农民，不得人心的底细。大力柴青在市集上转圈，也碰见了李五皇上家中的一个护院打手，名叫孙三的，彼此从前曾有交往。因而获知这些武师们妒恨着李五皇上偏信妖人，已经啧有烦言，说是一旦有了盗警事故，我们耍刀片的是外人，用不着卖命。人家一心信道，等到出了事，咱们等着法师念咒却敌吧。等他们念咒不灵，咱们再动手。这本来是怨言，大力柴青趁着这机会，冲这武师大放厥词，向他耳边吹送许多冷言冷语；又说自己在直隶省一家财主家护院，宅主也是待我们拳师很吝啬，却舍得钱请僧道做法。后来强人来袭，我们不但袖手旁观，我们里面还有几位，倒勾结外来的"合字"，把财主好好算计了一下，那才出气呢。

武师孙三听了，说："这就叫活该！"

大力柴青道："谁说不是！你刚才说，一旦有事，你们要瞧瞧法师们的能耐，究竟目前你们有事没有呢？"

武师孙三道："正闹着事故呢。新近李五皇上的本家，李二王爷的店房就被人剿了。至今不知剿店的人是鹰爪，还是仇人。"

大力柴青忙叮了一句道："老兄你可要小心，你们这里不久就要出事。我新近就在罗田县，遇见很多异样的人。你这一说，我明白了。这些人多半是找寻李五皇上来的。这里面的人，也有我认识的。说老实话，咱们全是跑江湖的汉子，拿财主那几个钱，犯不上给他卖命。他若瞧得起我们，则还罢了，他又瞧不起，咱们更犯不着了！"

孙三道："谁说不是呢。我们全是这样想。你说你认识的那一位，姓什么？叫什么？他们真是冲着李五皇上来的么？他们的来意是为了什么？"

大力柴青道："他们的来意，我倒说不清，我本来无意打听。我只知他一个姓邵，一个姓穆。"

孙三武师很关切地说："费你的心，有工夫替我打听打听，他们究竟是访财神，还是为替人报仇？你给打听明白了，我们也好看事做事。"

柴青道："对，有机会我给你二位引见引见。"

当下两人拱手告别，大力柴青回去告诉同伴，再和陶天佑访到的情形一对照，他们决计当晚冒险探庄。一来搭救陶天佐的事情，刻不容缓；二来李五皇上的手下人彼此并不和；三来李五皇上又不得民心。故此动手正是机会。

十几个人赶紧预备，所有探庄的出口，早已勘明。挨到二更天刚过，他们便悄悄地从下处溜出来，分头约定三更一齐下手。

141

这些好汉们都抱着必胜的把握，认为采急袭的办法，捉妖人手到擒来。只有鬼见愁穆成秀心中忧闷。他知道捉妖算不了一回事，拿李五皇上也没什么。拿得了就拿，拿不了还可以杀，替民除害，做来不难。却是李五皇上家，还有一群被害的童男女，在李家店虽救出了一批男女孩子，在李宅那一批童男女，估量不在少数，恐怕比李家店的还多，这可有点不好搭救。他左思右想，限于人手不足，竟找不出妥策来，只可打定走着瞧的办法了。

于是，他们潜伏在李五皇上庄院，挨到三更，打了一个暗号，纷纷从庄院前后左右，悄悄袭入。

李五皇上庄院里面，在前边有守夜的打手，不时出来巡夜，在后边也有几个人守夜。在跨院，便是太谷僧的法坛，正支使着一群信徒，持法器排班念咒。红莲仙姑另有作为，在内宅一处神舍打坐，默诵大法。

这些妖人们和打手们已经乱了好几天了。剿店的人还不来，他们渐渐地积久玩忽。守夜的打手轮流坐夜，十分无聊，就赌起钱来。

飞猴李柏、陶天佑和鬼见愁穆成秀、铁秀才赵迈等人，一进到李宅，便先搜寻被囚的陶天佐，同时查勘妖人练法的地点。

大力柴青和邵宏图，便先搜寻那个武师孙三，同时查勘坐夜打手的歇息地方。

飞猴李柏轻功很好，不在鬼见愁穆成秀之下，一路寻来，竟在三间空屋，微弱灯光之下，发现了三个人对坐低声谈话，仔细瞧下去，这三个人是两个穿短打，一个穿长衫。穿长衫的人很像陶天佐。李柏绕到前窗，侧耳偷听。隐约听见里边穿短打的人似乎摇头说："不行，人太少，你们不要轻敌。"跟着又低声说："我弟兄只能做到这一点，就是帮助你老兄脱险。若教我们倒反李家庄，老实说，外援不够，我们不敢轻举妄动。一个弄不好，不止打草惊蛇，还弄得这一群妖怪们加紧戒备，跟官府进一步的勾结，我弟兄可以一走了事，本地村民越加吃苦了。"

这些话，飞猴李柏并没全听清，只听出"不要轻敌，助你脱险！"下面的话一字也没听出来，然而这就很够了。

飞猴李柏大喜过望，他为人很细心，竟不先打招呼，慌忙留邵宏图在这里盯着，他抽身退出，去找陶天佑。屋中灯昏影暗，隔窗孔窥伺，他怕错认了人，万一屋中穿长衫的人不是陶天佐，那么身在虎穴，岂不又生枝节？

飞猴李柏跳下后窗，跃上短墙，对面房脊上人影一晃。李柏赶紧一俯身，那人影直寻来，口打微哨，向李柏点手。李柏急忙凑过去，来的人正是鬼见愁穆成秀。

鬼见愁穆成秀急急告诉飞猴李柏："这个太谷头陀居然有两下子，不知怎的。他竟震了（警觉了）！他大概另有诡谋。刚才他正在法坛上捣鬼，不知怎的，仰天直嗅，忽然叫了一声：'好孽畜！'一晃身不见了。我们现在必须把人凑在一起，专去对付他。他也许会妖术，我们不能不防备他施邪法害人！"

原来在那个时候，江湖好汉如穆成秀之流，对那些邪法，明知是骗人伎俩，可依然存着戒惧之心。江湖上流传着妖术杀人的谣言，精擅技击，久走风尘如穆成秀等人，仍自害怕妖人的摄魂法，以为"也许真能摄魂"！穆成秀打算大家一齐动手，先除了妖人，别的就好办了。

然而飞猴李柏心上比他更急，忙悄声拦道："你说的那不要紧，先等一会儿。我告诉你，我寻见陶天佐大兄了……"

"还吊着么？"

"不，陶大兄真有两手，他居然串通了李家庄里边的人，不

143

但把他放下来了，而且正商量着做内应。穆仁兄，你不要担心太谷僧，你快设法把陶天佐大兄哨出来，问一问底。"

飞猴李柏笑了笑，一拉穆成秀道："小心一点好，我怕万一看错了。陶天佐大兄和那两个人说话声音太低，听不清意思，万一那两个人是庄中人奉命诱供呢？"

穆成秀哼了一声，事态十分紧急，想不到飞猴李柏身手如此迅快，性情如此稳慢，也就不再说话，跟了飞猴就走。

不料穆成秀飞猴李柏，两人刚刚来到空屋后窗，屋中的灯突然吹灭了。前面竟有人轻轻叩窗，低声说话："神算子先生，不要吹灯，把亮子弄明了，有一个朋友，要跟你谈谈。"

屋中人半晌没动静，窗外人又复催问，屋中人反诘道："你是谁？"

窗外人透出不悦的口气，说道："朋友，你把招子放亮了，你不要自误。……哦，屋里还有谁？"

"你到底是谁？屋里就只有我一个呀。"

外面哼了一声，仍不肯自报姓名，稍一俄延，外面忽然说道："神算子先生，快快开门。如若不然，我要破门而入，把你和你的伙伴一齐堵在屋里，你不嫌害事么？你休要担惊，我给你提一个朋友，你就放心了，你可认识大力柴青么？"

"大力柴青跟我也是朋友，我们昨天见面了，我是一片好心，为着你们，你不要错想。"

屋中三个人喷喷地低议了一阵，陶天佐不发言，那两个穿短打的武师，其中有一个凑到门边，低声说："外面可是孙三师傅么？"

窗外人略略迟疑道："哦，你是……"

"我也是熟人……"

"不错，你我都是里头人……"

"大概咱们走在一路上了。"

哗啦的一声，屋门打开，窜出一个人，把孙三拉到屋中，仍不点灯，摸着黑说话。

在后窗偷听的穆成秀、飞猴李柏一齐大喜，立刻弹窗发话，李五皇上的打手们孙三没有太吃惊，那两个穿短打的却吓了一跳。

这两个穿短打的武师，气不过太谷僧一群妖人的飞扬跋扈，竟向李五皇上自告奋勇，要来找神算子诱供。他俩说：神算子如果真有能耐，我弟兄愿意把他游说过来，扶保庄主。如果他是奸细，我弟兄愿施反间计，假装背着庄主，偷着来放他，把他的真情诱出。这两个穿短打的武师，一个叫张金来，一个叫武顺成，乃是师兄弟。起初很得李五皇上信任，自太俗僧一到，压过他们去了，他们也是只信武术，不信妖法。李家店房被剿后，他们知道李五皇上要坏事，他们就多留了一个心眼。陶天佐被囚后，他们二人认为对头的卧底人已到，故此自告奋勇，要向陶天佐探口气，自留退步，及至跟陶天佐深谈之后，两个人就打定了脚跳两只船的办法。

当下，里面的人，外面的人，齐聚在窗前屋内，立刻挑开了窗帘说话。彼此匆匆叙明原委，穆成秀急请孙三和张金来、武顺成去拦阻护院武师，请他们袖手旁观，不要帮助妖人；还请他们联络朋友，相机帮拳，助剿妖人，替民除害。至少请他们藏在黑影里，呐喊助威。这三点全做到更好，如果不肯或不理，也请量力度势，做到一点是一点。至不济也要请他们本人退身局外。张金来还在游移，孙三和武顺成道："江湖上是一家人，穆师傅你赌好吧，我们决不能帮太谷僧。"把张金来一拉，火速走开了。

145

这就给穆成秀等闪开了捉妖的路。穆成秀、飞猴李柏、邵宏图、陶天佐、陶天佑、赵迈等立刻分数路去寻找太谷头陀。

几个人刚刚围绕着法坛，逼凑过去，隔着一道墙，突听宅中一人厉声喝道："什么人？"大家不由一愣，往黑影里一闪，急急回头闪目寻声。墙那边连声喝问，似有动作。"是谁？再不说话，可要放箭了！"另外一个声音低答道："是我，不要动手，我找谢师傅。"那人说："不对，你是！吓，好贼！"应声听见刀剑一阵拼斗，夹杂着叫喊。事情是已经爆发了！原来是大力柴青，引导邀来的帮手，去暗中防堵李宅护院打手，露了形迹，首先动起手来。

这时候，喊斗之声渐高。李五皇上已然惊觉，躲在上房中，又惊又怒，只骂："果然出事了，果然出事了！快叫太谷僧法师抵挡，快教武师们动手！"只顾吵闹，一无办法。

穆成秀等人虽闻呼斗之声，不管这一套，仍去搜捉太谷僧，只由飞猴李柏和冒充"神算子"的陶天佐，前去策应，兼管巡风。于是很快地赶到法坛，法坛上只有被拐小孩扮的仙童仙女，和村中壮丁扮的力士金刚分班侍候，主坛的法师太谷头陀已然不见。穆成秀等在房脊上往下观看，不由失望。急急抽身寻找，从法坛找到花园，突然从花房冲出来一群人，怪喊如雷道："好孽畜！"人人持法宝和兵刃，挑着两对灯冲杀出来。

太谷法师竟很威武地结束登场，穿一件半截窄袖僧衣，高腰袜僧鞋，背插戒刀，腰悬葫芦，手拿黑漆的铁禅杖，指挥信徒，特来威吓敌人。这家伙本来有些武功，却一向拿妖法骗人，骗人太久了，也就自欺欺人，连他自己也有点迷信起他的法术了。他又从来没有指挥大众，打过群架，现在他公然挑灯出来寻敌，他身边带出来的这几个信徒，也是一群受迷惑太深的倒霉鬼，过于相信他的妖法。左手晃着妖幡，右手拿了降魔杵、斩妖刀，竟口诵护身荡魔神咒，不顾死活地冲杀上来。穆成秀、飞猴李柏、大力柴青也是被妖法所惑，恐怕他们的妖法万一有效，也就采取了先下手为强的辣手，以防不测。当下齐声大喊："好妖人，看家伙！"登时举手不留情，把飞镖、袖箭、甩箭、梅花针、金铁镖，纷纷照妖人打去！

老实说穆成秀等有些临敌知惧，把妖人估价太高了。他们藏身高处，突下毒招，这一阵暗器如雨，登时一阵大乱，泛起了惊疼怪号声。扑出来的妖人信徒，竟应手被打伤一大半，如滚汤泼老鼠，后边的张惶回顾，还在寻找敌人的来路。前锋的妖人倒下了三四个。中间的妖人拨头往回跑，竟冲退后面的妖人。跟着第二阵暗器又已发出，妖人抵挡不住，乱叫乱碰地搅作一团了。

太谷头陀不禁大骇，抬头往房上看。房上群雄已然踊身齐出。这两阵暗器雨已然揭穿了妖人的伎俩，弄坏了妖徒的银样镴枪头。鬼见愁穆成秀性虽嫉恶，却也悯愚，振吭大叫道："下面人听着！我们是山林剑客，专为诛讨妖人太谷僧来的！你等妖人赶快放下兵器，退出庄院，逃走者不究，助妖者必戮！"吆喝声中，飞猴李柏等早已各挥刀剑，跳下平地，照太谷僧杀去。

妖徒们受伤的，有的连滚带爬，四散逃命，没受伤的也跑了几个，却还有几个，不相信妖法无灵，只道他们受伤的人乃是心不诚，或者犯了戒，故此吃了亏。他们几个人没受伤，自然是他们功夫精，得到神佛保佑。太谷僧早就垫了话，这一回抵御外劫，将借此印证信徒功果，考验信心。这几个人就至死不悟，拼命掠幡挥杵，和群雄硬拼。这却激怒了飞猴李柏这些年轻人，摆好架势，挥刀剑攻杀，转眼间砍倒了三两个。那太谷僧独自举了禅杖，在后督战，群雄的剑还砍不着他。

鬼见愁穆成秀大怒，飞身跳下房头，蜻蜓三点水，让开了妖徒，猛身挺刃追刺太谷僧。太谷僧挥禅杖横摇，怪喊一声，很凶猛地迎打过来。穆成秀急急退步抽刀，旁观的一个妖徒竟从侧面来，将斩妖刀照穆成秀斜削。穆成秀把刀往旁一荡，跟手一扎，嗤的一下，想不到妖徒是这样有勇无能，立刻被刺中要害，怪号一声，竟诵佛号，不往后退，整个身子投向穆成秀扑来！穆成秀咬牙切齿，往旁略闪，唰的砍下一刀，把这妖人，立毙于刀锋之下。

然后穆成秀抽刀拭血，再斗妖僧太谷。不意这时候，陶天佐、陶天佑已然抄后路扑到太谷僧背后。两人钢锋齐举，双战太谷。太谷僧怪吼一声，唱了一句佛号，把禅杖三花大撒顶一耍，耍得呼呼风响。陶氏弟兄见他铁禅杖太粗太沉，怕被磕飞了兵刃，便唰的撤回身来。武林人物从来不肯硬碰硬，是要以熟练的技巧来赢敌的。哪知道他们上了太谷僧骗身蒙虎皮的当，他那铁禅杖，铮光漆亮，很像镔铁杖，上敷明漆，究其实那禅杖这么粗、这么大，乃是空心的一根铁筒，摆样时内中灌水银，舞弄时，早就倒出水银，弄得轻而易举了。

陶氏弟兄却被太谷僧这个胖大黑粗的体格所骗，以为人粗力壮，禅杖必然重，万料不到他的道法和武功，是同样的稀松，陶氏弟兄不明虚实，便不肯硬斗，施展身法，欲以巧降力。这便耽误了工夫，气坏了穆成秀。穆成秀断喝一声："待我来！"哪知道穆成秀才从妖徒尸上跳过，从花园那边突然转过来大力柴青。大力柴青挥一对巨斧，不管不顾，冲到核心，认定太谷僧，霍地就是几斧。猛听刮的一声响，太谷僧失声惊叫！大力柴青的巨斧竟把妖僧的空心铁禅杖劈折！

陶氏弟兄见状几乎气破了肚皮，恨骂道："你可把老子骗死了!"弟兄俩各摆兵刃，突击妖僧。妖僧禅杖已折，妖徒多伤，他手握断杖，虽然吓了一跳，他陡然石破天惊地绝叫了一声，比鬼号还难听。不知怎的一甩袖子，满空浮起一层迷雾。群雄骤吃了一吓，穆成秀急喝："迷魂药，快退，快堵鼻子!"二陶和大力柴青捏了鼻子，一齐往后退跳。却不料这并不是什么迷魂药，更不是妖僧会兴烟造雾，不过是一袋子呛人迷眼的药末罢了。然而群雄怕上当，不能不躲一下，太谷僧趁这敌人一躲，忽地鬼笑了一声，又一甩袖，掷出来"天雨花"似的一大片东西，迫得群雄再后退，再挥刃格打。等到迷雾四散，飞花落尽，群雄重上前进攻，太谷僧竟早已提着两截禅杖，一溜烟地逃走了。

穆成秀惊叫："上当!"群雄火速去追，穆成秀忙喊："一半追妖人，一半搜宅子。"群雄倏又止步，分出一半人来。就这一迟误，再跟踪追赶妖僧太谷，太谷逃到花园，绕假山，钻花房，三转二绕，眨眼不见了。穆成秀大怒，命二陶专找李五皇上，他亲去搜追妖僧。侥幸这李五皇上乍想登龙位，地下宫殿刚刚起造，还没有建好秘密隧道。穆成秀穷搜之下，瞥见妖僧太谷从别屋钻出来，似乎他善财难舍，回去盗取财物，准备弃了李五皇上，自逃活命。就在这恋财不舍的一念之下，被穆成秀缀上。

第十一章

院里喊杀声声土皇死去
庄前火光处处妖僧逸逃

　　太谷僧十分险诈，他觉是情形危迫，陡又起了李代桃僵的嫁祸毒计。他不往别处跑，竟往李五皇上潜登宝殿的地方跑。以为对头就是冲着自己来的，也必以李五皇上为首，对头要捉的，第一必是李五，第二才是他。他为了转移目标，他临跑还要嫁祸给李五。

　　然而事机不凑巧，李五皇上吓酥了，没有下地窟，登宝殿，还在内宅打战呢。太谷僧扑了一个空，却在地下宫殿的别室，瞥见了那一群给李五皇上当宫女、装仙女的受害女孩，正吓得挤作一团，不知起了什么祸事。太谷僧"贼起飞智"，背着一个大包，拿着一把戒刀，闯到"宫女"群中急急叫道："大劫来了！你们的魔星来了！外面有个大头星寻来……不是不是，有一个大福命的人寻来，你们快迎上去，拉住他，跪求他！求好了他，你们就得活命了！求不好，你们全死！快去，快去！"

　　太谷僧满脸的惊惶，透出煞气，又把戒刀连连挥动。这些"仙女""宫女"被他摆布得久了，一个个畏之如虎，闻命不敢不依。这些女孩子受他逼骗，惊惊惶惶的，你推我，我推你，从地下宫殿涌出来，太谷僧留在后面，就要趁机溜走。

果然这帮女孩子们在万分惊恐中，钻出地下宫殿，劈头遇见了大头鬼见愁穆成秀。穆成秀急走如风，带着煞气，孩子们吓得出了声，不敢上前。可是她们被训练得惯了，不敢"违背法旨"，就一大堆远远跪下来，举手高叫："大仙爷救命呀，大仙爷救命呀!"

鬼见愁穆成秀不由诧异止步，可是他仍要先捉妖，后救人，急急叫道："你们不要害怕，那太谷僧呢?"

太谷僧走得慌，忘了叮咛这一句："仙人来了，你们别说我……"这群"仙女""宫女"们未受密嘱，原盘托出："大仙爷，救命! 那太谷法师他老人家还在那边呢!"许多小手往太谷僧藏逃的方向一指。

大头鬼见愁穆成秀呵呵一声长笑，飞身一窜，越过了跪地求告的女孩群，急急地续追太谷僧。

太谷僧背负大包袱，手挥戒刀，刚刚钻出地下室，穿院越墙而逃。穆成秀大吼一声，赶了过去，仍恐他走脱，人未到，暗器先发，唰，吓了妖僧一跳。

"我的佛!"妖僧一滚身，栽到墙那边去了。

穆成秀久经历练，夜影中不敢轻敌，不肯跟踪随上，却稍稍移过一点位置，从墙头别处跃上去，以防妖人暗算。可是就这一点审慎，倒给妖人留了逃命的机会。墙那边果然潜伏着敌人，是李五皇上两个护院打手。这两个打手做了太谷僧的替死鬼。他两想是"受恩深重"，不然就是别有想头，竟不听孙三师傅、武顺成的劝阻，出来替他主人李五皇上"扛刀"。黑影中，埋伏在这里，太谷僧栽过墙头，两人便冒冒失失突发一镖，太谷僧挨了一下，叫了一声："自己人，别打!"连滚带爬，穿房跳窗逃走了。

151

两个打手还想追，这工夫，鬼见愁穆成秀忽在墙头现身。两个打手回头一看，暴喊一声，疾发暗器打去。鬼见愁穆成秀一晃身，闪开了袭击，跳下短墙。两个打手一个挥枪，一个抢刀，上来双战穆成秀。穆成秀厉声断喝："我们前来捉妖救人，你们是无辜良民，趁早躲开！兴妖助虐的，一律诛杀无赦！"尽管他声罪致讨，这两个打手做定了李五皇上的死党，又没看清楚逃走的是太谷僧，竟大呼小叫，挡住了穆成秀，寸步不让。穆成秀怒极，便下辣手，剑锋犀利，剑术精奇，很快地刺伤了一个打手。这一个打手负伤，那一个打手依然不退，反而吹起铜笛，四面呼援，并且喊杀声起，已有别的打手寻声扑到。于是从穆成秀来处，赶到了三四个打手，抄后路掩击过来，一霎时，穆成秀陷入包围。可是打手们刚刚围攻穆成秀，飞猴李柏和邵宏图等又已寻声赶到。他们刚赶到，却又有一帮李宅护院打手，整好了队，举着火把灯笼，从前院冲到后院，似乎赶来救院护主，看来势很凶，却只一味摇枪呐喊，远远地堵院门、扼墙角，大多数不肯过来力战。李柏、邵宏图借墙障身，两口刀便戳住了他们十几个人，他们只往院门放箭抛石，没个人胆敢冒险突入，就这样打起了阻截战。穆成秀趁此机会，手脚松动，大喝道："妖僧已逃，我去追赶，你们快搜李五皇上和别的妖人！"挥剑一冲，杀出围阵，追赶太谷头陀去了。

此时喊声鼎沸，飞猴李柏、邵宏图一点也没听清穆成秀的话。只望见他冲退了一个打手，反倒穿窗窜入一排房间，料是深入搜敌，两个人便要弃敌斜抄房后。可是两个人才一退，院门那边的打手高举火把，也过来了。火光照处，望见了几个艳装的女孩子，哭叫着磕磕绊绊，乱藏乱躲，还在高叫大仙救命。

飞猴李柏登时明白，这就是被拐骗来的那批装仙女、当宫女的难童，忙振吭叫道："你们不要害怕——"一句话未了，忽听背后弓弦响，急急往旁一跳，身旁的邵宏图大喝："休放乱箭，误害好人！"忙挥刀格打，打落了几支流矢。仍有未打落的流矢，竟射入这些女孩子群中，连伤了两个，女孩子们越发惊喊乱窜起来。李邵二人好生不忍，一齐大怒。便不再走，回身扑斗，和那放乱箭的护院打手们打起来。打手很多，地势逼狭，没有回旋余地，这就给武功好的人留下以少制众的机会。飞猴李柏和邵宏图，背对背堵门迎敌，手快刀疾，对面打手竟弄得人挤人，磕头撞脸，施展不开手脚。只几个回合，打手们竟被逼退到门那边，用花枪扼门，堵御李、邵的追击，当下又陷入阻击战了。

李五皇上的庄院，主房五层三进，左右跨院，还有花园马棚，还有外围堡墙，本来是角门甬道，四通八达，当此时，全庄大乱，人声历乱，东一堆西一堆，分不清敌友，只发现人踪乱窜。飞猴李柏、邵宏图刚刚逼退了护院打手，要抽身去搜元凶首犯。忽然间，从西厢房后窗，跳进来两个人，却是陶天佐、陶天佑昆仲。黑影中看不清面目，只听他南方口音大喊道："李家庄人等听清，我前来捉妖救人，已将李五斩首！你等良民受迫，赶快弃下兵刃，退出庄院，就既往不咎，饶恕你等性命！"声喊中，高举着血淋淋的一颗人头，意在示众。飞猴李柏忙喊："陶兄，把李五杀了么？太谷僧可曾捉到么？"还没住声，突然间，东厢房旁边紧闭的角门，呀然大开，奔突进来六七个人，大喊道："捉贼呀，捉贼呀！"又是一拨护院打手和大成教徒，从后庄院绕来，敌我双方又碰在一处，这边突门的打手一到，那边堵门的打手立刻响应，暴喊一声："拿呀，杀呀！"立刻发动了夹攻。二陶所说李五已被诛死的话，他们并没听，也不信。可是他们的斗志并不很强，只是倚仗人多瞎起哄罢了。

那边孙三师傅和张金来、武顺成三人，由于大力柴青和二陶的联络，又愤恨太谷僧妖言惑众，看不起武师，他们就袖手旁观，暗助穆成秀一把。他们临变抽身，去向李五的打手说破话，吹冷风，使他们停兵不斗，居然在忙乱中，也已生了效，但只阻挠住瞭望台上的一拨打手。他们又找到了那些畏威受迫，前来庄主家值班服役的佃户信徒，跟他们领头的人说私话："大事不好了，大批的剑侠赶来捉妖人来了，太谷僧是大成教妖人，你们大概不知道。现在他犯了事，你们还不趁早躲开？你们赶紧回家关上门睡大觉去吧。李五皇上也不是厚道人，你们犯不上给他舍命扛刀！至不济，你们也该溜到一边，坐山看虎斗啊！"

这些冷话吹到耳中，仓促之间，人们还在迟疑观望，可是这已经奏了效。李五皇上的教徒和打手，弄得七零八落，许多人凑在一堆乱嚷嚷，不肯上前拼命。

护院打手里面，可也有些剧贼，乘乱逞威，滥砍滥杀，似乎并不管谁是敌，谁是友。纷乱中，后庄院突然起了一把火。人们登时喊叫："不好了，恶贼放火攻庄了！"哪知是打手中两三个剧贼，陡生歹心，要趁火打劫。他们乱喊道："仇人大队杀来了，李庄主还不弃家逃命！"登时有几个打手，不去救火，反往内宅奔去。内宅早已大乱，这几个恶打手暗暗得意，竟扑奔李五皇上的藏金密室，砸开箱笼饱掠一顿，结伙逃走了。更有两个妖贼，别起恶念，戴上了面幕，假装外寇，到内宅密室搜寻李五皇上的姬妾，想架走一两个，以快私欲。哪知事机太紧，这两个妖贼持刀强逼李五皇上的内眷，刚刚用兜包背在身上，溜在后院，翻墙要走，劈头遇上了大力柴青和张金来、武顺成。张武二人也是戴着面幕，本是来寻找太谷僧的，却正堵上背人跳墙的妖贼。柴青张武三人大喊一声："妖人休走！"挥刀上前截击。二妖贼回手发出一镖一箭，三个人略略闪身，喝命："快放下人，饶你不死！"这两个妖贼武功很强，还想强拼，无如寡不敌众，被大力柴青一对钢鞭，张金来一口单刀，逼得风驰蓬转。忽听哼哧一声，一贼负伤，弃了女人先跑，另一贼也只得丢下兜包，两个妖贼分两路逃走了。

两个女子被摔得半死，哭喊饶命救命。大力柴青顾不得救人，先驰去追贼。

这时候，前院不知怎的，也起了火。正在混战，无人救火，火势立刻乘风延烧起来。李五的庄院起了哭声，许多小男妇女潜藏在暗室发抖，大火既起，披头散发的逃出来，如没头苍蝇一般，乱钻乱撞。倒闹得护院的人，和捉妖的人展不开手脚。

陶天佐、陶天佑见状跃登房头，连声呼叫："妖人李五已死，小男妇女一概无罪，你们不要害怕，不要乱跑！"尽管嚷叫，妇女们依然哭号逃窜。倒是妖徒和打手们一见火起，情知事败，中间有几个人怪叫道："不好了，咱们庄主遭到魔劫了！我们不要和天命强抗，趁早跳出火坑吧！"豁剌地逃走一群。工夫不大，这个见那个逃，这个也逃了，那个见状心慌，也钻黑影了。这两把大火，倒烧散了妖人的斗志。转眼间，李五的庄院只剩下残兵败众，受伤的，半死的，和一些亲眷妇孺，却也纷纷哭叫，觅路逃命。

李五的人缘竟坏得很，庄院起火，邻村竟没人肯来驰救，也似乎不敢救，怕被反咬一口。

李五的信徒既已四散，李五的打手趁火打劫，纷纷停斗。起初是几个人抢财物，生私心，后来几乎人人见机而作，人人看出李五"大势去矣"！就人人在全身远退之前，要顺手捞一把，只算是找恩主借盘川。霎时间，御敌的人全溃散了。

155

此时穆成秀追赶妖僧太谷，已然追得没了影。赵迈、二陶已然杀死李五，一见火起，打手停斗，也就大喜过望，和大力柴青、飞猴李柏、邵宏图等分两面乘机搜宅寻妖。

妖人死走逃亡，只剩下红莲仙姑，带了两个女妖徒，拿了两件法宝，正在东藏西躲。大力柴青举斧要杀，红莲仙姑吓得撒手掷出法宝，大力柴青挥斧一挡，把法宝打得粉碎，大喝一声上前。红莲仙姑掉头就跑，脚底下一软，摔了一溜滚。那两个女妖徒吓得坐倒地上，口中不住念咒。大力柴青顺手一斧，劈伤一个女妖徒，那另外一个女妖徒狂喊："饶命！"陶天佐、陶天佑、赵迈慌忙赶过来拦阻："慢着！"转面来厉声喝问："你是什么人？"

那女妖吓得说不出话来，陶天佐仍在持刀逼问，陶天佑就赶过去，截住了红莲仙姑喝道："你是什么人？快说！"红莲仙姑跪地讨饶，再三盘诘，她说道："我是李五爷的姑姑！"陶天佑追问："那个什么红莲仙姑呢？"回答说："往那边跑了！"

二陶并不认识红莲仙姑，当下受了骗，说道："没有你们妇女的事，你不要乱跑。"红莲仙姑道："我怕，我怕烧死！"陶天佑道："既然如此，你们跟我来，快领我把红莲仙姑搜出来，还有那些女孩子，也该搭救！"红莲仙姑道："我我走不动，我吓酥了！"却是刚说完走不动，她突又坐起来，跟着站起来，说："我领好汉爷找仙姑去，好汉爷要找女人，年轻的、漂亮的，这里很不少，请你跟我来！"

红莲仙姑也想起了嫁祸之计，心想找到别的女人，就放松了她。哪知此话露出破绽。赵迈、陶天佑喝道："等一会儿走！"把红莲仙姑扭到火亮处一看，半老徐娘，一身妖服，分明带出狡狯机诈的神情来，与寻常良家妇女截然不同。赵迈、陶天佑斥道："你到底是谁？你分明是个女妖人，你一定是红莲仙姑……"红莲仙姑忙叫道："好汉别认错了人，你瞧红莲仙姑不是往那边跑去了么？"

可是她的诡辩已然来不及了，那另外一个女妖徒，在陶天佐刀光挥霍逼问之下，已然说出了实话。她自承是红莲仙姑的得意门徒，而红莲仙姑就是手掷法宝，摔了一溜滚的那一个。赵迈、陶天佐哈哈大笑，追上来捉仙姑。大力柴青已然听清，怪叫道："杀了吧！"唰的蹿上来，照红莲仙姑就是一斧。陶天佑说："等一等，问一问！"利斧已然斫下，红莲仙姑惨叫一声，撒手红尘了！赵迈摇头不语，陶天佑道："可惜妖僧太谷的下落，没有顾得问她。"

飞猴李柏道："我看见穆成秀追赶下去了。"

陶天佐道："鬼见愁太荒唐，他追太谷僧，追得没了影。现在我们赶紧设法搭救这帮孩子们吧。"

群雄向四面一瞥道："都不知道跑到哪里去了，咱们怎么救，又怎么安插呢？"

陶天佐道："先寻找，找到了，再想安插的办法。"

群雄齐声说："就是这样办。"几个人登时搜索，查寻起来。

这时候，那一伙被逼充"宫女""仙女"的童女，有的潜藏在屋中，有的潜藏在庄院内，有的跑出庄院，潜藏在禾田地里。赵迈、二陶和大力柴青、飞猴李柏、邵宏图等，极力查找，只找出六七个童女。童男是一个都没有了。因为都撮弄到李家店去，已然先期遇救了。

群雄听说李五皇上拐卖来的童男女很多，现在觉得数目不够，急找"倒戈"和袖手的护院打手孙三师傅和张金来、武顺成，想向他们细问底细。不料张金来、武顺成二人一见火起，误认是穆、陶放的火，他们二人大不谓然，心中又很惧祸。两个人便悄悄地你拉我，我拉你，溜出了李家庄院，悄悄地不辞而别了。只剩下孙三师傅，很生气地找到大力柴青，严词诘问："你们到底是捉妖人，救难童，还是趁火打劫？"

陶天佐、陶天佑急忙插言："我们是捉妖救人！"

孙三师傅道："既然是捉妖救人，为什么放火？"

陶天佑道："我们也不知道是谁放的火啊！"

孙三道："你们不知道，难道是李五皇上自己放的火？"

大力柴青道："也许是走了水。"

孙三道："怎么会走水？明明放火烧了柴垛，你们到底是怎么回事？"

群雄极力辩解，孙三师傅微微冷笑，说道："我们也明白，这种为富不仁、与妖作怪的东西，就烧死了也不多，可是这等玉石俱焚的辣手，区区在下竟做不出来。"说罢转身要走。

二陶急忙劝阻，还要解说，孙三笑道："你看火快烧到内院来了，李五死了，我的饭碗也砸了，我得打点打点。若不然，明天天亮四邻报了官，我留在这里，岂不要打呈误官司？"

二陶还想说话，孙三师傅道："我先把我的东西拿出来，不然，就烧在里头了。"到底抽身扑奔前院，大力柴青盯着他，不料三转两转，连柴青也不见了。

这两把火引起了误会。孙三等确信是群雄故意放的火。哪知这火仍然是护院打手放的，反而害得穆、陶替人负罪。赵迈、二陶咳了一声。飞猴李柏催道："先把这些孩子救出火场才好。"

二陶道："对！"

捉妖群雄一共十三个人，现在只剩了八个，被难的童女只寻到六七个。当下各背一个，火速离开了火场。为了彻底搭救难女，陶天佐也搜到了一些财物，趁天色未亮，他们走出李家庄院。

救人捉妖的事，弄得七颠八倒，并没有办利落。

三四天后，鬼见愁穆成秀到底追丢了妖僧太谷，反寻回来，和二陶等人见了面。二陶抱怨穆成秀，穆成秀只搔头皮，说："太谷僧这家伙也许真有点儿门道，不知怎的，溜得没了影。"

陶天佐笑道："他也许会地遁。"

陶天佑道："什么地遁，分明是大师兄双眼瞎。你自觉招子亮，结果鬼迷了眼！"

穆成秀道："得了，二位老弟不要抱怨了，咱们还是救人要紧。"

飞猴李柏道："这一帮女孩子怎么办？往哪里安放？"

众人都没了主意，邵宏图道："只得把她们送回家。她们一定都有父兄。"

穆成秀哼了一声道："那也不见得。这些女孩既被拐卖她们家中一定有缘故，不是少爹没娘，便是后娘狠心，再不然哥嫂不是人。若不然，谁肯把自己的孩子送入火坑？"

"那可怎么好呢？"

群雄束手无计，邵宏图低头沉吟，想出一法道："我倒想了一个门道。罗田县附近一家地主的少奶奶，年轻守寡，娘家也有钱，为了怕少奶奶守不住，就劝诱少奶奶念佛修道，不修今世修来世，给她盖起佛堂尼庵。现在这少奶奶已快四十岁了，信佛已经很深了，她还要大开宗门，招收女弟子。我想把这些女孩子送到她那里去，倒是个暂时之计。"

赵迈却吸了一口凉气，说："那可不行！你们可不知道这带发修行的阔少奶奶、阔小姐的怪脾气哩，尽管吃斋念佛，专好毒虐女徒使女！她们又慈悲，又狠毒，尤其妒恨女孩子的天真烂漫，必得把小孩子整治成槁木死灰，一点生人乐趣都没有，跟她守死寡守活寡的一样，她才心平气和。"众人听了，哑口无言，最后还是陶氏弟兄说："我看我们还是就近找个地方，暂且把这些女孩寄顿一下，随后腾出工夫来，再替她们打算终生之计。不知我们这些人，有认识本地富户绅士，素常宅中使奴唤婢的人家没有？"

穆成秀道："我在此处人生地疏，别位也是江湖上的朋友，有谁熟识这种巨室阔人呢？"

二陶道："如此说，那只有靠赵迈了，他是皖南人，又是出身绅衿。"

穆成秀道："我们只好靠赵贤弟。真是一点不错，行侠仗义，除恶霸，拿妖人，都容易，若说到安良救难，真有点动辄滞碍。这区区几个女孩子，比男孩子还不好办。"

赵迈却摇头道："我也没有办法，我不过一介寒儒，不是使奴唤婢的人家。我也没处安排她们。"

大力柴青、飞猴李柏也笑道："尤其是我们个个一派江湖气，忽然带了一帮女孩子行路住店，处处引起行人侧目，官人注意。我们若认识开戏班的朋友，把这些女孩子们全扮成歌伎还倒不太招瞠。"

穆成秀猛将大腿一拍道："有了，我认识一个开戏班的，他本人是刀马旦，他的老婆是个绳伎，他们夫妇都有一身好功夫。我们可以把这些女孩子暂且寄放在他们戏班里。"

邵宏图道："这个人叫什么名字？靠得住么？他们不会生心图利，拐卖人口么？"

穆成秀道："我想不会吧。这个朋友名叫薛凤桐，他自己就从小被人拐骗，卖入戏班。我想他不会自己受了害，再来害人。"

邵宏图道："那可难说。"

穆成秀道："那也不要紧，我们不要先害怕人们做坏事，我们只要随时查勘一点，就行了。况且我们这只是暂时寄顿……"

二陶道："就是这样办吧，可是妖僧太谷怎么样了？教你追到哪里去了？"

穆成秀道："查找他的下落，你们只管冲我说，现在你们跟我走吧。"

"跟你上哪里去？"

第十二章

土霸秘造地下金銮藏龙卧虎
妖人从中兴波作浪暗害贤能

"跟我找太谷僧去呀。"

当下群雄赶紧料理，把几个女孩子安置了，把邀帮忙的朋友谢遣了，穆成秀仍与二陶、赵迈火速上道，追拿太谷僧。

太谷僧逃到哪里去了？

一路寻访，才知他逃到豫南罗山县八亩园千顷侯侯阑陔那里去了。而千顷侯侯阑陔正在秘修藏珍楼、地下宫，利用着一个巧匠，当快竣工时，他要杀这个巧匠灭口，却反被巧匠逃走，引起了内部的猜疑，掀起了轩然大波。

千顷侯侯阑陔本是罗山县首富，拥有良田千数顷，挂过千顷牌，献过皇粮，家中奴仆成群，佃户上万，平日起居服食不羡王侯。他的为人极豪奢，又极吝啬。起初他只做个好客的孟尝君罢了，家中养着诗人、画家、棋手、拳师、花儿匠、练气士，好比闲人养蟋蟀，以此自娱罢了。明清交兵，天下大乱，饥民吃大户，流民抢老财，风声日紧，他就陡起戒心，不惜重金，修筑堡垒，团练乡兵，要据地自固，不久他当了八个乡团的团总，他就有了一种不可告人的雄心；而他也就有了军师谋士，一个是自居智多星的幕府师爷杜先鹏，一个是堪舆师马云波，这两个人给他出了许多主意。又因他家大业大，财多为累，杜先鹏便劝他请巧匠营造园林别墅、藏珍楼、地隧、地窟。于是他访着一位巧匠，名叫孙九如，这个人善造攻城御敌的器械，也善造园林迷宫，实在是个巧匠。不过这个人年少奇巧，又会武艺，未免恃才傲物，有点不受财主豢养的脾气，很不好对付的。侯阑陔派去聘请他的人，往返两三次，费尽心机，才把孙九如请到八亩园。

等到和千顷侯侯阑陔分宾主叙坐，略谈了一会儿，孙九如就有点翻腔。他不住声地诘问侯庄主："阁下不远千里，访邀巧匠，秘造藏珍楼、地下室，你打算干什么？"侯阑陔敷衍说："为了护产防盗。"孙九如大笑道："现在外寇深入，江山日蹙千里，整个国土沦丧完了。你便关上家门，修造铜墙铁壁，藏珍藏娇，也拦不住大队胡骑前来圈地占庄啊，你修这个有啥用？"

侯阑陔面皮一红，刚要答言，那门客杜先鹏抢先说道："嗫声！机密事不能随便滥说——孙爷你猜着了，我们庄主胸怀大志，应运救民，正是要杀胡！"

孙九如道："哦，真的么？"

门客杜先鹏哈哈大笑道："怎么不真？孙爷，你想，若不杀胡，怎能成其大事？你若肯攀龙附凤，凌烟阁上标名……"

孙九如刚刚听得入耳，这几句话又觉得味不对，睁大了眼问道："你说什么？谁是龙？谁是凤？上哪里去攀附？"眼光直射到千顷侯的脸上。

千顷侯侯阑陔赶快把话拉回来，笑着说："谁也不是龙，谁也不是凤，这只是杜先生打一个比喻。孙仁兄你刚才说得好，要保家乡，先守国土；要守国土，必须先驱杀胡虏。杀胡虏，就必得据地自固。我要修筑这些东西，就是为了杀鞑子。我们不能叫

163

外人看破我们的密谋，故此要建造地下室；为要抵御鞑子和外寇，更要起造坚城隧道。愿请孙仁兄把我们这八亩园庄院细勘一下，该如何兴修，全凭你的高才了。"极力地解说，孙九如方才不再驳诘了。

当晚，千顷侯侯阆陔和他的谋士密议，几个人以为孙九如这家伙恃才傲物，不识真主，看不起庄主。那堪舆师马云波说："我们的大事索性瞒着他，我们只好好哄着他，巧利用他。等到他替庄主把迷宫密殿筑成，那时我们再……"底下的话不待说，全都默喻了。

那堪舆师更对侯阆陔说："不但这姓孙的，咱们那位武师飞刀周彪，意思也不对。我奉庄主之命，试探过他几回，他口气尖刻，也是瞧不起庄主的。我说从推背图看出来庄主是应运而生的真主，他冷笑着劝我，不要听信妖人的肆口胡言。他还劝我转劝庄主，没事时拿镜子照一照，不要妄想称孤道寡，惹火烧身。并且他还对我说私话，他说庄主看相貌，看人性，看做事气派，左看右看，丝毫看不出半点贵相来。他说庄主自奉豪奢，待人苛刻，不但不能成大事，也不能办大事，一切局面都小。他劝我：为人应给大丈夫帮忙，却不要给大财主帮闲。庄主的财主脾气若不改，生在这种乱世，恐怕连全身保家也不容易。"

这一番话把侯阆陔伤得不轻，然而他居然很有一点土财主所没有的把戏，他只强笑了几声，说道："周武师跟我是莫逆至交，他不嘲笑我，谁来嘲笑我呢？"

于是千顷侯侯阆陔坚嘱幕宾、堪舆师，今后对孙九如力避深谈，要虚心哄骗，他爱听什么，就说什么，哄得他赶快修造密窟密室，和战守器械才好。另外又收买了些技匠，明面给孙九如做下手，暗中偷艺。对待飞刀周彪，侯阆陔他也存了敬而远之的心，礼貌更优，密谋却再不叫他预闻，同时他仍教这几个谋士，多方去到别处寻访能人。

孙九如到底斗不过老奸巨猾，他纵然聪明，却吃顺不吃僵。他被人抓住弱点，蒙在鼓里；他爱听什么，他周围的人就说什么。左右侍候他的人，一片颂德声，尽夸侯庄主如何仁厚，如何忠义。孙九如痛恨鞑子，他们就说侯庄主团练乡勇，就为的是杀鞑子。孙九如痛恨明廷的阉党贪官，他们就说在朝的人没个好人，所以我们庄主才退隐田园。侯庄主待承孙九如，也礼貌更优。孙九如遭了欺骗，真个的苦心戮力，给侯庄主设计建造起藏珍御侮的工程来了。

侯阆陔折节下士，开馆招贤，好像真是为了杀胡人，广拢英才。两三个谋士陆续给他引来大帮草莽人物。只不过这帮人多半是大成教的妖人，和江湖上卖艺的骗子罢了。

因此，弄假变不成真，狐狸尾巴终久露出来。孙九如和这一伙帮闲，总有当面交谈的时候，当然格格不投。他曾骂过街，那个幕宾杜先鹏就向他解说："鸡鸣狗盗，也或有用。为了杀胡人，什么样人物，也不能拒之门外呀。"这话似乎有理，可是孙九如心中不舒服。他和飞刀周彪却一见如故，两个人走得很近，似乎也议论这伙帮闲，帮闲向侯阆陔告密，侯阆陔眉峰一皱，想法子把两人隔开。

孙九如渐渐体察出侯阆陔被宵小架弄的情形。他看破侯阆陔梦想称王这一节，他只嗤笑侯阆陔鬼迷心窍。他想这可真是"乱世为王，关上大门称孤道寡"。他以为侯阆陔是受了门客的愚弄。本想讽劝，转念一想："管他娘的呢，只要他能杀鞑子就好，他愿意发疯，当土皇帝也罢，当草头大王也罢，好在碍不着我，我是等到给他修完了楼殿，站起来一走。"可是他又憋不住，有触即发，跟马云波抬过几次杠，狠狠地挖苦过他们。

孙九如在罗山县八亩园，度了将十个月。他又发觉侯阆陔这个人外表尽管谦虚慷慨，却被他们的佃户们看成活阎罗，对他害怕得很！庄前野外见了庄主，佃户们吓得要躲，躲不开必须站起来，施行大礼。孙九如偶然得到机会，向乡下人和佃户们闲谈，每一问到：侯庄主这个人怎么样？待你们佃户好不好？乡人们往往变色四顾，低头回答：我们庄主待我们恩重如山，若不是庄主厚道，一收佃，我们早就活不成了。神气显见得感恩之意少，畏威之情深。

又过了些日子，工程也修得过半了。孙九如忽然想家，要回去看看。

他说："大丈夫来去明白。"他先去探看飞刀周彪，找出七八里地，才在团练分所会见。行礼落座，当面话别，跟着秘问几件事情，内中一件，便是："听说侯庄主的门客，从外乡买来了八个童男、八个童女，据闻将有大用。周仁兄你可晓得么？"

周彪愕然道："这倒没听说！"

又问："你可听说，江湖有些妖人，要杀孕妇，剖取胎儿，修练什么子母阴魂剑么？"

周彪瞪大眼睛摇头道："没听说……不过，我倒听说过这种妖言，却不知道太谷僧也会练。我想这乃是大成教的妖术诓言，不会真有的。"

孙九如冷笑道："真有么！太谷僧的确说过，听说他们正在访求孕妇呢，说要出大价购买！"

周彪沉默不语，半晌说："这些妖魔鬼怪的话，你怎么打听来的呢？我和侯阆陔共事日子不少，我只知道他非常自负，好算卦相命，好看推背图，别的事怎么我一点也没觉出来呢？"

孙九如道："大概人家把你当作一勇之夫，当作一员骁将，却不是当作军师。也许你素常口风不对，拿你当了外人，却不是心腹人。"

周彪道："那么，你一定是心腹人了？"

孙九如道："笑话，笑话，我更不是心腹了，我乃是财主爷花钱雇来的匠人……"

周彪忙道："这话可不对……"

孙九如道："对得很，你别看他把我高高供在招贤馆，事事都瞒着我，不过巧支使我罢了。馆中的听差有点嘴不严，于是乎他们背地讲究，被我留心听见了。我看这个八亩园简直是个妖窟，正派人片刻也不能待的。"

周彪明白了，自从太谷僧来到之后，八亩园果然不是守宅相助的乡团庄院了。侯阑陔果然被他们架弄得昏天黑地了。

孙九如等了半晌，见周彪低头不语。他就说："我不管那一套，我决计离开这里。大丈夫做事，来去明白，我今明天就告辞。"

飞刀周彪还顾念旧交，向孙九如说："我们可以劝劝侯庄主，不要听信妖言，拿人命当儿戏，我们可以切切实实谏阻他一下。"

孙九如摇头道："侯庄主陷溺已深，我看回不过头来了，现在他一脑袋帝王梦。"

周彪狠哼了一声。

孙九如此时打定主意，第一步洁身引退，第二步贵加谏阻，第三步劝阻无效，就在引退之后，施展他那钻云手的功夫，试探着前来搭救那八个童男童女。他想：这八对童男童女，反正是太谷僧练妖法用的，绝没有好事。但他觉出自己孤掌难鸣，当下向周彪吐露己见，意在求助，周彪只是沉吟不肯兜揽。孙九如性子乖古，又哼了一声，不再深谈了，就站起来告别。

周彪很懊恼地说："孙仁兄，你真个要走么？现在就要走么？"

孙九如笑道："男子汉说了就做，怎么濡恋？说走，拍拍腿就开步，还顾瞻什么！"

周彪道："走是可以走的，不过，我劝你凡事要活看，不要硬拗脖颈，硬拗——怕有害。"

孙九如不觉恶心起来，怎么这位周武师教财主豢养的一点骨气也没有了？"不可与言，而与之言，失言。"孙九如自以为话说多了，就脸上堆下笑容来，说道："老兄金玉之言，小弟拜领。我小弟不过是一个匠人，无拳无勇，无智无谋，然而在世路上也奔波这些年，当然多少也会看风使舵，决不会跟庄主硬碰的，那不成了以卵击石了么？我只跟他好搭好散，客客气气地告退，就完了。"

周彪双眼盯着孙九如，好久才说："老兄，我是一番好意。你这话里还含着硬气，我以为我们好汉做事，要有软有硬，有明有暗。"

孙九如更不耐烦了，可是越发堆欢含笑地说："对对对，我姓孙的其实浑身一块硬骨头也没有，你别听我嘴硬，我是瞎说。你老兄大名是个'彪'字，你倒有刚有柔，全不带一点彪劲，我佩服之至！"说着嘻嘻哈哈地笑起来了，把个周彪笑得面红过耳，然而他还想劝告孙九如，孙九如陡然又站立起来，双拳一抱道："走了，咱们再见！"一跨步，到了门口。

周彪忙追送着，说："孙兄慢走，我且问你，你此去是回家，还是到别处？"

孙九如道："回家，回家，别处没地方。你看现在遍地是胡

168

氛，再不然就像八亩园一团邪气，简直没有一块干净土。我姓孙的空负三寸气，没有地方蹲，只可蹲在家里!"

周彪忙道:"不然，不然，还有好地方，我告诉你一个地方，是大坡岭彭铁印那里，一个地方是信阳州毛俊那里，你如果去，我可以……"

钻云手孙九如早听不下去了，迈开大步，出离了团练分所。

周彪碰了个软钉子，然而周彪说:"咳，到底年轻，气儿太粗!"于是他送走孙九如，筹思了好半晌，暗暗下了一个决意。

那边，孙九如一口气回转招贤馆，立刻卷铺盖。其实他应聘而来，没带行李，他只做出卷铺盖的模样，明示去志。命馆童去请东翁:"你去告诉庄主，就说我孙某离家日久，现在急事，必须回去看看。"

馆童诺诺答应，先去报知客房司事，司事对幕宾杜先鹏一说，两个人嘀咕了一阵，同去面见东翁侯阑陔，随后就叫馆童告诉孙九如，"庄主这两天不自在，正在吃药，等过几天，再和孙爷面谈。"孙九如说:"不行，我现在就要走，我不等了!"馆童拦不住，司事忙过来敷衍，孙九如咬定牙根，今天不走，明早也得赶路。司事替主人道歉:"没听孙爷你说要走啊，怎么走得这么紧? 可是起居款待不周? 下人服侍不到? 或是谁人无意中得罪了?"孙九如说:"满不是那回事，我只是离家太久了，必得回去瞧瞧。"司事又道:"孙爷替东翁监造工程，还没告竣，半途而废，可怎么办?"孙九如道:"我没立下包年包月的合同，工程我都画了图样，照样兴工，那有什么?"

司事挽留不住，幕宾和别的门客也来留驾，孙九如去志极坚，谁劝也不行。门客们无法，齐去禀报东翁侯阑陔。侯阑陔恚怒起来，说道:"这是什么事体? 说走就走，丢下全盘工程不管

169

了，把我看成什么人？他竟要半腰里拿捏我么？"

堪舆师马云波插言道："拿捏人，可真有一点。更可虑的是，庄主爷不惜重资，礼聘他修造迷宫秘殿，他老人家犯脾气，甩袖子走了，满处给你一抖搂，我们全盘的机密消息全成了废物了！"

"哎呀，那可太可怕了！这决不能叫他走！"

侯阑陔越发动怒，"这东西居心太可恶，把他押起来，拷打他，审问他！"一下子把礼贤下士的面孔全翻过来了。

于是宾主齐心同意，决不能放走孙九如。但门客们又说，这孙九如不太好对付，他有一身的武功，我们须要投鼠忌器。侯庄主道："不要紧，可以请周武师来拿他。"堪舆师马云波道："周彪跟他走得很近。恐怕有交情，未必肯动手。"侯阑陔瞪眼道："什么？周彪竟敢徇私么？"别的门客忙道："他们俩大概走得不错，反正小心一点好。"侯阑陔道："叫霍武师倒合适，不过依门下之见，应该秘密地把他拿下，秘密地把他处置了，千万喧嚷不得。万一传出去，怕妨害庄主好客招贤的名声。"

众人一齐称赞，还是军师高见。幕宾杜先鹏欣然接言道："我想莫如由庄主出去面见孙九如，用好言挽留，挽留不住，再请他宽住几日，择吉给他设筵饯行，把他灌醉了，那时随便有一个人，就把他料理了。所谓用力不如用智，明擒不如暗下毒手。"

这话又招来了哗赞。但另有一人道："孙九如他素常不好喝酒，怎能灌醉呢？"

太谷头陀一指鼻头道："不要紧，有我哩。我有药，下在酒里，只要他半杯沾唇，保管他魂不附体。"

"好极了，喂，这不是有他刚监造成功的弓索铜网么，我们把他诓进去看看。他自己造的机关消息，就让他亲身试试灵不灵，这就叫请君入瓮。"

"对!"

杜先鹏又说:"孙九如这家伙很机警,我们不要只预备一条计,我们至少要秘密布置下三条道,叫他一计不成,还有二计。"

"对,对!"

杜先鹏又道:"还有,我们把他捉住之后,是杀是剐,是存是留,也要预先商定……"

太谷僧插言道:"杀,取他的心血,给我炼丹。"马云波道:"我却不以为然。我意应该把他双腿剁去,教他变成孙膑,他就跑不掉了。然后我们再逼着他,把他的机关技巧全献出来,不许他存一点私,他只要存私,就拷打他!"

"对,对,对!"

于是诡谋商定,千顷侯侯阆陔这才亲自出来,会见"招贤馆"的英雄孙九如,面致挽留之意。"孙仁兄定要还乡,我也不便坚阻。可是自从识荆,深佩英才,尚望不嫌小弟铜臭,重赋归来,再图良晤。我已吩咐他们赶备车马,择吉后日,替吾兄饯行,还有一点土仪,并请笑纳!"

言辞礼貌谦和极了,孙九如道:"不用不用,侯庄主,我这人是个俗物,不喜酬酢,说走,抬起腿来自己就要走,用不着车马的。我明天一定要登程,侯庄主你就无须乎多礼了。不过临行之前,我倒有几句拙言,要向庄主请教,不知道可肯垂听么?"

"你太客气了,仁兄你有何金玉良言,请当面赐教。"

"那就是恕我口直了。"

侯阆陔拱手道:"请谈。"

孙九如不客气地就把童男女,龙袍密殿,教门盟单,有的他听到的,见到的,有的他猜想到的,一一给揭了盖子。揭到末了,还说一部十七史,从来没有一个妖人能成过大事,当上帝王的。尤其可怕的是，妖人架秧子，捉弄财主，往往把人害得"祸延满门"。这便是妖人也有不轨之心，他借着你的肩膀往上爬，机会一成，翅膀一硬，他就弄死你，取而代之了。他也想当大王。况且上天有好生之德，帝王以得人为本，哪有个残杀无辜，拿活人炼法宝，会得到天佑人助的？

孙九如原意是要临别赠言，用讽示语，把堪舆师马云波和太谷头陀的阴谋点破。不想话篓子一开，攻讦谩骂之辞顺口流出来。侯阑陔虚情假笑地听着，起初极口不认账，可是听到后来，有些话非常刺耳，不由得也动心了。屏风后转出书童来，说内宅有请庄主。侯阑陔站起来，拱手强笑道："我领教了，谢谢你。我是不听信别人播弄的，我更不信妖言：架秧子、哄财主的伎俩冲我使，也不大容易，你放心好了！"

侯阑陔回转内厅去了，孙九如把心口一块石头吐出来，感到轻松，却又感到不是滋味。他已觉出来，屏风后有人偷听。他稍稍地有点懊悔自己话说多了。头一样，疏不间亲，交浅言深；第二样，一张嘴抵不过许多舌头，侯阑陔明明受蒙蔽已深。孙九如讽示的许多话，至多给侯阑陔提个醒，多多防备马云波太谷僧罢了。孙九如多口取憎，越增加妖人们杀他灭口的狠心。孙九如傲然地说道："去他娘吧，孙太爷明天就离开你们这群狐群狗党，看你们鬼画符，能把太爷怎么样？"

招贤馆里的宾客们都知道巧匠孙九如要走了，这一位那一位出来询问、惜别。内中有两位就说："明天是东翁给孙爷设筵饯行，今晚我们招贤馆同人暂设小酌，给孙爷话别。"孙九如当然谢绝，宾客们说得好，"孙爷总不能不吃晚饭啊，咱们大家凑在一块吃，不过另外多备两壶好酒罢了。"就硬摆上席位，硬留出首座，硬拉孙爷坐上座喝酒。

大家传杯递盏，硬要拿酒灌孙九如。孙九如真有鲠劲，闭口决然不饮。门客们自找台阶，说："孙爷不赏脸，我们多了不敬，大家公敬三杯，这可行了罢？三杯不成，一杯还不成么？"

一杯热酒硬端到嘴边，孙九如还是不喝，一让一推，把杯酒整个洒了。第二杯，第三杯，照样。有的门客怒了，孙九如哈哈大笑起来，说道："这样的敬酒，莫说三杯，三滴不少么？半滴我也办不了，我就怕的是拿酒当毒药灌，你们不灌，我倒对付着自己喝。"

闪眼一看，信手抢过来别人面前的一杯酒，仰脖喝了，照杯示干。连抢了三杯，饮尽把杯一放，说："我喝过了，诸位别僵火，再拿刀轧脖劲，我也不来了，吃菜倒成。"于是大吃起来。

其实这酒里头没有毛病，乃是幕宾出的主意，今天先试着灌他一下，看他肯不肯喝。如果肯喝，明天的饯行酒就有玩意儿了。他们做的机密而谲诈，招贤馆不只孙九如，还有别的"能人"，很有几位至今还没打开窗子说亮话，仍然瞒着呢。故此他们只能暗算孙九如，不能明目张胆地去剪除。若硬摘硬拿，杀人灭口，怕的是吓跑了好容易招来的别位能人。

当下几个谋士暗中捣鬼，别的人都不理会，反怪孙九如太不识相，不给人面子。幕宾杜先鹏向那堪舆师马云波偷递眼色，不再灌酒。招贤馆的门客们大呼小叫，痛饮不休，很闹了一大阵，终席而散。

一计不成，诡谋加紧。当晚三更以后，钻云手孙九如住的那间客房，烛灭室暗。孙九如悄悄解溲，出去了两次，无所见而归，骂了一句道："娘拉个蛋！"拍拍枕头睡下，翻来覆去，渐渐睡下。蓦地又惊醒，觉得有点动静，听了听，又没有了。翻了个身，又复睡着，却又突然惊醒。这工夫，觉有一股异香刺鼻，头脑涔涔的不好受。孙九如翻身坐起来，好在他是和衣而卧，预备起五更动身。他张鼻嗅了嗅，说道："唔?"揉眼凝眸，蹬鞋下地，抢奔房门，房门大概倒锁了，拉不开。

孙九如吃了一惊，慌忙去壁上摘那挂着的一口剑，剑没有了。回身忙往床头抓了一把，还好，枕下的尺八匕首，床里的万宝囊全有，他那只小包袱也还在床旁椅子上，便伸手一提，奇怪，包中不过是几件贴身衣服和一些银两，这一提竟没提起来，分量忽然变得奇重。屋中异香气息越浓，呼吸很不好受。孙九如顾不得检验包袱，急速寻找香气的来路。哦，就在屋墙脚下，似有一洞，忽搭忽搭的，从外往屋内扇烟。

孙九如心下骇然，他是巧匠，又通武术，自然懂得这一套。这却不是他设计监造的。"坏了，这不成了贼店了么? 哈，他们要害我? 哼，那不成!"枕头底下有他那只匕首，力能削金切玉，幸而没丢，他立刻抄在手中。还有那万宝囊，装着他刀械暗器，赶紧取来，挂在身上。他立刻要对这墙脚扇烟处下手，他心似旋风一转，暗道："且慢，应该先脱出虎口，应该把烟弄灭……并且人单势孤，不要打草惊蛇。"他晓得抵挡毒烟，光堵鼻子不成，嘴喘气一样会迷糊过去的。他就不顾一切，在黑影中，火速地把床上被褥拖下来，桌上有一壶茶，就用茶水先蘸湿一条手巾，护住口鼻，再蘸湿一只被角，轻轻堵住了墙脚漏烟的洞，又轻轻搬过来一只书橱，挤住了这份被褥，免被外面抽出或挑开。

屋中积烟很浓，孙九如抢到窗前，要破窗出烟，或者人从窗户窜出去。不料这纸窗已经从外面放下了窗档。（这本是隆冬的设备。）孙九如轻轻试用手一推敲，幸而窗档是木板，还不是铁扇。那么，这客房还不是害人的所在，只是临时起意罢了。

孙九如心头冒火，摸着黑，身在屋中一转，咬牙暗骂："好

174

恶贼，我岂肯轻饶了你！"小包袱不管了，他就挺匕首，重趋窗前，择一扇窗档，轻轻用力来割削。刀锋犀利，几下子就破开了半扇窗板。他刚刚探身往外一瞥，外面突然有人断喝："有贼！"唰的打来一阵暗器。孙九如急急闪躲，信手抓起一个椅垫，当作盾牌，唰的奋身一窜，燕子钻云，飞掠到院中。院中门前，早就埋伏了好几个人，刀兵纷举，吆喝着拿贼，齐奔孙九如扑来。

钻云手孙九如彻底恍然了，这是要陷害他，不教他活口得出八亩园。孙九如恨极骂道："你们这群不知死活的走狗，你们给妖精财主垫了背，你们还不明白，快给我闪开！"来人不听，竟下毒手。一支兵器似是铁杖，挟着锐风，照孙九如头顶猛砸下来。孙九如匕首虽利，尺寸却短，急急地跳闪糅进，匕首照敌人兵刃，一按一削，当的一下，就势往外一抹，敌人怪叫着跌倒。"奸贼行凶杀人了。"听声似乎就是那妖僧太谷头陀。他自己连滚带爬，被别人扶救开了。

斜刺里又扑来三个招贤馆的武师和壮士。一个挥双鞭，一个挥单刀，一个挥大棍，丁字形夹攻孙九如。此外还有人一递一声，奔驰喊叫，分明是早就安排下毁害孙九如的阵仗了。

孙九如一面辨认敌人，一面招架，一面夺路。这三个家伙，只有那使双鞭的，上下挥打如风，武功特强，这个人大概就是那位霍武师霍凯声。那个使棍的有猛劲，没功夫。那个使刀的只会卖艺的花招，没有真杀真砍的经验。黑影中，只走过三招两式，孙九如便体察透了敌手的弱点。无奈孙九如头眼昏昏，腿脚颤颤的，情知自己睡里中了毒，纵然毒不深，却已无力以寡敌众了。只可咬牙狠拼，若不伤敌，便不能自救，他就大骂："替死鬼还不滚开，孙太爷要下绝情了！"

武师霍凯声哪里知道是非曲直，只一味给财主看家罢了。财主的走狗做好了圈套，把孙九如诬成见财起意，偷了东家的东西。霍凯声就信以为实，一心要替财主拿贼；双鞭挡住了路，刀棍两边掩击，孙九如竟冲不开，他就挺匕首猛向霍武师一扑。这是虚冒一下，霍凯声才待错鞭对架，孙九如唰的跳转来，夜战八方式，冲开围攻，单欺到单刀武师的身边。敌人单刀疾扫，孙九如架刀进刃，疾如电火，刺伤了敌肋。侧面铁棍拦腰打到，孙九如如旋风般一闪，躲开了棍，唰的顿足飞跃，箭似的掠过敌人上三路，双足错登，踢中了铁棍武师的面门。哼哧一声，这个武师仰面栽倒，那个武师掩肋退去，只剩了双鞭霍武师，孙九如躲避着他，如飞夺路往外抢。

不料庭院的月亮门机关发动，这正是孙九如亲手设计监造的，月亮门本来没有门扇，此刻平地涌现出铁板，阻住了出入。

钻云手孙九如倒吸一口凉气，"真是作法自毙！"他晓得月亮门堵住，花墙虽矮，不能攀越。凡有消息机关处，必套着别处的消息机关，这短墙墙头上还有暗箭的装置。

孙九如退回来，这边还有角门，还有甬路。他知道甬路平地还有翻板。武师霍凯声追杀过来，孙九如且招架，且奔绕。他既要躲避追捕的敌人，又要躲着消息埋伏，步步择路，且战且走，居然被他闯出两层院落。这时候，全庄院走铃哗啷哗啷的响，指示警报方向的红灯也随着人转，招贤馆的武师们和庄客壮丁们陆陆续续出来拿人。工夫不大，四面合了围。孙九如努力突围，躲避险阻，绕趋坦途，时候耗久了，到底没有逃脱出去，到底被院中突然发动的铺地锦绊住了他的腿。

这铺地锦的装备，也是孙九如设计的，仓促间，他觉得只有这铺地锦容易破，他的锋利的匕首可以挑断铺地锦那些密网纵横软链。可是他已然中毒，气粗腿酸，虽然很快地冲破了网罗，却

176

手忙脚乱，被挠钩乘危搭住了裤腿，竟不容他挣夺，当下一拽而倒，把他生擒活捉了。

孙九如破口大骂，千顷侯侯阚陔手下的谋士，断不容他揭发阴谋，立刻把孙九如身上洗了一遍，匕首和百宝囊全给摘除，立刻架到地牢，囚禁起来。任凭你叫骂，没人听见；任凭你挣扎，绳索捆得紧，地牢扃得固。他们这就要生生把孙九如饿杀在他自己监修的地牢中。

囚禁以后，侯阚陔和谋士们先安抚擒人受伤的武师们，扶回卧榻，传医救疗。然后到招贤馆，会集群雄，宣扬孙九如的罪名。说是"贼起盗心，做客偷了东家的金银财宝"。千顷侯侯阚陔轻描淡写地讲："我和这个人并不认识，是朋友举荐，出重金雇他来监工的。这个人原来手不大稳，教人识破，有点臊了，就闹着要走。哪知临走还来了一手，人们拦他，他就要杀人，想必是恼羞成怒吧。暂且软困他几天，煞煞他的凶气。然后我们怎么把他请来的，再怎么把他送走，就完了。"

这真是一口的仁义道德，心腹谋士们却不这样讲，当场就把孙九如丑诋了一大套，说："早就看破姓孙的不地道了，手这么黏，见了东西就想偷。"这一个说："我看见过他偷翻人家的衣袋。"那一个说："我看见过他往枕头底下掖东西。"他们哄起来说："我们快到他住屋里搜搜看。"

大家拥到孙九如所住的客房中，好，真赃实犯，孙九如那个小包袱塞得满满的，全是东翁家中的金首饰、银酒器、古玩、金元宝、珍珠串。床底下还藏着个大包袱。屋里隐秘地方，也乱丢着不伦不类的赃物。

幕宾杜先鹏高举着从孙九如身上洗下来的匕首和百宝囊，一口咬定，这就是做贼的家伙。武师霍凯声也跟着说。可是招贤馆

177

的好汉们，有的认得百宝囊中的斧凿错刀乃是巧匠的工具。却是人多嘴杂，人们全说姓孙的是贼，也就没有人肯替做贼的帮话讲情了。

孙九如就坐实了是八亩园的贼了。招贤馆一位好汉义形于色地说："我们招贤馆竟有这样人物，真是我们招贤馆大家之羞，我们应该把他乱刀分尸。"门客们有的不作声，有的就喊："对！"可也有人说："罪不至此吧！"

千顷侯侯阑陔似乎觉出风色，摆出笑脸说道："我知道孙某人的下流行为，引起众位仁兄公愤，但我侯阑陔一生待人厚道，不为己甚，我的意思，只要静静地饿他两顿，稍稍煞一煞他的火性，再请马云波师傅劝化他一番，就把他打发走了。我不能从严处置他，更不能军法从事，把他斩首。怎么讲呢？他只是偷了一点东西，并没有勾结外寇。我还怕挑毒疮，伤了好肉，教别位宾客们心里不舒服。马马虎虎放宽他一步吧。"

门客哗然颂扬道："庄主太厚道了！"又互相告语："人家庄主真是生儿养女的心肠。像这样坏蛋，盗窃被发觉，胆敢行凶拒捕；被擒之后，不知服罪，还敢恩将仇报，谩骂东翁，这种人实在可杀不可留。庄主还要放他了，真是仁至义尽的了。"

宾客们应声喝起彩来，侯阑陔便做出礼贤下士的气度，向大家慰谢。又道："天不早了，诸位安歇吧，明天我还要设筵给众位压惊犒劳。"

"这个贼呢？"

"那不是搁在地牢了么。就叫他在那里好好歇歇吧。"一阵哗笑声，大家散了。

于是庄主侯阑陔回转内宅，那些赃物自有人收拾了。幕宾杜先鹏、堪舆师马云波被请入内客厅，和庄主商计了一阵，方才出来。

这时候八亩园侯阑陔已经受着大明官府的节制，千顷侯侯阑陔统率乡团，兼理民词，已历好几年，他实有处死孙九如的威权。和谋士商计结果，把孙九如秘密处死，最为妥当，现在就安排下手的人和下手的办法。

钻云手孙九如困在地牢中，手脚被捆绑，挣扎不动，简直把他气坏了。一连两三天，勺水不沾唇，孙九如以为这是要把他活饿杀，哪知不然！侯阑陔手下的狗军师已然决策，要趁半夜三更，把孙九如架至庄外，掘坑活埋。

侯阑陔他们自以为铲除异己，手段巧妙，行动秘密，但到底瞒不了明眼人！

招贤馆中，有顾金山、顾金川弟兄俩，出身绿林，当场就看出栽赃灭口的疑实。更有一个跑江湖、卖膏药的年轻拳师韩一帖，早就听说过钻云手孙九如的名望，也晓得孙九如的师承，只是从来没有会过面。他在招贤馆住久了，知道孙九如应聘而来，就想亲近亲近，不料孙九如看不起这个跑江湖的艺人，侯宅谋士又蓄意隔绝招贤馆人物彼此间的交游，孙韩二人竟没有机会深谈。

招贤馆里议论纷纷，固然多半是帮财主，骂孙九如的，可是犯疑心的人也很有几位，譬如说往聘孙九如的那位门客，就觉得姓孙的性子很傲，不像盗窃的人。只是这几位稍稍怀疑，便遭亲信门客同声地驳诘了："你几位请想：咱们庄主不惜重金，礼聘四方豪杰，前来护庄拒胡防盗，他招贤还来不及，岂能嫉贤害能，诬蔑请来的人？"立刻批驳得人们哑口无言了。

于是乎话讲当面，一连气碰钉，当面不能谈，可就一转而为彼此之间暗中嘀咕了。江湖道上什么样人都有，什么把戏都有懂行的。等到谋士们暗遣庄客，到庄外私掘埋人坑，顾韩等人就蓦地心惊："不好，这不对劲！我们没眼见，可也耳闻过，有的恶霸活埋他的仇人，有的栽赃陷害对头……这简直是土皇上！"

不平之气悄悄腾出口外，也就难免暗地见于行事——这一天深夜，八亩园侯阆陔庄院忽然大乱，奉命活埋人的人，去敲地牢，满以为时过五天，囚徒孙九如应该饿得半死。俗话说一日不食则饥，三日不食则病，七日不食则死；五天头上，人当然死半截了。不想几个人拿刀带杖，开锁启封，闯进地牢一看，孙九如已然不见了，那团绳索却捆着监守地牢的庄客，嘴还塞着麻核桃。

孙九如的匕首和万宝囊，保存在内账房，当作贼证的，也突然不见了。

谋士们惊喊：不好，出了内奸，把人放走了！什么时候放的呢？他们解救下看守地牢的庄客，才问明白，不早不晚，就在今夜，一个更次或者半个更次以前，不是孙九如自己挣断牛筋绳逃走的，乃是蒙面穿夜行衣的外援进来救走的。细情说不上来，因为这守地牢的庄客，后脑挨了一闷棍，昏厥过去，等他缓醒过来，已被堵嘴上绑。他只恍惚记得：有个黑衣蒙面的人，在他面前晃了一晃。

第十三章

八亩园好汉脱离虎口
九里关盟友火并寨前

全庄院立即骚动，千顷侯侯阑陔从睡梦中醒来，一听此事，吃了一吓！这可真不好，纵虎归山，须防反噬。大匠反颜成仇，迷宫的机密难保，一番工程白费事了。尤其可虑的是，既有内奸，必不止一个，招贤馆的好汉们"人心隔肚皮"，个个成了无形的对头冤家！

东翁动了猜忌，不知死活的走狗，依然有人卖命讨好，喊闹："这怎么办？人逃了，还不赶紧追？"

这个说："逃的工夫太久了，往哪里去追？"

那个答："工夫不算久，逃走的方向也好办，孙九如这小子来从何处来，一定是逃往何处去，我们履着他的脚印，分头去搜！"

第三个叫好道："对对对，这小子一定奔江南，他若不会爬山越岭，横度桐柏山，那么往西必走九里关，往东必走白沙关、青台关，往北必奔竹竿河。我们分兵三路，马上就赶！"

招贤馆好汉立刻有五位，攘臂自告奋勇，结束停当，抄起兵刃，打着灯笼，拔腿抢出庄院，先奔白沙关。侯阑陔看着这五位好汉的后影，大为欣慰："还好，还真有扶保主人的！"那幕宾掩着怀，喘吁吁的，禀承庄主，发号施令。头一拨派定三路进兵，就循着东西北三条路线，火速奔逐关河。第二拨又分两路，一路往南搜山，一路绕庄排搜。侯庄主有打猎消遣的几条猎狗，还有护庄的猛獒，谋士就吩咐追兵带着狗去寻踪迹。

招贤馆的好汉和本庄总团的乡兵，共派遣了两拨五路二百多人，马上步下，刀枪挠钩、弓箭、猎狗、灯笼、火把，如五条火龙般，冲出庄外。"捉住了逃犯，决不轻饶，要就地正法！"不成不成，庄主说了，要捉回来，用毒刑拷问，把跟孙九如合谋的内奸根究出来！

武师霍凯声率领一队，如飞地赶奔庄北竹竿河，搜寻不多远，劈头遇上那告奋勇抢先追贼的五位好汉。情形不好，五位好汉竟两个架一个，一个背一个败回来了。两边碰头，这五位好汉说，他们追逐着夜犬吠影的声音，在竹竿河附近，追上了逃人。逃人大概在河边上捣乱，几条人影乱晃，好像自己人跟自己人动了手似的。但等到五位好汉吆喊着奔过去，逃人就合在一块，不再打算过河，反而钻进了北树林。五位好汉奋勇上前兜捕，不想逃人勾结的内奸或外援竟不少，足有十来个，潜伏在林外土岗后，用强弩排射，把他们五位好汉射伤了三位，内中两位很重。然后逃人们就先往北，又往西北逃去了，揣方向好像是奔信阳州一带。

霍武师听罢，把自己所率领的人，分出几个来，将重伤的两位好汉搭回庄院，轻伤也请他回去养患，就请没受伤的两位，在前引路，斜奔西北搜去，同时也放出猎狗。

追出不多远，夜影中人呼犬吠，便见火龙似的另一队追兵，也从别处抄来。逃人大概是改了道，似从西北折奔正西。霍武师一行就赶奔正西，那正是九里关。

霍武师几个人说道："姓孙的自找霉头，他应该奔北方竹竿河，往自己家乡跑。现在他奔信阳州，是自投死地，往正西奔九里关，也是自投死地。这两处全跟咱们八亩园联盟结体，咱们一通暗号，盟友们一定帮着我们捉拿逃叛。后追前堵，看姓孙的往哪里逃活命去？"

于是武师霍凯声很有把握地循踪蹑迹，追赶到九里关、八亩园两交界的地段，上前喊暗号，叫盟友，要人。

事情出于意料之外，竟因为追索孙九如几个人，引起了八亩园、九里关两地的交恶败盟大事变来了！

原来钻云手孙九如，被幽囚在自己监造的地牢机关之内，几乎把他气炸了肺，悔不该听飞刀周彪之言，遭了暗算。他便一声不哼，强纳住了气，试着要挣断或卸掉手脚上所捆的绳索。绳索又坚又韧，捆法很在行，用不得力！孙九如百般挣扎，全是徒劳。可是他并不灰心，忍住饥火，继续用力。熬到三天头上，守牢的庄客从小洞孔探头窥看，看见孙九如闭目垂头，便抛来一块小砖石试验。孙九如猛一张目，把守牢的吓了一跳，说这家伙三天并没饿死，精神还足得很哩！孙九如度日如年，又熬到五天头上，半夜三更以后，突闻拨门开锁之声，两个蒙面的人闯进来，叫了一声："孙朋友，怎么样？"没等应声，便一晃火折，伸手来摸口鼻。没等摸到，便先看出孙九如目光炯炯，元气仍旺，并且低声问道："是哪几位朋友前来搭救我孙九如？"

两个蒙面黑衣人很喜欢，说道："还没饿坏！"又道："孙朋友，你不要多问，逃出虎口，咱们再细讲！"用刀挑断了绳索，搀扶孙九如，试走了几步，问："能走么？"孙九如已然走不上路来，他强咬牙说："行！"那蒙面人早就一俯身，把孙九如背起

183

来。另一个蒙面人在前开道，还有一个巡风的人，却将看守地牢的那人，趁着昏迷，塞嘴上绑，给丢在牢中，仍将牢门锁好。于是一个人背负，两个人前后维护，把孙九如很快地救出了庄院以外。

这搭救孙九如的三个夜行人，就是招贤馆的顾金山、顾金川和韩一帖，都是孙九如不大看得起的人。三个人替换着把孙九如先背负，后挽架，奔窜到竹竿河。三个人武功并不很精，认为东西南三面关山连亘，无法飞越，故此直走平阳，打算到河边，觅船逃渡。一口气奔临渡口，孙九如因四肢血脉渐渐活泛起来，只苦于几天饥困，中气不足，顾韩三友一路扶救，也累得汗喘吁吁，只得找一个隐僻地方，让孙九如坐在地上，四个人一同歇息，把孙九如的比首刀和百宝囊也交还给他。孙九如大喜，向三位恩公一再叩谢，心中感激不尽，此时他已经认出救他的人是谁来了。韩一帖为人心细，居然带着水壶和干粮，拿出来让孙九如充饥。少许干粮下咽，孙九如顿增活力，便说："此处并非善地，我们不能在虎口边上歇腿。现在小弟好多了，三位恩兄，咱们今夜不拘怎么样，也得逃出百里之外，方免无事。"

韩一帖愿意伴送孙九如还乡。他久慕孙九如的技艺，一心要借这番恩谊，拜师学艺。顾金山、顾金川弟兄，要把孙九如偷偷送出险地，本人仍愿折回千顷侯庄院。他弟兄两人身世凄惨，年轻时，在故乡滦州，曾因得罪了本村土豪，一场斗殴，存身不住，被迫逃亡，在外乡游食好几年。不幸鞑虏南侵，故乡滦州遭胡骑纵火烧村，他们的老娘和妻子跟随乡亲渡河逃难，土豪仗势抢舟夺渡，把活人生生挤落滦河急流中，顾老娘等全淹死了。顾金山、顾金川深深体验到：财主们往往拿人不当人，自觉有钱能买鬼推磨，就无所不为。他弟兄也知道侯阐陔可恶，可是天下老鸦一般黑，弟兄靠力气混饭，到哪里也得侍候人，莫如留在八亩园，一来混饭，二来，哼，暗中行方便，抓棱缝跟财主爷捣蛋，"他害人，咱救人！"

顾氏弟兄的愤激话，孙九如听了很动情。他劝两人道："二位恩兄何必跟了歹人一块鬼混？二位如不嫌弃小弟，我愿邀请二位到舍下。"二顾不肯去，说："你们府上也不是正闹鞑子么？我哥俩躲在八亩园，也是为了鞑子。"孙九如道："二位也恨鞑子？那好了，咱们可以一同去投奔另一个地方，那地方是专心杀鞑子的。还有这千顷侯侯阆陔干的这些坏事，以及害人的把戏，我们应该拿出大力气，给扳转过来，那不是咱们三两个人能干的，我这回遭他们暗算，就是吃了人单力孤的亏。咱们应该多联络人，单人匹马决不会闯出名堂来。我现在上一回当，学一回乖，我一定要改掉一个人瞎鼓捣的拙主意。"韩一帖道："对，孙二兄真是高见，小弟韩一帖决计跟着你走！"

四个人在黑影暗地里，一面述怀，一面歇息。忽然，钻云手孙九如听出近处声息不对，慌忙跪地伏身，侧耳察听，探头寻看，道："那边来了人！咦，这边也有人！"

果然在他们潜身处的四外，似有轻轻的脚步声。韩一帖说声："不好，有人追来了！"慌不迭地站起身来，向外张望。这一直身，陡闻喝声道："呔，什么人？出来，站住！"韩一帖登时挥手打出一件暗器，立刻换回来一件暗器，哼的一声，韩一帖中了暗箭。二顾和孙九如齐叫："快伏身！"已经来不及了。

五六条黑影分从两厢兜抄过来。孙九如一看，业已迫近，逃躲不开，便抽匕首，把精神一提，招呼三友："随我来！"立即准备且战且走，不要奔竹竿河渡口，改计绕奔西北。可是围抄过来的人，身法很快。当头一人疾如箭驶，飞蹿到孙九如面前。

来人亮出兵刃，喝道："干什么的？"孙九如抗声答道："走道的。"来人随又发出暗号和隐语。孙九如听不懂，却已觉出口音很熟。正要反诘，旁边顾氏弟兄已然发话，用隐语回答了隐语。这才知道：来人不是别个，就是飞刀周彪。

周彪因听说孙九如犯了背恩盗财的罪，拒捕伤人，已被拿下，便忙即密邀帮手，赶来相机救人。来迟了一步，已探明囚徒勾结内奸逃走了。他就抽身暗暗退出，和帮手追下来了。当下彼此把话叙明。周彪道："孙兄台不听我言，果遭暗算。侯庄主这个人一向耳软的，小人们一套弄他，他就免不了胡来。"孙九如道："我真惭愧，若不是三位恩兄搭救，性命难保，还被加上恶名。"周彪劝大家速离此地，少时追兵就到，又劝孙九如还是投奔信阳州或九里关为妙。二顾说道："我知道他们已跟侯阑陔结了盟，我们投奔了去，倘或他们把孙兄和我们当作逃人叛徒，给送回八亩园，岂不是逃出虎口，又投狼窝？"

周彪道："这个，这个，不能！"稍停片刻道："索性我陪着你们几位去吧，我可以把是非对他们说明，他们结盟是为了抗胡大义，不会偏袒财主，拿我们江湖好汉送礼。他们也是江湖人物，跟我们是同类，跟侯庄主倒显得气味不投。你要晓得，侯庄主的财主脾气，他们忠义盟的好汉们眼珠子够亮，一看就透骨。他们只是为了联兵杀胡不得不跟侯阑陔拉拢，免得他倒到敌人那边去。他们彼此间的气味是不大相投的。"又道："我看诸位不必投奔信阳州毛俊，信阳州距此地较远，我引导诸位径投九里关义盟去吧。九里关义盟寨主郑范、副寨主张铁珊，全是山林豪杰，你们跟他一谈就明白了。"

孙九如思量着仍要回家，顾氏弟兄的顾忌，惹起他的心事。周彪极力鼓励他。韩一帖也劝他，他们又说："孙仁兄一手监造迷宫秘殿，原本是侯阑陔的阴谋异图，他决不愿意把机密泄露到外边。孙仁兄跟他们闹翻了脸，他们一定要杀你灭口的。现在虽然逃出寨，恐怕他们仍要派人追踪到你家乡。你回家不大妥当。咱们还是先到九里关，住上几时，也可以把这件事交他们评评理。"

孙九如愤怒道："我决饶不了侯阑陔。他要想杀灭口，我还要抓机会，抓他的王八窝，把那八对童男童女救出来呢。那秘密地室，我会修，我就会放火烧！"

他们终于商量停当，决计由飞刀周彪引导往投九里关，几个人便由正北转奔西南。

他们遇上了八亩园自告奋勇的五个追兵，飞刀周彪唯恐被追兵认出面目来，便下辣手，用伏弩把追兵射伤。他们续往前奔，和九里关的伏兵相遇。飞刀周彪忙发暗号隐语，向九里关的伏路兵要求引见盟主。可是八亩园的后拨追兵也陆续赶到，也发出暗号隐语来，要求协助堵截逃叛之人。

九里关伏路兵不敢自主，慌忙报知义盟守界的头领，说是八亩园有人逃来，求见盟主；又有人追来，要求把逃人截回，不敢做主，请令定夺。守界头领鲍禄友，先盘问逃人。他没和孙九如见过面，可是他知道飞刀周彪与他们曾会过盟，乃是八亩园的武教头，他问周彪："何故仓皇到此？"周彪说："一言难尽，我们庄内起了内乱，现在请你快引我见郑寨主。"

守界头领鲍禄友为人很机警，从神色上已看出周彪、孙九如等必有非常变故，便不多问，立刻派十几个人，把周彪、孙九如等护送到山脚下，第一道寨内，说护送是可以的，说押解也可以的。紧跟着八亩园乡兵，由武师霍凯声领率，打着呼哨，一直赶到交界处，径向鲍禄友要起人来。鲍禄友支吾道："不见有人越

187

界！如果有人过来，我们会盟立约，理应联防，决不容叛人从我们这里逃开的。只要搜着，我们一定把他拿下捆送到贵庄的。"

此时八亩园的追兵前拨后拨越来越多。有的人就仗势发喊，说眼见逃人越界到九里关界内去了，一定要人，鲍禄友说是没有人过来。他们就要派自己人过来搜索。鲍禄友据理拒绝，说："我们约定，严守境界，各不相扰，诸位不要忘了我们的盟约呀。诸位要搜逃人，请交给我，不出三天，必有交代！"

八亩园的乡兵人多杂乱，气势汹汹的，竟有的人冲过界桩来了。

九里关义盟军规森严，鲍禄友一见八亩园乡兵越界，登时红了眼，大叫："盟友们赶快退回！你们追捕叛徒，请派人跟我们大寨去说。我小弟鲍禄友奉命守界，军法森严，断不准私放外人入界。请诸位折回，否则彼此多有不便！"

鲍禄友已然着急了，八亩园的人们也叫道："我们明明看见我们的逃犯上你们这里来了，你们不肯给我们捆出来，又不教我们追过去搜，你们太不够朋友了，难道你们跟逃犯通谋作弊？"说着，竟拥上来。

鲍禄友道："那不成！"

此时八亩园的人已然越过九里关的界楼瞭望台。哨楼的九里关盟友不待吩咐，立即发出告警的响箭，一共三支，射向山脚下第一道寨砦。第一道寨砦闻警传言，又向第二道寨砦射出三箭。第二道寨砦接着往后传，片刻之间，传到了九里关关口和关上总寨。鲍禄友也已被激怒，率众出来扼住界口。八亩园武师霍凯声，一来挟持己势，二来倚仗跟九里关是同盟，三来有人分明瞥见黑影越界，就不管九里关的据理拒绝，他自己拉开了阵仗，把鲍禄友等围住；另一个武师唐绍先，就率队越界深入，开始了

188

搜索。

双方登时失和，动起手来。鲍禄友奋力截击，却不是霍凯声的对手，霍凯声的双鞭恍如蛟龙剪扫，只几个回合，鲍禄友架开一鞭，第二鞭又到；刚闪开第二鞭，竟被霍凯声一脚踢倒。霍凯声叫道："弟兄们上！"一拥而上，越过了哨楼。

鲍禄友一滚身跳起来，愧愤交加，大叫道："你们绝不是八亩园的盟友，你们竟敢堵上门来欺人，我跟你们拼了！"抬手发出一暗器，恶狠狠挥刀又扑上来，以死相拼，守界的盟友也都红了眼，二十几个盟友舍死忘生，强守界口。鲍禄友仍然打不过，竟又被霍凯声一鞭打伤，栽身倒地。其余盟友寡不敌众，一连伤了好几个，被八亩园数十个乡兵围住了，一直压退到哨楼之下，仍自强行招架。

这时候，天还没亮。九里关第一寨盟友头领蔡振，出身闯将，为人骁勇。他已然问明了孙九如等逃亡越界的原委，也已接到东卡子上的警报。他立刻把孙九如一行人顺小道，送往总寨。跟着就传集骑队，整队出来查看。东卡子上的盟友已然奔来两个人送信，蔡振怒喊如雷，登时发动各处埋伏，一齐堵截越界之人。

蔡振率突骑首先迎上八亩园武师唐绍先，只一交手，竟把唐绍先活擒住，唐绍先所率八亩园乡兵陷入包围，一少半被俘，一多半溃退下。霍凯声到这时才觉出九里关防务戒备极严，误会已成，悔之不迭，就火速的策应乡兵往后撤退。可是他不认输，临退时把鲍禄友和三个盟友也掳了过去。

这一场追叛拒搜，引起争端，八亩园掳走了四个盟友，九里关扣下了十七个乡兵。义盟第一寨头领蔡振还要率骑兵追赶，并要截救鲍禄友。可是这时候，八亩园的援后也已赶到，灯笼火把

189

远远地漫过来了。同时寨主郑范、副寨主张铁珊已经闻耗，立刻派登山豹杨封和第二寨头领关效仁，整队驰来增援问隙。一个号令传下来，蔡振的骑队率众扼险，退屯在交界处。

于是两阵相对峙。各遣信使究问隙端。耗到白昼，登山豹杨封、关效仁，和八亩园的谋士武师，费了许多唇舌，仍不得开交。僵持了两天，千顷侯侯阑陔盛陈武卫，亲来求见盟主郑范。

郑范已和周彪、孙九如、顾金山、顾金川、韩一帖几个人恳谈过了。郑范眉峰深锁，悄与周彪、登山豹杨封商量："我们原知道侯阑陔坐拥广田，团练乡勇，颇有乱世称王的野心。更不料他受妖人蛊惑，戕害妇孺，耍练妖法。据周彪武师说，孙九如是个人才，只因不受财主豢养，不受妖巫利用，又不幸获知他们的机谋阴事，要洁身引退，就惹翻了他们，要诬害他，杀他灭口。周彪为了搭救孙九如，指引他来投托我们，自然是信赖我们。但我们跟侯阑陔一经联盟，守望相助，就不能收纳他们的逃叛人犯。按理说，还该代捕、押回。可是我们又不能这样做，我们若把孙九如交出来，送回去，岂不成了助虐了？往后聚义之人，谁还肯投我们来？现在不能挺身出来做和事佬，当中保人，替侯阑陔、孙九如宾主之间，劝解说和。侯阑陔口口声声，是来追索叛徒逃贼，我们一做和事佬，就无形中袒护逃人了……"

郑范道："姓孙的没有卖身投靠，人家是聘请来的巧匠，怎能看成逃奴！"

谋士石彦贵："财主脾气，一向把西席当篾片，当奴才；吃他的，喝他的，就得属他管。现在他办着团练，他又借口军法，把孙谋士当逃兵叛卒了；况且他又很毒辣的栽赃，诬人为贼。盟主所提的说和一举，决计办不得。看样子，侯阑陔还不准知道周孙诸位确在我寨，我只答应替他们搜寻，暗中却将周孙等人遣送到关外分寨去，给他一个人去无对证罢了。"

盟主郑范是个言而有信的人，又不肯瞪眼扯赖。他很想着劝侯阑陔，释嫌为好，各立誓言；侯阑陔不要再搜拿孙九如，孙九如也不要泄露侯家庄院中的机密。杨封听了，说："这全是敷衍同盟，不顾是非的和解办法。那八对童男女又待如何？我们自创义以来，抗胡救民，全力以赴，既然知道了，焉能见死不救，坐令妖巫戕害良家妇孺？岂不被江湖豪杰耻笑我们怕事？"

盟主郑范拊胸说道："这可真难！大丈夫做事，须顾及大局。目今胡氛方强，我等力弱，我们必须固盟结好，降心推诚，才不致破坏了抗胡阵营。我们怎好为了搭救这八对童男女，就跟侯庄主二千多名乡兵挑隙决裂？"

谋士石彦贵劝道："难，难，难！"

杨封愤愤叫道："我们难道说，一味为了委曲求全，固盟交好，就帮同妖人残害民命？难道说为了抗胡，就先给妖魔鬼怪做了帮凶？"

帮凶二字，椎心刺耳，盟主郑范、张铁珊也不禁眼圈通红，半晌说不出话来。

密议良久，无可奈何。杨封又把周彪、孙九如、二顾一韩邀来，把种种顾忌，开诚布公说了出来，把拟议的应付之策，也列举出来，动问他们的意思。

孙九如不由激动道："我本要绕道还乡，不问世事，是周仁兄劝我投托大寨，一同创义。不想大寨又怕为了孙某人，败坏了盟好。那你们就不必作难，我怎么来的，我再怎么走。我还不是怕死贪生之人。你们把我交给他们好了，我跟他们碰去！我只求一样，请你们双方大会群雄，当场把我交出来，当场容我讲几句话，正是公说公有理，婆说婆有理，我不盼望大家替我评理，只

191

求你们平心静气听一听谁是谁非。我有嘴，侯阑陔也有嘴，会说不如会听，只要把我眼里见的，肚里存的，当众全抖搂出来，我孙九如碎尸万段，死而无怨！"

飞刀周彪也似乎看出郑范左难右难，不愿得罪侯阑陔，心中也怫然不悦，于是做出了抱歉的样子，说道："这都是我周彪鲁莽不识大体，给你们义盟添了纷扰，我竟忘了你们有盟约在先，理应互相庇护了。现在我既将孙仁兄指引了来，做错了，挽回还来得及，我们现在就一走为妙吧。人走了，就没有招对，郑盟主跟侯阑陔容易讲话了。我想郑盟主还不肯把我们捆送回去，就请你连夜借道，把我们送出九里关也罢。"

两个人的话，说得郑范很难为情。他既不肯偷放来人另觅活路，也不肯扣留来人送回死路。他很诚恳地告诉二人："二兄千万不要过虑，既承诸位不弃前来聚义，我断不会买好财主，对不起诸位，我心上悬念的是怕败盟……这样办吧，明天我会见侯阑陔，见机而作，用好言语讽劝他，不要听信妖言，陷害好人。"极力地安慰周、孙二人，周、孙二人快快不乐，两个人暗中也做了一番商量。这都是郑范过于坦率惹出来的麻烦，他就不该把他的顾虑，公然对周、孙二人挑明。

到次日辰牌，八亩园侯阑陔，带领谋士、武师、乡兵，盛陈武卫，来到八亩园和九里关交界的一座小村，打着旗号，暂行驻扎，另派两个能言的管事，叩寨求见义盟盟主。盟主郑范早已来到前寨，闻报亲自接见来使，一听说侯庄主已到，立即要迎接侯庄主进关，管事承命连说不敢当，不肯入关；又请进寨，也说不敢当，不肯进寨，并说："鄙上的意思，是请盟主光临小村，借地相会。"说的话很客气，却暗地存心戒备，俨然看作敌方了。这又是侯阑陔门下狗头军师的主意，他说两方互掳部属，嫌隙已

192

生，常言道："宴无好宴，会无好会。想当年金沙滩双龙会，宋辽二帝相见。杨大郎乔装宋王爷，用袖箭射死辽主帅，达儿韩昌飞又刺死了杨大郎。庄主又是个文雅绅士，怎能跟他们草野强徒善处，诚恐一言不合，遭了暗害。"

小村口有一座山神庙，侯阑陔断不肯纡尊入关，定要盟主到山神庙来见他。郑范笑道："恭敬不如从命！"他倒毫无戒心，一面赴会，一面动问："你们来了多少位？"他是要给八亩园来人预备酒饭，来使又疑心郑范是探问他们的兵力，就虚张声势地说："我们来了五六百人！"郑范愕然道："来了这么许多人？"忙命盟友，快快预备，每个人两个馒头，一碗肉，一碗酒。另外也备办了几桌酒席。然后，郑范就率领数十名盟友，前往会见。

侯阑陔、郑范在山神庙见了面。寒暄一阵，侯阑陔便诘问义盟，不该扣留他们的十几个人。郑范慨然认错，说："现在兵荒马乱，我们九里关戒备较严，冒犯了盟友。贵庄那几位盟友，已在敝寨置酒谢罪，少时便即奉陪过来。敝寨守界的弟兄，也有几位被侯庄主的乡兵俘虏过去，请庄主吩咐他们一并放回吧。"

侯阑陔道："那个自然，这都是手下人之过，他们一见大寨扣下我十几个人，就急了，也效尤起来。他说若不扣下押当，还怕换不回自己人来呢。"说着呵呵地笑了起来，跟着就请郑范先把他们的人释放。郑范说："好，好，好！咱们一块放！"十几个乡兵先放出来，四个盟友也交换回来。互通气息，相邀就座。侯家的谋士乘机发话："还有我们庄上的逃犯，也请郑盟主一并费心交出来吧。咱们是同盟，我们想盟主决不会收留逃叛之辈的。"

郑范道："我已经问过他们守卡守寨的人了，他们全没见……"

八亩园被扣的十几个人，含嗔发话道："我们眼见孙九如他们进了你们九里关，我们跟脚紧缀，眼看就抓着了，被你们的人横遮竖拦，忘了双方的盟约，既不替我们堵截，又不教我们自己搜拿……"

那九里关被捕的四个人，立刻反唇相讥："我们告诉了你们，没有看见逃人越境。如果看见，我们为了自己的防务，也要搜拿的。你们不讲理，不通情，倚仗人多，硬来砸卡子，闯关口……"

侯阑阂的武师们哗然抗辩。盟主郑范抱拳道："得了，得了，谁是谁非，少说两句吧。这都是黄夜相遇，仓促疑误；如有过失，全是我郑某统率无方，巡察不严之罪，还请侯庄主和盟友们海涵！诸位注意的不是逃犯么？咱们先办正事，免究过去。请问侯庄主，逃过来的都是些什么样人？共几个？姓名、年貌如何？因何事犯混潜逃？请明白见告，能开一个清单来，更好。这件事必须给予时间，下心细搜，此地关山连亘，地广林多，哪里都易窝藏人。"

侯庄主指出姓名来，是孙九如、顾金山、顾金川、韩一帖，另外还有几个人失踪，一并算在孙九如一堆了，却单单没有周彪。罪状是勾结外寇，潜画本庄地图，又偷盗财物，暗害庄主未成，事情发觉，拒捕伤人……一连串的罪名，越变越重。侯阑阂说话，还保持豪绅礼貌，那些帮闲谋士、武师们就恶狠狠地说："我们的人亲眼见得叛贼逃到你们界里，被你们的那个鲍禄友收留，躲藏起来。郑盟主，你不要找我们庄主要年貌单，你只仔细审问你们守卡子的人，他们一定会招出来的。我们庄主大仁大义，只要你们交出人来，就两罢甘休。"

鲍禄友急了，拍着胸膛道："就凭你们走上门来吓诈人！看这样子，我们不交人，你们就要吃人？"郑范连忙挥手拦住，一面沉住气，向侯阘陔解说。侯阘陔捋着胡须装大方，纵任手下人叫喊。那个幕宾杜先鹏见郑范口气软，就说："我们也不会吃人，我们讲的是理。我倒有一计，只要郑盟主肯让我们搜拿叛贼，我们可以派一二百人过来，给你们做眼线，协同你们的人大搜一下。郑盟主要晓得，这是跟你们很有益处的。这些叛贼吃谁害谁，简直卖主通敌，给鞑子做奸细。他们在我们八亩园滋事，逃到你们九里关，跟你们也不会忠心的。你们不肯交人，又不教搜，那可是引鬼进门，早晚遭殃。"

这可有点咄咄逼人，郑范哼了一声，登山豹杨封早有点忍不住了，呵呵大笑道："什么逃人叛贼，一入我界，我们决然要搜查的，却不劳贵庄派人进界帮忙。正如我们这里倘或丢了人，也只能烦求四邻分神代搜，既不会堵别人门口找上别人的家，硬要进院子，翻屋子，那岂不是讹人么？至于逃来的人，身犯何罪，我们不跟他们通谋，当然一概不知。却有一节，打官司要听两方之辞，不能净听一面理。好在我们盟主跟侯庄主乃是同盟好友，凡事自当秉公办理，既不会祖护恶人，也不会诬害好人。若像你老兄刚才的话，立逼着交人，交不出来，立逼着派人来搜，莫说我们九里关义盟无法遵命，就是寻常一个老百姓，也不肯随这份硬挖头皮。况且当家主事，在乎一人，我们要听听侯庄主的意见。也不能七言八语，素不相识，随便一个人就支使我们怎样怎样！"

幕宾杜先鹏红了脸，反唇相诘道："我是七言八语，你是干什么的？"

杨封大应道："我是干什么的？我是九里关一个盟友，跟我们郑盟主，跟你们侯庄主，我们全是一拜之盟，同盟弟兄。你大概不认得我。你问你们庄主去！在会盟上，我登山豹杨封无理的话从来不出口。我却没领教你阁下高名，贵姓，哪个村的？"

两个人就要吵起来，郑范忙道："别！别！谁都可以说话的……"

侯阑陔变色道："郑盟主，你听见了？贵盟兄是不准我们八亩园的人随便说话，也不教搜，也不交人，并且窝藏逃犯，开口伤人！"

杨封忙道："我没有，我不敢……"

两方的人变颜相吵，八亩园的武师们很傲兀地盯着郑范、杨封，蓄势欲发。侯阑陔暗施眼色，似乎不教他们妄动。杨封和幕宾杜先鹏依然哓哓舌辩。义盟这边能言善谈的军师石彦贵没有到场，郑范的话叮不住，杨封气太粗。最糟的是，义盟只顾答辩逃犯交不交，教搜不教搜，不能把侯阑陔偏信妖人，胡作非为，以及杀人灭口的罪状当场道破。郑范口直，性子更直，若要揭穿坏事，他只能抓破了脸，明着叫出来，软中硬、假中真的婉言讽劝，他一点办不到。头一样先沉不住气，现在他怒气涌上来了，话也讲不出来了，他知道他的话说出来一定难听，他急得冒汗。杨封暴躁起来了，就不顾一切地吵，越吵越明，僵局渐破，决裂的苗头已见。

第十四章

狗头军师装神弄鬼大谈法力
泼皮教练好勇斗狠被缚阵前

就在这时，山神庙外，爆发了如雷的喧闹。八亩园在外巡逻的武师乡兵大呼小叫，奔进来好几个，竟在会场乱跳乱喊道："那个孙九如在这里了，大头小头也在这里了！郑盟主这可不对。你看看，你看看是你们窝藏逃犯不是？逃犯都钻出来了！"

可是侯阗陔和他的谋士也不由愕然！

逃犯公然露头，眼前的局面可以想见！这不像义盟情虚交犯，又不像逃犯畏罪投首，这恐怕是义盟和孙九如他们布置下来的"活局子"。要堂堂正正在桌面上讲理，当着大家教八亩园出丑！

侯阗陔自己做的事，自己明白。侯阗陔瞪大眼说："好，孙九如在哪里了？把他抓过来！"身不由己站起来了。谋士们也很惶惑地说："逮住他，逮住他！"

郑范缺少应变之才，有点失措道："这是怎么回事？"

侯阗陔一个人冷笑道："怎么回事？这不是你们手下人把逃犯藏起来。没藏好，露了馅啦！"杨封心路快，忙道："你不要这么硬拍，现在还说不定是你们的逃犯不是，等一等我去看看，盟主你陪着侯庄主在这里坐着，我去验看一下，如果真是孙某人，那好办，把他押进来，他有罪，我们两家公审他。他没罪，咱们也不能诬害他。"

郑范说："对！"杨封如飞地跑出去了。

可是，这时候侯阑陔也要出去，心想要躲开，省得跟孙九如当面鼓，对面锣，遭他面辱。郑范也要出去，心想要看看孙九如等为何钻出来，军师石彦贵为什么不拦住他们？于是山神庙两方的人物不由得一拥而出，全抢到庙前广场。大家张目一望，前边数箭地以外，一道小土岗，上面垒有瞭望土台，骈肩站在上面的，就是钻云手孙九如和顾金山、顾金川。环绕土台，是九里关义盟的人。西面也是义盟的士卒。东面是八亩园武师乡兵，乡兵们正自挤挤压压，指指划划，冲着孙九如叫骂。

孙九如站在那土台上，正自大声疾呼，对众诉说他为什么遭到财主的忌恨，为什么被诬害，被栽赃。……一开头，孙九如和二顾刚一过来，八亩园的乡兵掀起一番哗噪。人头攒动，喧闹声过于嘈杂。听不清孙九如的大声疾呼。义盟中有人向他打手势，他就分开人浪，抢上土岗，跃登土台。他拼命的锐声叫骂，他的呼声震动了八亩园乡兵，乡兵们错愕地想听一听，只一侧耳，喊声便不知不觉住了口。只一住口，喧声立静，孙九如的大声疾呼可就字字打入人耳。于是八亩园在土岗上的人不嚷了，嚷的只是站在远处的人。

孙九如、顾金山、顾金川，不留余地，把侯阑陔的害人阴谋，和妖巫的杀人法术，通盘抖搂出来。

"诸位老哥，侯阑陔为什么要谋害我姓孙的？他是叫我修完了秘殿迷宫，他要称孤道寡，怕我泄了机密，他想堵住我的嘴，他要杀掉我好灭口！不但我，你们大家也一样，谁知道他的秘密，谁就活不了，你们可知道武师麦锦洪是怎么死的。他不是得了伤寒，他是中毒教妖巫毒害的！

"诸位老哥，侯阑陔不但一言不合，就暗算他邀来的各方豪杰，他还听信妖巫，残害妇女婴孩，外人不晓得，你们总该多少有个耳闻！他不断花钱购买童男女。新近他买了八对童男女，要盗取童男女的真元，妄想炼什么丹，夺人的命，延他的寿！他听信妖巫的鬼话，还要剖取孕妇的婴胎炼什么法宝。

"诸位老哥，外人不知道，你们总明白，侯阑陔倚仗他那几文臭钱，苦苦折磨佃户，不管谁家闺女小子长的清俊，只教他看上眼，便千方百计，给算计到手，给他当书童使女，随便把人作践！侯阑陔满口大仁大义，实在抢男霸女，拆散人家骨肉；他杀人不见血，他只拿财势压你！他要折磨人家的闺女小子，他能逼你送上门！诸位乡亲，想一想，你们谁受过他的害！

"诸位老哥，侯阑陔他杀人不见血！

"诸位老哥，侯阑陔和他手下帮闲吃人不吐骨头……"

孙九如振吭高呼，把侯阑陔的行事，尽量揭发，很有些乡勇听愣了。跟着顾金山、顾金川也把他们怎样搭救孙九如，庄上怎样陷害孙九如，以及帮闲妖人坏蛋们怎么样架弄侯庄主，怎样草菅人命，统统给抖搂了。只可惜他们俩不善言谈，又不会当着大众要言不烦的讲道，他弟兄的话很凌乱，声音也太尖锐，很多人听不出来，但凡听出来的，跟他们自己所经受的，以及所听闻的事一印证，都不由得翻眼珠子对看起来了。"哼，侯阑陔是有那么一点，拿穷人不当人，又有点耳根软，净听小人言！"

然而侯阑陔手下的走狗，尤其是那几个谋士，很有一套玩意儿，他一看情形不好，立刻就使党羽闹哄起来。他们必须堵住孙九如和二顾的嘴。武师们有的面面相觑，幕宾杜行鹏和堪舆师马云波急急忙忙赶过来，向武师们大嚷："还不动手拿人！"又叫道："好你们逃犯，你做了不是人的事，偷人害人，还在这里蛊惑我们乡团的兵心，你太歹害了！哥们，上啊！"

武师霍凯声立刻指挥乡兵，上前要把孙九如拿下土台。义盟登山豹杨封恰巧也赶到，忙厉声叫道："且慢动手，请听我……"霍凯声冷笑道："谁听你那一套。弟兄们冲呀！"指挥乡兵，进攻土岗高台。

他们侯阑陔的谋士企图造成混战或群殴，便可以把孙九如、二顾的话给淹没了。乡兵们有的不明白，真当是要拿人了，有一队人糊里糊涂，高举兵刃，刀矛如林，很快地要围攻土岗。

土岗两侧的义盟盟友早已严阵而待，带队首领大声吆喝道："诸位乡亲们休得用强，你们庄主跟我们盟主全在这里商量着哩，请你们快快退回去，有话往桌面上说去，这不是动武的事！"

侯阑陔一个武师竟口出不逊，大骂道："管他娘的桌面不桌面，桌面办不了一点屁事，扯到日头晒东墙，他们也不肯把姓孙的交回来！他们九里关不讲义气，祖护逃犯！来啊！"这家伙竟率乡兵，往前攻打。义盟的人急忙招架，猝然间，从人群中窜出来好几支冷箭，一支射伤了九里关义盟一位首领，又一支没有射着孙九如，却射着了顾金山。孙九如大怒，破口骂道："你们这群不知死活，给财主当奴才的浑蛋！"

其实这时候喊骂已经没用，流矢横飞，两边的人果然掀起了乱端。八亩园倚仗人多，虽然乡兵们士气动摇，究竟疑信参半，人们也不会立刻回过味来。被几个武师督率着，分为数队，跟义盟冲突起来——却像是乡邻们众殴的模样，不能算是敌我死战。但就是这样，一边抢土岗，一边阻挡，片刻间硬碰硬，也有很多人流血，很多的人伤亡了。

当此时，八亩园庄主侯阑陔，九里关盟主郑范先后从山神庙会场闻变出来查看。侯阑陔手下的帮凶很够机警，既然煽起群殴，立刻架弄着侯阑陔，马上往后撤。他们叫道："他们忠义盟恃强行凶，袒护逃贼，现在跟他们讲理，简直白费话，庄主快走！"

郑范忙道："这位乡邻不要这样讲！侯庄主不要走，咱们还不赶快各自约束各自的人，先把斗殴压下去！逃犯的事好办！"

"好办个鸟！"侯阑陔身边那些个随从打手，骂口咧咧，抽刀襄护着他们的侯庄主，前护后拥，如飞地上了马，奔向八亩园。郑范很着急，张着手劝阻道："等一等，等一等！你瞧眼看要出人命！"一个打手回头唾道："去你娘的！"更有几个打手完全摆出恶奴相，乘乱猝下辣手，照郑范连发暗镖。郑范身边盟友早存戒心，头寨首领关效仁大喝："不要放冷箭！快保护盟主！"盟友们这边一挡，那边一架，但是发暗镖的不止一人，不止一方，郑范到底挨了一下。

义盟群雄大哗，关效仁赶上去一刀，把一个放暗箭的八亩园打手砍伤。其余盟友也全怒了，虎吼一般，上前对付打手，救盟主。盟主郑范急叫："不要动手，我们九里关的盟友们不准行凶！"纷扰中，他的话没人听清，九里关盟友们如狂涛恶浪，且打且走，闯出会场。

这工夫，八亩园千顷侯侯阑陔和他的扈从，驰马急驶，远远地撤出山神庙，奔回自己的庄院去了，只留下他的乡团武师和乡兵，乱哄哄的喧闹，有的寻殴，有的夺土岗。

义盟盟主郑范刚由盟友抢救出山神庙会场，八亩园的乡兵由两个武师率领，涌上一批来，约有百十名，大叫："捉活的！"把郑范等二十个人裹在重围里。

盟主郑范陷入重围，义盟大队分数路漫山遍野而来，呐喊如雷，往前推进。他们已经得到警讯，军师石彦贵高据头寨瞭望台，用旗指挥。守界的先锋队同时接到会场的告急飞报："八亩园存心叵测，盟主陷入重围！"先锋队骑兵豁剌剌地冲过卡子口，大呼冲锋，把郑范接救出来；又豁剌剌地保护着，退回头寨，来去如风，乡团乡勇阻挡不住，并且险些被冲溃了。就因为八亩园庄主把勇士精兵做了自己身边扈从，把斗力较弱的队伍用做破敌上阵的正兵。他是看重的护主保命，比克敌御侮吃紧，于是阵上就吃亏了。

攻土岗的乡兵人数较多，由武师霍凯声等督促，首先发动了械斗，猛然一攻，九里关的盟友们兵力很小，便被压退下来。乡兵们挟众乘胜，气势大涨，大叫着要捉拿孙九如和二顾。义盟守岗的盟友顾不得打架，先把孙九如等救走，孙九如等偏又拼命要上前，盟友们又要劝架，又要应付打架，手忙脚乱，便支持不住，转眼之间，守不住土岗，撤了下去。八亩园乡兵得理不让人，喊杀声中，大队的冲杀过来。

可是他们冲过来了，后路没有接应，义盟的各路援兵却发动了。义盟盟主赴会，盟友并不是一点准备也没有的，为了守义气、守信约，虽然莅会的人很少，并且是徒手，各路安置下的战备，却能闻警马上开到，到得又快又多，又分数路。当下列成钳形阵势，把八亩园乡团无形中拦腰切断，退路没有了。乡兵倚仗的就是人多，现在义盟的兵力亮出来，比他们并不少；他们斗力又不强，孙九如一场喊骂多少更影响了乡兵士气。两边大队刚刚对阵，并没有接仗，乡兵落后的队伍竟发一声喊，掉转头往回奔起来。

武师霍凯声只知好勇斗狠，是武师不是武将，他自己胆大，拼命挥刀往前钻，后面的队伍没有全跟上来，先锋队马上教义盟围上。喧声震天，兵心大乱，八亩园乡兵个个回头看，败势已见，立刻"人自为谋"，不等号令，乱动起来。这一队还在拼白刃，那一队早溃散了。

武师霍凯声砍伤了几个盟友，被登山豹杨封抄后路，抢刀背砸倒，立刻被生俘。乡兵们见状心慌，大叫："不好了!"前队、后队如汤沃雪，忽剌地落荒乱窜起来。杨封还想追杀，盟主郑范已到头寨，喘息略定，草草裹伤，一面发令箭令旗，通传盟友们一律回防守界，不再追击，乡勇若再来犯，众守勿攻。一面又发令箭，传告军师石彦贵，赶快把来客周彪、孙九如和二顾一韩好好护送出险回寨，另作计较，于是十来个盟友持着令旗上马，奔驰前方去了。

孙九如、顾金山、顾金川，三个人曾经跳下土台，要跟侯阆陔的打手们拼斗。韩一帖负伤没有出场，还有飞刀周彪，经盟友们劝说，乔装隐身在义盟队中观场，一见凶殴，也要出头，被陪伴他的义盟盟友再三拦劝。做好做歹绊住了。于是盟主令到，立刻把他们邀回大寨。

械斗场逶迤数里，前方后方相距十余里，盟主郑范的号令陆续传布出来，已经稍迟。军师石彦贵在瞭望台上，将令旗招展，过了好一会儿，各队盟友方才错落收兵。尤其是抄后路的盟友，令到最后，闻命赶紧往侧面撤，让出了乡兵的退路。可是没有经过战阵的八亩园乡兵已然溃不成军了。

直到未牌时分，山神庙至土岗一带，混战才停。九里关的义盟战士，遵命敛兵过险，赴会争殴的乡团溃卒、弃甲曳兵，一团糟似的退逃回庄去。败兵还没有退净，八亩园乡团又亮出来了。由武师统率，足有四五百人，一队把住了八亩园要隘，一队列阵当前，摇旗呐喊，向义盟耀武扬威。

这一次简直是八亩园倾巢大举，凡是乡团壮丁，固然整队出阵，就是佃户老弱，也都齐持兵仗，登上了土堡围墙，逡巡守御，侯阆陔一撤出会场，和他的谋士，骑马奔回庄院，开始纷纷议论。认定九里关义盟庇护逃贼，甘心背盟；既然背盟，必来侵扰。况且他们义盟乃是一帮强盗，恐怕他们早就垂涎咱们八亩园的富厚，暗地存下收并之心，庄主不可不防备！又道："孙九如阴谋内叛，由今天之会看来，必非他一个人陡起盗心，多一半是私通九里关，甚至是九里关买下的卧底奸细。可惜庄主一番建造，那些迷宫秘殿都成了废物啦。就是庄主的藏珍宝库，也不免泄露机关，成为无用啦。咳！还怕他们暗派飞檐走壁之人偷盗，打抢我们呢！"

谋士们自炫高见，信口胡訾，竟挑拨离间了双方的信约。侯阆陔是财主，是怕人想算计他的资财，他又十分耳软，当下又惊又愤，惧怕之心支持他先发制人，于是"出队，出队！"号令全庄戒备，并晓谕打手们、乡勇们："九里关帮盗违约背盟，收纳我们的叛贼，就要来攻打我们八亩园，我们八亩园尽是安善良民，有家有业的好人，我们团练乡勇，为的是守望相助，保卫家乡，不为造反作乱。真想不到这些绿林草寇是联不得的，他们打着抗胡的幌子，只想奸淫掳掠，杀人放火；他们居然找到我们头上来了，我们八亩园居民无分老弱，不问贫富，今日一律要拼命御寇护庄。如有不从命，怕死怯阵，离队逃伍，查出一定要军法从事，重者斩首示众，轻者夺佃收田，逐出庄外。"这些乡兵便由团练教头、护院打手管带着，一齐调出来了。

对峙了一天一夜，这些乡团尽管呐喊示威，却守定要隘，没有杀出来。他们布阵以待，净等着九里关义盟来攻，哪知义盟退守关卡，并没有存心挑隙，两边倒耗住了。

这时候，团练分所总教头飞刀周彪失踪的事已经发露，周彪还带走了几个人。那些帮办们乘机纷纷向侯阗陔进谗，一个门客说："周教头跟庄主是多年交情，想不到会临阵脱逃，恐怕他是本领不济，不敢跟九里关山寇交锋。"堪舆师马云波道："他哪里是怯阵潜逃，简直是勾结孙九如，一块投奔九里关了。"

侯阗陔很生气地说道："人心难测，侯某待周彪推心置腹，可谓恩深义重，真不料他临事离我而去。他跟九里关并无交情，倒是跟信阳州毛俊相好。他跟孙九如也是在这里才认识的，到底他们俩是否有勾结，好教人难测！"

幕宾杜先鹏从旁说道："我知道太谷法师占算效验，你何不袖占一课，到底周彪失踪，所为何故？投奔何方？"

太谷头陀装模作样，拿出他的"袖里乾坤"的本领。低头掐指鼓捣了一会儿，口中念念有词，好半晌抬起头来说道："庄主所见不差，周彪没有投奔九里关，他是受了小人诱惑，投奔西南方去了。"

幕宾道："西南方正是信阳州，那么他一定是投奔毛俊去了。我们庄主真是料事如神，天分过人！"

堪舆师马云波道："太谷法师再算一算咱们八亩园跟九里关这回交兵，胜败怎么样？"

太谷僧微微一笑道："庄主天命所在，自然战无不胜，这用不着我再算了。"

幕宾杜先鹏问道："太谷法师你的法术玄妙，何不施展一下，把九里关杀败？"

太谷僧道："这个，依贫僧看来，何必施法术，凭庄主的红运，些许草寇迟早也要覆灭。"

侯阑陔听了，转脸盯着太谷僧说道："太谷师，往常听说你法术精深，今天无论如何，你也施展施展，好教大家起敬起信呀。"

太谷头陀忙道："这个，容易！当年我从家师学过几种阵法，我可以把阵图画出来，咱们赶紧排练。"于是太谷头陀大言不惭地说出一个阵名来，叫作"阴阳八卦阵"，排练这个阵，八对童女不够，必须要用八八六十四对童男女，而且要包括着十二个属相，和金木水火土五命相配，此外还需用好多法物。此阵摆成，巧夺造化之功，威力极大，敌人来一个，捉一个，来一对，捉一双。不过要摆此阵，须备"时""地""财"三宝，阵主还要损寿十年。"怎么损寿十年呢？"太谷僧说，此阵就是要用这八八六十四对童男女的真元心血，祭炼六十四对神幡。这里面损伤着一百二十八个性命，当然折去十年阳寿的。不过为了辅佐真主，太谷僧他倒不怕折寿，只是这一百二十八个童男女，要具备十二属相，和五行运命，可不太容易找。说了半天，还是一个"办不到"！

太谷僧依然说得津津有味，堪舆师马云波看出侯阑陔意含不悦，忙插言道："这个阵实在厉害，既然厉害，就一定难练，太谷师兄，你还有别的御敌路法没有？"

太谷僧道："妙法多得很，单阵路我就学会七十二套……"

堪舆师马云波道："有容易排练的么？"

太谷僧道："容易的可没有，想当年贫僧投师学法时，就立过宏誓大愿，容易的法术我不学，我单学别人怕难不敢练的……"

此时侯阑陔脸上神气越发不对劲，幕宾杜先鹏识得侯阑陔的财主脾气的，也体验出太谷僧说大话，有时闪了舌头，他就连忙拆解道："太谷法师，你法术很多，不一定要摆阵，也有奇效的使上一使？"

太谷僧道："也对！我先办容易的……"思索良久道："我就先诵金刚秘宗无生摄魂咒，把孙九如、飞刀周彪咒死。"

侯阆陔道："准能咒得死么？"

太谷僧道："就在前年，我受马尚书重金礼聘，经我行功诵咒，把一个东林党戴逢时御史生生咒得发疯投河了。"

侯阆陔诧异道："戴逢时不是大明淮北巡盐御史，兴兵抗虏，兵败投水尽节的么？"

太谷僧道："非也，非也！庄主你只知其一，不知其二。那戴御史调动数百名巡丁，千数名盐丁，起师和清兵打仗，本来民心兵心一致归附，足能支持一阵。就是后方马尚书跟他不和，百般掣肘，偏偏毁不了他，他反而飞檄报捷，获得史阁部力荐。马尚书怒极了，于是把我请了去，短短念了三天咒，戴御史就发了三天疯，仗也打不好了，溃兵和饥民又闹起来，弄得他左支右绌，一败涂地，他就狂哭狂笑，自己把自己淹死了。他们全不知道这是咒语的灵效。"

侯阆陔道："他的夫人小姐不也是投水自尽的么？"

太谷僧道："是呀，一点不错，我这秘宗无生神咒一念，不但本人丧魂失魄，连他的骨肉亲丁也要心惊肉跳，坐卧不安，弄大了，也是活不成的。"

堪舆师、幕宾同声捧场道："那好极了，就请你赶快行法，把孙九如、飞刀周彪、顾金山、顾金川、韩一帖一股脑儿咒死。"

侯阆陔这才欣喜道："念咒如果有效，孙九如当然要咒死，飞刀周彪这个人还有用，只要咒得他六神不安，教他知道我们的厉害就够，我还想把他收伏过来。顶要紧的，还是把九里关这帮草寇，由盟主郑范到杨封，统统给我咒死。他们首领一死，关寨必乱！然后我们再用兵力猛攻，一举把他们的总寨分寨占据，收降了他们的喽啰，诛戮了他们的头目，则我们拥有八亩园、九里关，形势已固，大事成矣。那时候论功行赏，太谷法师你便是开国国师了。"

太谷僧笑道："谢主隆恩！我这咒立试立验，确有灵效。不过我一行法念咒，就得坐坛七七四十九天，也得准备一些法器法物，还要用生灵之血，这叫作以生灵感召生魂。这样办吧，行法是我僧家的事，战阵是教师爷的事，我们双管齐下。头一阵先和九里关挑战，由我们的武师跟他们的头领对阵比武，我便趁此机会，在庄内筑法坛，高搭芦棚，登坛诵咒。咱们各忙各的，包管不出九九八十一天，教九里关家败人亡，土崩瓦解。还有一层，我们跟九里关闹翻了，也要先礼后兵，声罪致讨，请书启先生修书一封，先把他们痛骂一顿。"

第十五章

八亩园前龙争虎斗
九里关中英雄会师

书启先生不高兴道："骂他一顿有什么用？我若能把郑范骂死，岂不比你的金刚秘宗咒又省事了？"

太谷僧捧腹大笑道："书启先生动火了，我是说，我们辅佐庄主，要文武并用，各尽其道。我们庄主既图天下，奉天承运，百灵相助，跟区区草寇开仗，固然要用武将，也要用文臣草诏骂贼。要打他，先得骂他一顿，这才叫仁义之师呢。"

书启先生道："你说的话倒好，你叫我骂他们什么？"

侯阑陔不耐烦道："骂他们容留逃叛，败盟挑隙，侵袭加盟邻庄，这不是现成的词句么？"

书启先生脸一红道："对，我就写。"于是他哼哼哧哧，费了吃奶的劲，写了一封讨贼檄文。差一员勇士，把檄文缚在箭上，骑马打着小旗，来到交界对峙区，喊了几句话，开弓把檄文射了过去，并通知乡团教师，向九里关挑战。

侯阑陔又催书启先生，修书一封，给信阳州毛俊，问周彪是否逃来，并宣布周彪的罪状，请毛俊顾念同盟，把周彪拿下交来。

又催太谷僧赶快行法，咒讥仇人。太谷僧就转过来，催促庄主快给他搭法坛芦棚。侯宅执事人忙把天棚改为法棚，用许多张桌子和铺板，高高搭起法台。应用法物法器，该备办的也备办妥了。这就立刻看着太谷僧行法"一咒死活人"了。太谷僧到了这时，又提出枝节来，他说诵咒须办七七四十九天。侯阑陔说："日子太长啊！"太谷僧说："哼，不长不能有效，请想：把活人硬咒死，没有个多月日程，行么？"侯阑陔道："那么就四十九天。"太谷僧又说："还有，那八对童男童女固然要备用，另外，得要六丁六甲，以生人降天将……"太谷僧提出道儿来，侯阑陔样样依从他。从佃户中，找了丁年生的两个人，丁月生的两个人，丁日生的两个人，甲年甲月甲日生的也照样，这一共又是十二个人。还有三间净室。至于黄表、朱砂、五谷、红布、金银铜铁锡、白鸡黑狗、宝瓶、摄魂镜、摄魂牌、摄魂葫芦……左开单，右开单，刚预备完，又添出一堆来。然而侯庄主有钱有人，要什么，备什么，太谷僧到底无法闪展腾挪，只得升坛作法。

行法的地方，是在侯庄主的后花园养静室前。行法的时辰，是单择"子""午"。太谷僧说："最好是子时，要朗月无云，可吸阴气；午时要密云遮天，以引真阳。如果遇上这样的好子午，法效是大增的。"

太谷僧一连气作了七天法，弄得八亩园人心惶惶，有的信，有的惊疑，有的认为一邪引百邪，这不是佛门上乘大法，这简直是妖术。可也有人暗地骂道："上乘大法也是个屁，不过给财主开心洗罪，穷小子就是佛祖也不保佑的。你瞧这举动，咱们穷佃户再也摆不起法坛的！"

这些偷偷议论的，大都是佃户乡兵，在庄主家下当差的，至于门客西宾们，除了书启先生，都很替太谷僧捧场。他们都是一流人物，都是哄财主的篾片，谁也不拆谁的西洋镜的。

作法一七期满，太谷僧又用细灯草扎了几个草人，写上孙九如、周彪、郑范、杨封这些人的姓名，然后拿了草人，找千顷侯侯阑陔，说要这几人的生辰八字。

千顷侯愕然道："周彪、郑范、杨封的生辰八字，我是知道的，我们加盟换帖，写过八字，可以找出盟单查一查。孙九如是临时雇来的，他的八字，我如何知道？"

太谷僧道："你不知道，我可怎么咒死他？"

侯阑陔道："怎么，咒人一定要生辰八字么？"

太谷僧道："那当然了。"

侯阑陔便命手下人，把盟单找出来。可是打开盟单一看，郑范、杨封、周彪等人只写着"某年某月某日吉时生"，并没有时辰。太谷僧哈哈大笑，说："八字缺两个字，咒起来，这可怎么能生效能？我们白费事了！"

侯阑陔有点发急，说："你这不是开玩笑么？百设铺张，要金子，要银子，要六丁六甲、童男童女，末了还是不行？"

太谷僧陡然面目变色，连忙合掌，仰天祷告，念念有词好半晌，才说："罪过，罪过！庄主你这几句话，可是亵神不小，你的信心不固，就凭这几句话，多么灵验的法术，也会失了效验！这都是贫僧劝导不诚，辅主无方之过，祖师爷恕罪恕罪！"太谷僧手忙脚乱，登坛跪拜，忏悔良久才罢。样子很惊慌，把个侯阑陔也吓毛了。

但是，筑坛咒活人的事，这么大铺张，若因八字缺少时辰，当真吹了不算，似乎有点说不过去。太谷僧于是又出主意，他长叹一声道："贫僧又要作孽了，我恐怕多害生灵，不免又要损寿十年。"

211

侯阑陔道："怎么多害生灵？怎么损寿？"

太谷僧说："就拿乡童做例吧，他生于某年某月某日，时辰虽然不详，可是此年此月此日，一昼夜间有十二个时辰。把十二个时辰全开上去，一并诅咒，那便是要咒死郑范一个人，就得另外有十一个同日异时生的人陪着一同咒死。要咒郑范、周彪、孙九如三个人，就得有三十三个同日异时生的无辜之人同被咒死。如此，多杀无辜，上失天和，下损人命，行法的人是有很大罪孽的。太谷僧为了扶保真主，就不得不造孽，自损阳寿了。"太谷僧唉声叹气说着，拿眼瞟了侯阑陔一下，看他怎么说，不料侯阑陔只关心费了许多子，花了许多金银，一定要咒死郑范等人，方才趁愿。也就是只留意诅咒的灵效，并不关心行法之人损寿不损寿，并且他想："太谷僧自告奋勇，要筑台念咒，损寿乃是他自甘情愿，我不过是花钱雇你的！"况且人家扶保真主的，还有肝脑涂地，杀身尽忠的；损个十年八年寿数，又算得了什么？侯阑陔既然这样存想，就立刻催太谷僧赶快念咒，损寿不损寿，半句嘉勉的话也没有，那是法师分所当然。

太谷僧把大话说满，无论如何，得做出一个样儿来。于是他把六丁六甲十二个乡下人，童男女十六个人，聚在了后花园，日里夜里，熬炼起来。

熬炼到二七，把六丁六甲熬得渴睡不堪，童男女更是七头八倒。这就因为太谷僧可以闭目打坐，默诵咒语，又可以跪伏在蒲团上，说他是诵咒也可以，说他是睡一觉，歇一会，也可以。跟他在台上台下持幡、打旗、捧法宝、仗法器的童男女和六丁六甲便只能规规矩矩挺腰直立。这样直立十几个昼夜，每一个丁每一个甲都立得昏头搭脑，面无人色，浑身森森有鬼气了。个个是眼珠子通红、脸膛发绿。

等到他把法坛下六丁六甲熬得由"天兵天将"变成瞌睡鬼的时候，太谷僧就转而琢磨这八对童男女了。

这八对童男女，大半都是体格清秀、姿容俏俊的。这里有几个是千顷侯侯阆陔派家奴，从逃难饥民队中买来，其余是从苏州戏班买来的，本来是被拐卖的小孩，落到人牙子手里，要把这些小孩做摇钱树子，于是转被财主买来练法。太谷僧没安好心，对这八对童男女，他要假借施法，拣那最秀丽的潜行淫污。却不料在讲买童男女的时候，惹起了事端。因当时有一对表姐弟，乃是抗胡难裔。主人兵败殉国，家奴背救出小主人，中途变心，卖给了人牙子。可是这姐弟俩，姐姐张锦华，年十四岁，弟弟周绍麟，年十一岁，全是从小读书，智识早开，竟晓得自己陷入恶人手中了。在人牙子家中，监管极严，无法逃出。被侯阆陔家奴转买到手，登车住店，晓行夜宿，这两个小孩子竟落谋要潜逃。当然小孩子斗不过大人，逃出来，又被捉回去，反而挨了一顿苦打。这两个小孩子挨打时，咬牙不哭，监管人稍不留神，便悄悄向行路人喊救。结果，惊动了几个游侠儿，暗中跟下来了。

这几个游侠儿名叫范玉昆、范玉峰、周玉琳，江湖上称为江东三侠的。他们三个人在故乡为了救人，杀了恶霸，恶霸势力强大，官府供他利用，范氏弟兄三人在故乡存身不住，要奔投九里关义盟郑范，上山聚义。不料在半路上，遇见了人贩子和侯宅家奴，起了疑心，暗缀了一程，窥出了大概，就在荒郊野地，人迹罕到的地方，把人贩子和侯宅家奴截住，持刀逼供，究问真情。人贩子还不肯说，侯宅家奴却吐露了一些。等到江东三侠问两个小孩，两个小孩儿竟侃侃而谈，说得有头有尾，并跪向三侠，哀求救助。

三侠大怒，范玉峰举刀就把人贩子和侯宅家奴杀了。周玉琳拦阻不及，就抱怨道："二哥，你太鲁莽了，你把他们全杀了，这两个孩子作何安插呢？"范玉峰道："不杀他们这两个孩子就有法子安插么？"

范玉昆道："人已杀了，就不必再追悔了，现在我们还是赶紧设法安置这两个小孩吧。"

三侠商量结果，就带着两个小孩，去到八亩园，寻访千顷侯侯阆陔的情形。却只走了几天，便遇上丁鸿一行人。

丁鸿等一行人被官军诬害，截江逃跑，投奔四流山，半路被官军堵抄，辗转投奔九里关义盟，已然弄得溃不成军了，却还有几十个人，竟与江东三侠范玉昆、范玉峰、周玉琳遇上。双方起了误会，丁鸿等误认范玉昆等是拐卖人口的匪徒，便截住诘问。范玉昆等不肯受盘诘，三说两说，两方动起手来。却是那两个受害的小孩，姐姐张锦华、弟弟周绍麟竟十分聪明，十分胆大。他们俩看见他们大人打起来，就侃侃发言，说明真相。他俩对丁鸿等说，这位范叔叔是救我们的，你们不要屈赖好人，你们不要多管。

小孩子的话很有力量，于是双方停斗，重新叙谈。丁鸿便劝范玉昆，把两个孩子安插在那里，随后再找八亩园侯阆陔算账。范玉昆等犹豫未决，就在这时候，鬼见愁穆成秀、陶天佐、陶天佑、铁秀才赵迈一行也追赶来了。

三方相会，彼此认识（穆成秀是和江东三侠范玉昆共过事的），就立刻会在一起。穆成秀向丁鸿道歉，说自己因诛讨大成教妖人，以致误了帮助丁鸿抗官起义的大事。"现在事已至此，我们索性找到八亩园，把太谷僧这一伙弄个了断。"铁秀才赵迈大不谓然，说："师兄你一误不可再误，无论如何，我们应该先投四流山或九里关，以后再谈别的。"

二陶说："投奔四流山已经不行了，官军已经沿路布防，把我们的前路剪断了。"赵迈毅然说："那么，我们就投九里关。先有了安身之处，再谈别的。"穆成秀还想提出别的方法，但看出二陶不甚愿意，丁鸿更露出怪怨之态，就只好说："我从众吧。"

三拨人都想先投九里关，结果就决定投奔九里关。

然而，事变万千，往往不随人意料。他们不再向八亩园挑衅，决意去投九里关，可是沿路必须经过八亩园的乡勇的地界，乡勇不准他们通过，把他们当"流贼"看，要拿办，要活埋，结果这些起义好汉就和侯阑陔冲突起来了。

江东三侠范玉昆等，镇九江丁鸿等和鬼见愁穆成秀、铁秀才赵迈等三拨人，意欲偷渡关津，投赴九里关，却被八亩园乡勇察觉，陈兵阻拦，还要拿办他们，把他们活埋。这三拨豪客岂肯受人摆布，两边立刻打起来。八亩园人多势众，铁秀才赵迈等一战而败，撤退下来。准备偷袭八亩园，乘机闯过去。就在这时，豫军五虎营红蜂杨豹等也因北伐失败，退了下来，路过八亩园，也和八亩园冲突起来。

红蜂杨豹和快马何少良，用诈败之计，骤然撤退。八亩园乡兵，负勇追击，赶上前去，却中了红蜂杨豹的埋伏之计，把好几百人陷入重围。这就够吃的了，更不防丁鸿、赵迈、范玉昆等乘虚进袭，攻入八亩园街里，虽未能全部占领，却将柴禾垛点着了，大众鼓噪起来。八亩园乡兵顿时慌乱，还兵自救，放松了红蜂杨豹。红蜂杨豹、快马何少良趁势反攻，直弄得八亩园兵心不固，惨败到底。而豫军五虎营杨豹、何少良等，与江东三侠、鬼见愁穆成秀、铁秀才赵迈，以及镇九江丁鸿等，居然直赴九里关，和九里关义盟郑范，聚义会盟了。

四方会盟，重推领袖，即以郑范、杨豹为正副都头领，其余

215

好汉全为分会会头。鬼见愁穆成秀不肯占山，仍要方游，他独自下山去了。

却是山中聚义英雄骤然增加，连原来的人已够一千六七百名，山小地狭，瞻膳不足，而且邻疆还有个八亩园千顷侯的乡团跟他们作对，他们必须趁快设法，方能立足。如若不然，就要以食匮而人散了。

并且这时候，明廷已亡，闯王已散。九里关义盟已与闯王残部消息隔绝，他们的举义旗号也已有变。他们不再是"从闯王，不纳粮"，而是"保大明，抗胡兵"了。

红蜂杨豹和义盟盟主郑范商计："我们现在总以固根本，立基业为要策。闯王下落不明，明藩纷起勤王，胡骑已然南下，我们必须先站住脚步，然后才好打算下一步的做法。我们现在要设法养活这一千几百人，'招兵买马，聚草屯粮'，大家活下去，然后才有办法了。"

义盟盟主郑范连声说对，他们就把新旧盟友重新整编一番。仍出招贤榜，访求豪杰，并在九里关附近几个关隘，设下卡子，凡有商旅绅豪过境，他们就索讨"买路财"，收了买路财，就发给盟旗，持旗可以通行豫鄂交界方圆几百里，有人保镖。到各处刺探豪门大户，谁家囤粮，谁家积财，谁家富而不仁，探明了，就传出绿林箭，找这种财主借粮借饷，不给就抢，毫不客气。

可是饶这样四下里张罗，依然养不住这一千多名好汉，这就因为河南全省太穷苦了。天灾兵祸交乘，良田坐荒，没人耕种，豫陕鲁三省都闹着饥荒，而且乡间农家，担不住这边南明军征粮，那边满清兵抓夫，还有散帮土寇不断出没，因此各地壮丁多半逃亡了，或者早就丢下锄头，抄起刀矛来了。因此豫省原是中州故土，却忽然增添了许多荒田，待人垦种。

义盟诸豪杰见到这一层，由红蜂杨豹创议："圈占荒地，分兵屯田。"从这一千多名好汉中挑出农民出身的几百名小伙子，试行耕地；为了救急，先种红薯，蔓青。又通告各城邑各码头下卡子的盟友，遇有流亡乡民，可以自称是大富户的管事，重金招人开垦，把流民邀到九里关来治田。有一技之长的工匠，也应照样雇来。

他们首先在九里关下试办屯田，又在豆花屯地方试行雇农开垦。豆花屯本是个穷苦山村，居民逃荒，所剩户口无几了。义盟几个首领亲到那里查勘了一回，便遣精干盟友，假扮行商，到荆襄一带，采买耕牛、种子和农具，把外招的流民和本地灾民，编甲编排，实行垦起荒田来。说起来，红蜂杨豹竟是个庄稼汉出身，对这些种五谷，种菜园子，居然样样在行。

倒是盟主郑范、登山豹杨封，不知耕田。他们为了度过饥荒，也就由汪青林编成数支猎队，分上山岗，猎取飞禽野兽，既获肉食，又得皮革使用。山上很多野果，他们也轮流采摘，至于木柴，更是取之不尽。

快马何少良只会打仗，不会耕猎。大家商定，就叫他率领一些英勇盟友，把守关卡，抽取过路财。同时选出一批精强盟友，乔装负贩，到通都大邑，去采购盐铁布帛。没有盐，人是活不了，没有铁，就保不住他们的兵力。可是这一变，采办盐铁的盟友，竟变成秘密私商队了。不久，他们就组成了骡驮队和私货船。

他们挑起了"反明抗胡忠义盟"旗号，本来兵败之余，饥疲无奈，退一步打算，才投托九里关，暂踞关山，休兵养力，以图将来大举。却是这一来，为饥寒所迫，不得不关上门找食疗饥，便形成割地自守的局面，把反明抗胡，挤成了据山结义了。

他们养精蓄锐，立誓还要出兵北伐的。他们在桐柏山九里关息兵数年，聚众屯田，可以说养成气候的了。不料这时候，闯王的死耗业已访实，闯王残部多被歼灭，南明固然是南渡又南渡，终免不了亡国，最可恼的是满洲鞑子兵公然要一统华夷，把北京到南京全占领了！

而且更可恨的是，忠义盟众英雄居然也接到南京满清大经略洪承畴的檄告，劝他们也学他那样，弃明降清。弃明则可，降清怎讲？鞑子兵真就"三分天下有其二"，把华夏神州占有了么？

义盟群雄一时也曾想，划境自保，偏安自治。可是转念一想，"偏安"恐怕偏不住！他们放出去的关卡，随时都送来谍报，讲到鞑子兵滥杀淫掠，讲到了汉人的劫难，讲到了嘉定的屠城，扬州的残杀。……义盟群雄忍无可忍了，他们说："我们应该怎么样？"

他们早就挑出来反明抗胡的旗号，现在该当怎样去做？

依了郑范，就要斩使毁书，把洪承畴派来的小汉奸杀了，传首各营，以申大义，红蜂杨豹最恨洪承畴这样人，可是斩使的做法，他认为稍拙。他要行使反间计，他主张厚礼来使，请他回去替说好话："要叫我们义盟降清未尝不可，却是我们拥众逾万，欲罢不能；欠饷很巨，散伙不易。今欲罢兵归田，这一笔遣散费，我们筹措不出，你说怎么好？若是不遣散呢，收编降卒，改换旗号，也得颁发半年或三个月恩饷。"总而言之，红蜂杨豹对于劝降者，要敲一笔竹杠。并且拿甘言诱哄来使。"如果阁下在洪大经略驾前，多说几句好话，木本水源，我们当了将军，你老兄就是监军使；我们领到恩饷，一定分给你老兄一个肥份。"

就是这样，把来使打发走了。义盟就等着南京汉奸送钱来。可是来使一去多时没消息，好像南京方面局势有变，又好像他们诈降骗饷的机谋被人识破，南京这个路子模模糊糊中断了。荆襄满洲行营另派来特使，发到檄告。这也是一路好汉，受着吴三桂的节制。檄文陈天命，讲时势，照例劝降，却要调他们离开豫南，开赴鄂北，士兵点名放饷，将校加官晋禄。这分明是调虎离山，忠义盟英雄收下来使的犒军费，拒绝了他的劝降檄文，把来使硬架出去了。

随后又来了一批招降使者，大概是从北京来的，是正副两个使者。正使者是鞑子，副使是汉人，却穿了全身的胡服，说着一口的北方话，却夹杂着胡语，意态骄横得意。说到"大清兵替你们明朝报了君父之仇，杀吾仇者吾君也。你们大明子民，感恩报德，理应归降新朝"。

义盟群雄听了，个个发怒，郑范和杨豹、丁鸿且忍耐着，打听受降条款。来使说："只要你们攻打下武胜关来，你们的官兵一律给三个月恩饷，一律超升三级。"不过头一步要请义盟先派出二将，跟随来使谒见钦差，也就是先派出两个人质，给他们做押当。

快马何少良再也忍不下去，竟用很冷酷的口气，诘问副使："你到底是汉人还是鞑子？你说的话，怎么总夹带着胡言胡语？"问得副使满面通红，发起怒来。何少良突然立起身道："我看你舌头一定有毛病，割下来看看吧！"嗖的掣出刀，将副使舌割去，这可把正使吓坏了！

郑范、杨豹拦住何少良，向正使喝道："骚鞑子休要害怕，我们不想杀你，还要借你的狗嘴传话。你们当是我们真心议降么？我们是骗取你们的兵饷、刺探你们的情形，你回去告诉你们的多尔衮，我们中华大国人心不死，朝堂之上或有降奴，山林之中还有气节！转告你们那多尔衮，趁早滚回建州卫去！你们不过是巧借明廷的昏聩无能、叛将的丧心病狂，才得捡便宜，窃掳了燕京。你们以为内地十三省全像这么容易拿么？你们比大元如何？大元蒙古兵无敌天下，可是八月十五杀鞑子，到底我们翻过手来，把他们赶走。你们建州鞑子也妄想入主中原，你们将来的结果，比大元更惨，大元还能逃回漠北，你们一定死无葬身之地！你们趁早断了劝降那股肠子吧，我们汉人遍地都是杀胡手！"遂命盟友，把满清营的来使和一个从人，剥去胡服，管押着驱逐出九里关。却在暗中密遣两个盟友，假扮作乡愚无知的小行贩，埋伏在半路。等到这清营使者和从人跟跄逃到荒郊，饥疲垂毙，四顾无援，这假行贩就用市恩计，把他们救了。不但解衣推食，又把他们引出险地，这清营使者自然感激入骨，把小贩带到身边，混入清营卧底了。这是郑范、杨豹布下的一个棋子，以备将来使用。

可是他们这一回纵使拒降，竟引起许多盟友纷纷猜议。

他们义盟最初起兵，本来是为了反苛政，抗官差。由于杨豹的主张，才借用闯王的声势，挑出"反明"旗号。现在清兵南侵，他们不该贪图小利，接见清使。他们固然是假意议降，阴谋骗饷，可惜他们几个人暗打主张，没有和盟友大家商量，也没有把真意暗中晓谕盟友。他们存心是想"保密"，结果竟弄得滋疑了。

盟友很有北方人，故乡受过鞑子兵的淫掠。看见几个首领几次三番款待清营来使，不由犯了疑、以为义盟群雄也许看到明室已亡，清兵南攻，孤军难以自立，真个要投降胡人了。盟友三三两两议论，有人就骂道："我们聚众造反，为的是抗明，明朝倒了，鞑子来了，我们反倒薙发辫，穿胡服，当胡奴不成么？鞑子到处杀人放火。是咱们汉人的死对头！咱们头儿真要降胡，我不管别人，我只好落草，再不然下海投奔郑成功去！"

这些猜疑不忿之言，由盟友很快地传到郑范、杨豹耳中。杨豹着急起来，认为这是军心动摇，忙向郑范等引咎自责道："我们起意要诓骗胡奴，不意倒惹得盟友疑惑，真不如早听斩使毁书之议了。为今之计，我们应该赶紧向盟友挨个儿解说。"郑范道："杨兄不必追悔，我看此事很容易解说。我们应该再来一下会盟，先要明心释疑；其次博访众意，然后统合众志，宣扬我们义盟的誓约，打定今后的方略。"

杨豹、丁鸿、赵迈、何少良、杨封一齐称是："还是大哥能见其大！"遂由郑范出令，轮流邀集全关卡盟友，前来大寨，恳谈目前大局，妥商以后大计。历时半个多月，同盟宣誓，挑明了"杀胡反明忠义盟"的称号，并写出誓词："反明惩贪谓之义，尊华攘胡谓之忠，纠众起兵，共图大事，谓之同盟。凡我同盟誓共死生……"这是赵迈的手笔，文绉绉的四六句，盟友们只记住"杀胡反明"这一句口号，可是这也就很够了。

这时候，清兵南侵，汉奸引路，由北京到南京，尽蒙胡尘，中原河洛陷入包围，形势非常不利。但是九里关一带忠义盟群雄，率同盟友，表现抗胡之志，已然露骨分明。就在这时，义盟大寨的南面，是武胜关守将，还是拿保明抗胡，剿除流寇为号召，他自居是南明的忠臣。在义盟大寨的东隅，是千顷侯侯阗陔的绅富民团，是以拥众自保，反闯贼，拒胡骑为旗号，在义盟大寨的北方，是信阳州州城，知州马鸣远，守将毛俊，这一文一武，先后接到满清兵大营和降臣洪承畴的两份劝降书，另外也接到国姓爷郑成功的勤王抗胡密檄，和明桂王永历帝即位南荒，密召失陷各省义士起兵勤王的蜡丸诏书。这马知州和毛俊将军，已经数度的集会全城官绅，密议大计。似乎这些官绅都看见了"推背图"，觉得大明气运已尽，口头上有的仍要"保明"，表贺永历即位，有的要"跨海"联络郑成功，却也有的打算"降清"，只口头上不肯明说，吞吞吐吐骂闯贼，说闯贼刨了明皇陵，破了风水，所以江山难保，意思之间，暗指南明中兴无望。有的就说："满清兵占据这里了，满清兵占据那里了。"意思之间，暗指清兵太强，除了投降，别无好道，却到底不敢明说降敌。议论到归结，还是举棋不定，多半官绅存着"天塌了，有高个儿顶着"的心肠。他们要暂看风色，以观"天命"。他们似乎毫不理会：抗胡救亡，是切身利害，人人该当奋袂而起，决计观望不得。观望就是投降，观望就是延颈等待屠戮！

他们文武官绅大会的结果，没有起兵勤王，没有起兵驱胡，他们仅仅停止了剿贼清乡的部队，却撤回来按兵守城，把四乡和辖县全置之度外。他们似乎是等待清兵完全戡定了中华，他们就哭丧脸献降书，做顺民；或者是南明北伐成功，桂王或郑成功统兵入豫，他们就欢天喜地递表效忠。知州马鸣远是东林党，还真清流，他可是秘密地把家眷送回原籍了。都督佥事毛俊毕竟是武官，为了守土有责，他就不断发出探子，刺探外郡外县已沦陷的敌情兵力和未沦陷的职守情势。

都督佥事毛俊，是新调到信阳州的一员武将，原本是南阳镇的步军总教头，步下技击很精，骑射功夫却差。他出身富家，为人慷慨好友，挥金如土；他是自少习武，中年从戎，实在说起来，并非大将之才，只算是草野间一个剑客，一向以闯江湖、保镖、游侠为乐，从来没想到捍边守土，从军打仗。南阳镇总兵官杜思永和他有私交，重金聘他当了全军的步兵总教头，住在杜总兵的内衙，暗带护宅，以后遭逢"国变"，福王在南京称尊，南阳杜总镇力保毛俊武功精强，才堪大用，把他叙在报捷的保案内，得了守备，游升信阳守将。

毛俊虽做了一方守将，仍是信爱自己的金镖鬼头刀。训练本标士卒，也只是侧重劈刀、击剑、投镖、掷石，全是游侠儿的技术，对于刀盾队、花枪、弓箭手、火枪手，以及骑射、战阵，一切用众会战等等兵法，他漫不留意。他对大明皇室，矢忠矢勇。对闯王宛如一般士论，是切齿痛恨着的，他以为都是这帮流寇，才断送了大明江山。他并不推想流寇是怎样起来的，他以为清兵入关，决非骑射之力、善战之功，那实在是抗敌良将熊廷弼、袁崇焕无端的遭到冤杀，而降将洪承畴、吴三桂，无耻降敌，才替胡骑开了路。

第十六章

升平治世龙蛇混杂
胡虏当前忠佞立分

这样看，毛俊是看不起满清八旗兵的战力，也痛恨投降清的汉奸的了，可是他心上隐隐的别有一层不可告人的顾虑。

毛俊是北方人，祖籍直隶宣化府，拥有良田数十顷，还开着骡驮行，经营西口货，在当地堪称首富，声闻口北。他本人行三，他的大哥、二哥仍在故乡当绅士，现在可是沦陷在敌手了，受满清统治，已非一年。只有毛俊三房一支，早就宦游中原，他的妻子现时就在信阳州城以内。

自从宣化府沦陷胡疆以来，毛俊的胞兄毛大爷贪恋家财，怕死偷生，就不得已投靠了宣化府一个旗人，把自己的良田割去一大块，报效给旗人，分润了一些给替胡人当翻译的两个流氓，同时他的骡驮行也捐献给八旗营做军用。以此献产买命，毛大爷便做了大清国治下的一个小官了。清吏和汉奸们也提到毛三爷："他哪里去了？"那时候清兵刚占据宣化大同，北京城还在闯王治下，河南省义民蜂起，政令总还算属于南明，满清、闯王、明福王，这就把中土割成三截了！毛三爷那时是福王驾下称臣，故此出仕满清的毛大爷就惴惴地向大清官吏表说："舍弟携眷南游，久无消息，存亡莫卜了。"又长叹一声说："闯贼这么闹，流寇这么多，恐怕舍弟性命早就不保！"似乎是毛大爷捐献的资产很不少，满清官吏已经趁心，就笑了笑说："如果他还在，把他叫回来吧。"说过也就算了，当时并没有深究。

这情形毛俊并不知道，后来，就在毛俊由南阳镇步兵教头荐任守备的时候，宣化府故乡忽然来了一个本家，传来密札，是毛大爷重病垂死时写的遗嘱，上面说："只为保家护产，降为胡奴，惧不投袂南奔，追悔何及！侧闻新君即位南京，兴复可望。深冀吾弟忠君报国，力图匡复，为先人雪耻，为故君复仇，无以家为念也。"

这封信到达毛三爷手中的时候，福王在南京的小朝廷早覆灭了。毛三爷却由守备升任信阳都司，那送信人对毛俊说到眼下的家况。大概是宣化府毛家户大、人多、产富，深为踞高位的鞑子所注视，要利用他；也为居下位的鞑子所羡妒，要陷害他。毛大爷屈节出仕，捐产媚胡，想必有不得已的苦衷。可是降胡以后呢，依然受着意想不到的凌辱，依然是把身家性命放在毫无保障的境地。毛大爷大概很怨苦，而毛二爷似乎很幸运，细情不得知，只知毛二爷他老人家正率同子侄辈，专心一志的学习满洲话，似乎是尝到当胡奴的甜头了，再不然就是真正地看到了秘本推背图，相信"胡达方张，明室必亡"了吧！

毛三爷接到密信，听到两位胞兄的糟心作为，正是一霎时亡国之恨，丧家之痛交迸，那么毛俊对满清鞑子，自然是不甘心低头的了。也就是他不能说没有忠心。但等到信阳州官绅大会商议战守方策时，多半人迟疑不决，毛俊顾虑到陷胡的故乡和降胡的手足，不由己的也跟随别人同样迟疑不决了。

时局紧迫，不容人迟疑不决。在河南通省陷于混乱状态的不

225

久，紧跟着满清八旗兵开到许州和洛阳。旗营主将似乎就拿许昌、洛阳为经营河南通省的两个据点，从这里派兵点将，分徇各城，伴随着武力，还有新委派的地方官和安民劝降专使。乱世人命不如鸡犬，鞑子兵恣情焚掠，各县人民纷纷开始逃难。信阳州是豫南咽喉，情势骤然吃紧。那满清大营派出来的信阳州知州，名叫什么全福，由一个鞑子兵官护送着，来到了信阳州北境。自然他带有译员和引路的汉奸，就利用汉奸，又来驰檄劝降了。

信阳州此时朝命早断，外援已绝，州标兵早就退守孤城了。清营使者率一小队人，前来叩城投书，依然还是那一套说法："我大清仗义出师，先礼后兵，该城官绅宜速归命。三日不降，即行攻城，城破即行屠杀……"末后就举扬州嘉定为例。阖城文武官员更和绅宦人等十分惊惶，一面闭城固守，一面议论是否迎降。迎降的气氛已然很浓了，据密报，邻郡许州就是迎降的。

知州马鸣远，邀集同寅和乡绅，把清兵已临州境、专使驰书劝降的话，对众说了一遍。跟着就把守城之责，推到本城绅士身上，他说："鄙人报官本州，毕竟是客籍人，任满是要走的。现在敌兵临境，战则守土尽忠，降则保城免祸，这关系着全城七八万民命，还是请诸位绅士们断一下，鄙人无不听从。"

毛俊听了这话，眼望绅士们，冷笑着一言不发。他一向跟州官不和，那些绅士们见州官推诿，守将负气，也就左顾右盼，不但拿不出准主见，也不肯说出真心意。沉默良久，时不容缓，马知州又催问了几句，那信阳州著名的袁、赵两家豪绅，就又曲曲折折，讲出来拒降名城失陷后的屠戮之惨，显见他们是保家恋产，主张趁早献城。甚至他们原原本本，说出议和的门径和条款来，所谓议和，当然就是议降了。他们照旧又讲到大明天禄永终，大清国运方隆。这样一讲，惹恼了州城内退职闲居的一位老主簿邓友松，还有那年少英锐的州同谢天恩也被激怒了。一老一少抢着发言，谢天恩声色俱厉地说："诸位同寅，诸位父老，常言说：危事不曲，当仁不让，兄弟我官虽小，年虽少，我不能不表白我的拙见了。我们全是读书人，我们读圣贤书，所学何事？尊王攘夷，种族大义，我们难道不知？固然今日朝命已断，大明半壁河山已经支离破碎；可是我们食毛践土，尽是大明子民，我们难道忍耻偷活，投降胡虏，甘心做鞑子的奴才？今天事危，我们不客气说，州尊年老多病，方寸已乱。但是治世重文，乱世重武，我们这区区信阳城的存亡安危，要全看毛寅兄的了。你是本城守将，你实在是责无旁贷，你不要一言不发，低头沉吟，你要等候谁对你发号施令呢？你要明白，全城士民，以及各位同寅，正是要等候你发号施令呢。来来来，你快把你的拒降、守城、杀胡、报国的大计拿出来，我们大家情愿共推你为信阳州……不不不，应该从今天起改为信阳镇，我们大家公推你为信阳镇杀胡保国招讨将军。我们大家一体结盟起义，布告远近。我们头一步就该把投檄劝降的清营来使杀了祭旗，我们就大会全城父老商民，筑台拜帅，请毛寅兄为我们的盟主元帅……"

谢天恩侃侃而谈，须眉愤张；那退职老主簿邓友松听到激切处，也就眉飞色舞，啪的一声，把桌案一拍道："对对对，谢老爷高见很对！我们不幸生逢乱世，再不能拿承平年月那种循规蹈矩的做法，来应付时艰了。我们眼前之事，正像季汉末年，天下大乱，各州牧郡守起兵声讨董卓，共推袁绍为盟主，今天时势恰和那时相当，正是忠臣效死，英雄立显之日。我们信阳州地方虽小，拥有数县，也足以建功创业。现在各县义民纠众抗胡的很多。我们不该再像从前，把凡是啸聚山林的人都当作乱贼。为了尊王攘夷，我们应该结纳他们，跟他们联兵。不但对据地抗胡的一般绅民应该刮目看待，就是那些闯贼的残股，照本朝王法说，诚然是反叛，是逆贼，然而今天时势不同，强胡压境了，王朝已覆了，我们就该联合他们，一同守土拒胡，此外还有一些郡县，跟我们一样。既未秉受唐王，或鲁监国的朝命，也未与国姓爷郑成功通使，也不曾献城降清，只是乱糟糟地坐等吉凶，我们应该火速通使，承制颁给他们恩命，把他们全收揽过来，勿分畛域，一体勤王抗胡。顶要紧的，是不要争正统，凡在南服称尊号的藩王，我们都拥戴他，千万不要妄分正僭，自相残杀，至于邻封各邑，已经投敌的，正打算投敌的，我们应该传檄号召他们反正；不肯反正，我们就出兵攻打他。我们应该有据一州以经营天下的宏图。我们担起兴亡重任，不要自轻自馁。不过刚才谢老爷推举毛将军，乱世重将，固然很好，区区不才却以为州尊乃一州之主，我以为我们还是公推州尊为勤王抗胡的统帅，执掌治民理财整兵留后的全权，毛将军可为副帅，兼先锋使，专主用兵，这样文主守，武主战，两面都顾到了……"

州同谢天恩，退职主簿邓友松，一递一声，慷慨陈词，说得那安心纳降的人闭口结舌，而意存观望的人却被激励起勇气来。当下就议定：赶紧布置起兵抗胡勤王。决于三日内，在文庙筑台拜帅会盟，届时就树起信阳镇勤王义旗来；当下并决定把那清营劝降来的使者用好言款待，暗中软禁起来，届时要借他的头祭旗。

这样，信阳州拒降之议已然决定，毫不动摇了！

哪知官绅散场，夜幕罩下来，黑暗之中，鬼祟悄悄蛊惑。只隔了一晚上，大局又骤然变了卦！

知府马鸣远左思右想，认定强胡压境，乱贼四起，大明兴复绝望，今日之计，不宜捐躯报国，只可明哲保身。于是他有良心不肯当秦桧，他也没勇气做文天祥，他为自己选择了谢叠山、郑所南的路途。他却是忘了谢叠山乃是兵败力尽之后才归隐，郑所南更是两手握空拳的没出仕文人，他们并不是守土有责的现职地方官。马知州很怜惜自己，他不肯当降奴，他就挨到次日，悄悄地挂冠微服弃城离职而去。等他走后，他的亲近侍者才把一颗知州印信，和一封留别书，给都司毛俊送了去。那时，马知州已然走出一百里以外了。

留别书就借口州同谢天恩那天的议论，既然公推毛俊将军为元帅，知州衰老无能，乱世轻文重武，理合退避贤路，把兴复大业全搁在毛寅兄身上，这最好不过，"小弟今后唯当黄冠采薇，为故明亡国之遗老耳。"自以为独善其身，可保忠猾，其实他无形中已认定明室必亡，大清必然入主中夏了。

他就这样走了。

那信阳守将毛俊呢。……到了文庙登台拜帅的那一天，突然称病不出。"献城"他不肯，"抗胡"他也不干了！

毛将军在那天官绅聚会的傍晚，同归私邸之时，竟有一个很面生的人，跟踵前来投谒。这人带着毛将军旧东杜总兵的一封信，杜总兵现在早已降了清，信中内容不言可喻。并且信阳州城的两位豪绅也跟清营秘密通了款。毛将军的故乡沦陷胡疆，那边尚有毛将军两位胞兄，已然出仕清廷。这情形不知怎的，竟被豪绅袁锡林晓得了。现在袁锡林决计做汉奸，就拿这个来引诱毛俊，来要挟毛俊，请他"识时务者为俊杰"。倘若识时务，则高官得做，骨肉得全。倘若不识时务呢，袁锡林就威吓毛俊："时机不对了，咱们的兵心民心全变了，你不献城，别人就要献你了。"

袁锡林特别道破一点：说是开近州境的清兵虽只三百铁骑，

可是清兵大营正拥有数万雄师，驻屯许州。信阳州如肯纳降，全城文官一律升官晋爵，倘或称兵拒降，大清兵数万三五日内必到，"人家却是兴王开国的锐师。不像咱们明朝的败残之兵，一战即溃啊！"随即密劝毛俊，杀了州官马鸣远，提头献降，一定可以封侯拜帅。那杜总兵的劝降书，也说的是这一套，"军心不固，叛降者滔滔皆是；吾兄难欲尽忠，须防部下卖主将而投强敌也。"下面就举了两个例。最后便说："降则手足同事一君，抗则徒死无补于大局。"

汉奸袁锡林露骨劝降，似乎很胆大。但因袁锡林、袁锡朋弟兄，在信阳很有势力，在北京南京又很有门路，一向结交官府，手眼通天，信阳州的文武官全得买他的账。孟子说过："为政不得罪巨室。"毛三爷做了官，就懂得做官的诀窍。这一回袁锡林夤夜劝降，双方正是屏人密语，彼此设誓要"开诚相见"，谈的话约定决不外泄。袁锡林翻来覆去地劝毛俊献城，最后又现身说法，讲到他自己，"投降则在小弟是全躯保命，在你老兄是升官发财。人家大清国实在是应运而生的真命天子，八旗兵虽然有点滥杀，乃是我们不早投降之过。自来新兴帝王，必须要保全顺民，决不会把人种杀绝了，做光杆帝王。现在人家大清圣人正用得着一批从龙效顺的人物，要投降就得抢先。晚了就摸不清吃头份了。咱们俩应该合起手来，大清八旗营中，我有许多满汉显贵朋友……"

毛俊听了这些话，皱起眉来，他仍然不愿得罪巨室，对袁锡林的话也不面驳，也不立诺，只说小弟要细细想想，一切明天再讲。袁锡林又叮咛了几句，在夜影中，悄悄告辞走了。

毛俊不住地摇头、吁气，心中麻乱起来。他看不起袁锡林这种为虎作伥的天生汉奸；他也看不起知州马鸣远这种风尘老吏，遇事犷退的做法；他又看不起谢天恩那么少年鲁莽。那么他愿该怎样做呢？嘻嘻，他不知不觉，陷入了不战、不守、不降、不走的境地了，他不知不觉地还是拖！

"矢忠抗胡，殒命徒劳；献城降敌，终身蒙耻！"

毛俊将军咄咄书空，愁眉不展，在私邸客堂走来走去，心如油煎，亲兵站在阶下伺候着。毛俊坐立不宁，耗过三更。桌上书本下藏放着杜总兵的劝降书和袁锡林的献城条款。却是州同谢天恩，退职主簿邓友松的慷慨神情，以及守土殉城的誓词，宛然仍在目前耳畔隐现。

他默想降了胡，骚鞑子趾高气扬，拿汉人不当人，而自己便须低三下四，自称奴才……

他默想拒降而胜，出师勤王，连战皆捷，立下田单存齐的奇功，成为大明中兴的名臣……忽在耳边，恍惚有人低低示警道：袁崇焕剐了，熊廷弼传首九边。汉高祖灭了项羽，就诛彭越，斩韩信。本朝太祖高皇帝统一中夏，便杀了胡惟庸、蓝玉，吓死徐达。既以天下为私，必以大功为罪……

毛俊将军不禁打了一个寒噤。这些话原是一个闯将传檄邀和的警语，原是劝毛俊不要效忠明廷，当助义民除残去暴。这些话却在此时激动了毛俊，不啻兜头浇了一盆冷水！

毛俊顿足长叹了一声，闷闷自语道："我该怎么办呢？"

这时候，毛太太在内宅久候丈夫归寝不到，连遣使女催请不来，她就亲自出来了。客堂之中，夫妻见面谈话，就又讲到"献城"或"拒胡"的利不利，竟不问该不该。毛太太"妇人之见"，短见怕事，劝丈夫最好跟着知州走，知州是一州之主啊。却是她也还是以当胡奴为耻，她劝毛俊弃官退隐了也罢。毛俊苦笑了一声道："你不懂得，兵临城下，文武官弃职而逃，其罪当

231

斩啊！"

的确是的，按国法，地方官弃城而逃，罪名是很重的。却不料紧跟着马知州的亲信悄悄地送来了知州印信和留别书。马鸣远公然以南奔桂林行都，献表劝进为由，推请毛俊为城主，他倒不畏罪，他倒先跑了！

这一下给一个不轻的刺激毛俊将军。素称优柔寡断的马鸣远，他倒见机而作，抢了先步。"他能抢先，我毛俊反倒落在他呆翰林后头么？"

马知州的微服出走，刺激得毛将军夫妻马上打定主张，那就是："你会走，我也会走！"头一着，将军毛俊闭门称病，暂不归营。第二着，潜行改装，换穿衣行衣靠，施展飞檐走壁之能，越城出去探道。同时贤内助毛太太忙着捆细软，收拾行囊。第三着，那就是"无官一身轻"，将军毛俊要负子携妻，飘然远引。

于是，马知州的抢先出走，毛都司的打点出走，影响所及，造成了信阳州的突然混乱，帮助了投降官绅献城迎敌的荣宠第一功！

他们俩一文一武，一个是微服弃职，一个是避不出面，做得自以为很机密，他人不知晓，哪知道不到一天，全城官民影影绰绰都觉察了，人心士气全耸动了。

人心惶惶，讹言百出。

谣言传说：

"马知州逃了。"

"毛俊都司遇刺了。"

"本城某某大姓已跟清兵通款了！"

商民备户惊扰号呼，走投无路，州城四门已然紧闭，想逃难是不行了，晚了，出不去了。

更不幸的是，城内无主，文武官已逃的消息，不知怎的竟很快地传到州境敌人那边去了。清营所派的信阳知州全福，携同迎降的豪绅袁锡朋，率领八旗营三百名骑兵，火速地开到城下。幸而守城的小武官和防卒，还知道忠于职守，他们慌忙放下千斤闸。慌忙登城拒守，慌忙驰报州尊和主将。却是外面胡骑已然耀武扬威，列队在护城壕桥头边，大呼小叫，喝命献城！同时在闸厢放起火来，连发响箭，射入城中。箭上缚着"大清国摄政王亲命信州正堂全"的告条，很严厉地写着几行字，是"限尔全城官绅商民人等，三日以内献城。如还即行纵兵焚屠，勿谓言之不预也！"是很通顺的汉文，不是胡语满洲文！

这可真是兵临城下。文武守臣失职，投降劣绅丧心，信阳州大劫难逃了！却是民族正气依然存在。头一个便是州同谢天恩奋袂挺身而出，他一获到知州微服出走的消息，大惊大怒之下，立即奔至正衙，传集全衙中吏员皂隶丁壮，先向他们敷陈种族大义：我堂堂华胄，应该誓死守城拒胡，斩头沥血，不做降奴。随后又说出清兵的残虐和城陷的惨祸，劝大家勿作迎降之想。跟着就问大家，愿意跟我谢某同生共死的，请留衙中，只想全躯保命的，请尽管散去。

经谢州同这一番激劝，衙中竟有百十人应声而起，"情愿听谢老爷指挥，跟清兵背城一战。"

谢天恩大悦，立刻命人打开兵仗库，把兵器分给众人。然后派出数人，巡街鸣锣，号召全城年富力强的壮汉，为了保家救命，赶快来州衙投效请领兵器，登城抗胡。又派出数人，去催请本城绅士，赶快出丁、捐粮、捐饷，助战、助守。更派人去知会防营官兵，火速整队备战。最后他便率领一拨人，亲找毛俊家劝驾，求他以大局为重，扶病到文庙，登台挂帅誓师。

233

谢州同去访毛将军，当然扑空。毛将军称病不出，其实他本人早不在营中，也不在府上；他秘密的另有去处，只有毛太太知道，却不肯说出口。在毛公馆客堂上，谢州同再再追诘，请毛太太说出地名来，好派人去找。毛太太无可如何，方才嗫嚅道："他出城看病去了！现在鞑子兵忽然围城，把他截在城外，想必是回不来了！"

谢天恩不觉动怒道："这叫什么话？敌人兵临城下，军务万分吃紧，怎么毛寅兄倒擅自弃职离营，私自出城？他他难道……不怕国法，不畏士义？"毛太太也变色道："国法？士义？这个得请示州尊，马知州是一城之主，谢老爷你可以找他去，叫他找我们老爷去！"谢州同恍然大悟道："哦，我明白了！大难当前，那就各从己志好了！嫂夫人请转告一下，我们同事一场，请他务必对得起自己的良心！"愤然拂袖要走出毛府客堂，这才觉察出毛府乱糟糟的，颇有"凛乎不可留"的要出走的气氛！谢州同哼了一声，忽然毛太太追了出来，命亲信把一包东西递给谢州同说："这是昨晚州尊送来的，外子未出城之前，本要面交谢老爷的，现在就请谢老爷拿去吧。"

谢州同打开一看，是知州印信和留别书。谢州同微微一怔，旋即仰天大笑道："好好好，文武二吏，萧规曹随。这倒要看我谢某的了。"头也不回，奋步走出毛公馆大门，策马赴衙。半路上碰见了徒步而来，气喘吁吁的退职主簿邓友松，和几位力主凭城拒胡的本城士绅。

这些士绅听到知州挂冠弃职的谣传，还不敢信实，就依据那天官绅会商的办法，特来敦请公推的全城统帅毛将军，为全城八万生灵做保障，登台拜帅誓师之后，立即提兵出城御胡。城外胡骑并不多，他们还没有把全城四面合围，现在出击正好。他们士绅就联合起来。推邓友松领头，到大营去请毛将军，营门伍长说都司老爷有急病，没有到营，他们这才转向毛公馆来慰病来促驾了。

邓友松一见谢天恩，就大骂豪绅袁锡林、赵亚铭。他们两家大姓，共有家奴百数十名，若能授兵授甲，足可用他们杀胡御侮（防御闯将的时候，袁府家丁就这样做过，挑出七十多名壮丁，登城助守）。不料他们两家，当强胡迫城的今日，竟也闭门谢客了，只叫家丁护宅，不肯助军拥城，"他们太混账了！"邓主簿气得不得了，他哪知道，袁赵二家别有诡谋，他们衾夜密议，准备着迎降清兵和新知州。他们把顺民旗做好了，还做好了什么正黄旗、镶黄旗，跟八旗营一样的军旗！他们秘密地集合百多名家丁，授给武器，还没告诉怎样打和打谁。他们要抓一个机会，"里应外合"，袭击抗胡的队伍，迎接东海新兴圣人大清国的"义师"，迎接"为明报仇，声讨国贼"的入关义师，迎接"占据了北京到南京，擒杀了偏安一方的明藩王，并吞了全明疆土，不止不休"的满洲"义师！"他们只求他们两姓的身家性命田产财势能保住，他们更热心地迎接新主和新的荣宠！

在当时，他们的无耻，邓主簿想象不到。邓主簿只骂他两家临变退缩，不识大体，护家而不护城，短见得可恨罢了。邓主簿叫不开"闭门谢客"的豪绅的大门，碰见了谢州同，就一面诉说，一面询问马知州出走的准信，一面仍要一块去请毛将军扶病出头。

谢天恩冷笑摇头道："毛将军也不见了，现时在他公馆的，只有他的太太和一家丁！"

邓主簿骇然道："毛将军哪里去了？他不是病了么？难道说他也追从知州马鸣远，弃职弃城，一走了事么？难道说他连妻子

235

也丢弃了，独自一个人偷跑，比知府还脆弱么？"

谢州同道："反正他没在家，也没在营。听他太太口气，似乎和陈婴母子一样见地，是不为福首，也不为祸先的，他大概不肯做我们守城抗胡义军的统帅的了！"

绅士们齐声惊呼道："胡骑开到城下，他是武将，他不肯做，谁做？况且马知州又先走了！"

州同谢天恩厉声道："他们文武大员全走了，不要紧，还有小弟我，我，我！""好，好，好，我们公推谢老爷为我们一城之主，执掌全城兵、民、战、守大权！活，我们活一处；死，我们死一处！"绅士们失声地喊起来了。

"我献议，我们再推邓大爷给谢老爷做帮手。"这是一位烧锅掌柜说的。大家立刻说好。"就推邓老前辈做副帅，二位正好一个治兵备战，一个理民兼筹饷。"

退职主簿邓友松刚要推让，立刻想到这不是推让的时候了，他就慨然大声说道："邓某年衰力弱，可是时至今日，义不容辞。我们今日生死存亡或战或降。为荣为辱，为忠臣，为降奴，全靠良心上自作主张，丝毫不容勉强，我们大家还是往文庙去歃血会盟！"

大家刚说好，谢天恩正色叫道："不然，不然，会盟则可，至于或战或降，诉之良心的话，小弟切切不以为然。我以为我们信阳州官民人等，一定不做降奴，也不能，也不许做降奴；谁要做降奴，谁就是反叛，反者必诛，通敌者定杀无赦！我们要厉行军法，凡摇惑军心、守城不力者，一律以通敌论，格杀勿论！诸位父老以为如何？"

"对，对，对，谢老爷真有统帅之才，我们就马上去到文庙誓师去吧！"

一个吏员献议道："我们官民万众一心，在文庙创义抗胡，应该先挑出堂堂正正的旗帜来，才好号召全城志士前来投效。既然公推谢老爷、邓老爷为首，也要建起二公的帅字旗来，叫大家全明白。现在绣制帅旗来不及，不妨先写一下。咱们工房唐书办写得一手好魏碑，应该找他赶紧写出来，还得买几疋红黄绸子。"一个胖绅士现开着绸缎店，就说："不用买，我捐献一匹红绸，一匹黄绸。"工房唐书办踊跃说道："我立刻去写。写什么辞呢？还是回衙写，还是到文庙写？"邓主簿道："不必回衙，柳秀才的住宅，就在前边，他也写得很好，我们可以就近到他那里去借笔砚，一面烦他帮写，一面商量词句。"唐书办道："是不是还要出告条？"

谢州同忙道："当然也要出告条，你们几位所见都很对很好，这不必细琢磨，我们各展所长，分头赶办好了。总而言之，以速为妙。你们几位专管制旗帜告条，我们大家先奔文庙。王头、孙头你们沿路鸣锣集众！"

于是，唐书办、柳秀才等，就用杏黄绸、大红绸，写出了几杆大旗。头两杆旗上写着"大明信阳镇尊王攘胡守土保城救民驱虏三军司命兵马大元戎谢"和"副元戎邓"，另外还写了红、黄、白、杂色的大大小小的旗帜，有的写"杀胡自救，守土全忠"，有的写"招募义勇，保城御胡"，有的写"忠臣义士盍兴乎来""投效壮士请到文庙"，更有的写"降胡必死，通敌必诛""斩获一胡虏，赏银三百两""告发汉奸敌谍者重赏"。那"招募义勇"的小旗子格外多，这是预备派隶役瓦夫鸣锣持旗，巡街招兵用的。另外还有一些简短的文告，也都说的是"守城所以图存，献城反招屠辱"的话。

这里几个人忙着造旗帜，写文告，那谢州同一行大众，就浩浩荡荡，扑奔文庙。一路上大街小巷，很有些商铺关门上板，住家闩门闭户，充满了一派乱离之象。可是人在围城中，依然要过活。上了板的商铺又开了半扇门板做生意，闩了门的住家又放出人来买柴米油盐。街上行人见少，走路的惊惊忙忙，你看我，我看你，各从眼神刺探吉凶。谢天恩这一群抗胡官绅蜂拥而来，街两旁的老百姓有的就远远跟随，要看着他们上哪里去。——谢州同竟忽略了招呼这些百姓，然而，百姓们反倒感召了他！

谢州同、邓主簿或骑马，或坐小轿，走到十字路口。十字路口聚集了一大群人，正有两个市井汉子，粗着脖颈，瞪着眼睛，在那里大声疾呼，呼喊士农工商全起来抗胡！

那一个黑瘦敞衣汉子，像个难民，是本城烧锅新雇的挑水短工，正在拼命大叫："列位乡亲，大叔，大哥！我小子叫刘二虎，我是从山东徐州府逃来的，我的爹给鞑子活活打死了，我的女人叫鞑子抓去缝军装，从此没了影，听街坊说，叫他们卖了！我的妹子，才是个十七岁的大姑娘，东藏西躲，好容易逃出来，叫鞑子看见追上，一头跳到河里去了……连死也不叫你死干净，他们打着地面上的人给捞出来，先糟蹋，后来赤着身子开了膛！我一家大大小小十多口，我们守着产业，过得好好的日子！鞑子杀来了，我们城里不要脸的官绅卖国求荣，开城迎降，一仗也不打，就把鞑子迎进来，宠得他们看不起咱们中华人。任意奸淫烧杀，大放抢三天！我们一家大小十多口，死里逃生，只剩下我背了老娘，逃到你们贵地。我的老娘头半月死了，我只剩了光杆一条，我把鞑子恨死了，我们千万千万不可要献城！徐州府就是献城吃了大亏，投降的地方，老百姓全都受了大害，我刘二虎一家大小就是榜样！乡亲们，我们越怕死，越对付着求活，越活不成。我们只有一招，守住了城，跟鞑子打，跟鞑子拼。鞑子他们不成。

他们人少，离咱们这里远。他们好几千里跑来欺负咱们，抢劫咱们，他们就全靠装熊唬人，全靠巧支使汉奸。只有咱们齐了心，合了心，关上城门不投降，跟他耗下去，他们耗不过咱们，迟早要走，他一走，咱们就追，杀他一个痛快！"

听众听得直了眼，另外一个外乡人应声道："这位大哥说得对，我知道献城投降的害！献了城，鞑子们进了城就横行霸道，一家养一个鞑子，他们住在老百姓家，赛过活祖宗，专糟蹋妇女。我舅舅家就……他们简直拿人当畜类，逼得你死活不得。我们只有一条活道，千万别献城，要大家拼死命守住城……"

一个人反诘道："城里人守住城，跟鞑子耗。我们城外呢？乡下人怎么办呢？"

刘二虎身旁一个粗汉抗声道："乡下人比城里人更好办！大队鞑子来了，俺们乡下人就往山林野地跑，小拨来了，我们就捉住他们活埋。你们没经过鞑子们的扰害，嘻，他们简直混账透了。鞑子们勾着奸细，占了村庄，就要鸡要猪要牛要羊，要姑娘，逼得妇道们跳井上吊！汉奸们引着他们做坏事，没有汉奸，他们摸不透底细，不敢进村。进了村，糟蹋得不痛快，就放火烧房烧粮。俺们那里受过害，把人挤红了眼，一见鞑子来了，全都跑了，把整个村子奉送给他。到了夜晚，俺们年轻小伙子摸回来，报仇雪恨，就往土炕上摸小辫，凡是编辫子的，不是鞑子，就是假鞑子真汉奸，我们就给他一切菜刀……你们打听打听，鞑子全不敢下乡，他们只会攻城，吓唬城里人，吓唬绅士财主。"

听众立刻愤然道："我们城里人也不是贱骨肉，我们但凡有一口人气，也要保全我们的父母姐妹和妻子，我们不献城！"

"对，我们跟鞑子打，跟鞑子碰！"

"我们要跟鞑子碰！可是怎么碰呢？"

"我们大家赶快找衙门大老爷，快找军营大老爷。我们跪求他们老爷们拥城拒胡，我们情愿效力卖命！"

"对，对，我们走！"

"可是，我听说州官大老爷挂印逃走了！"

"没有，没有，那是奸细造谣！"

"不是造谣，是真情。不过我们舍亲就在衙门当差，听他说现在是由谢老爷做主，谢老爷打开兵仗库，正在给壮丁们散发刀枪弓箭，愿告奋勇，守州城杀鞑子的，可以到州衙跟文庙去投效！"

"嘻，不用上州衙了，这不是诸位大老爷们全来了，我们迎上前去吧！"

果然州同谢天恩，退职主簿邓友松，蜂拥地行经十字路口来了。

刘二虎，他是徐州府逃来的市井小民，因为身受胡患，害到家破人亡，现在是给信阳城酒店做挑水短工。那粗汉曹小春，他是开封府乡下逃来的庄稼汉，鞑子们占据了他们曹家庄，挑取曹小春当伙夫，当着曹小春的面，强奸了他的妻子。他忍不住了，他当场挥菜刀，杀死两个鞑子，一个汉奸，弃家冲出来了。他的田地、家业、骨肉、亲丁，不用说，都变成了劫灰。他对侵入中原的鞑子，恨入骨髓。为了报仇，他当过闯将部下，旋被"官军"击溃。

他只身逃到信阳，一面觅食糊口，一面逢人骂鞑子兵，劝人不要投降。他和刘二虎两个壮汉，现在就大呼小叫，上前拦住投效杀胡。十几个穷汉和贫苦的小贩，因闭城断了生活，尤其怨恨城外的胡骑，他们一哄而上，也跟着刘曹二汉来告奋勇。

谢州同大笑道："好好好，你们都要投效杀胡！由此观之，义民志士遍地皆是，只在我辈士大夫正气感召，而善用之耳！快鸣锣聚众，鸣锣聚众！大家一齐上文庙！诸位父老愿倾满腔热血，为王家保国土，为自家保身命者，请随下官来盟誓出征！"

于是谢州同下了小轿，立委刘二虎、曹小春为记名千总。把其余投效的义民也都激励了一遍，大家就一齐步行前驱，直奔文庙。

却是这信阳城官民，此时竟暗分三派。谢州同这一帮"抗胡"义士，赶到了文庙，叩拜至圣先师孔子，叩拜大明太祖高皇帝朱元璋的灵牌。跟着官绅登台、歃血、订盟、誓师，慨陈抗敌守土大义。跟着竖起大旗，推定将领，派出许多人，打着杏黄旗、大红旗，鸣锣四出，宣讲誓死守城，并招募义勇。

另外有一帮人"惶惑不定"。那就是本城防营的官兵。都督金事毛俊闭门称病不出，他的部下士卒，当然大感惊诧，弄得讹言纷歧，军心骚动起来。经谢州同、邓主簿一再派人催请所有营官莅盟，只有记名守备邢昌彦，千总叶良辅，带四十名小队替毛都司赶来文庙，参预这场文武官兵绅民创义守城大会盟。其余很有些官兵，蠢蠢摇动了！

那就是本城第三派力主"献城"的劣绅袁锡林、袁锡朋们，暗中鬼鬼祟祟鼓动，很有些兵油子受了蛊惑。袁锡林甘心降胡，早就秘密收买防营官兵，预备清兵开抵城下，就在城内制造兵变，乘机献城。据说清营许给他封侯，他就也拿高官重利，贿买防营兵弁，如果临敌不战，开城迎胡，就升官三级，饷发半年，另外还有许多好处。所谓另外的好处，却最歹毒，他竟潜许给防营兵卒，"大清兵进城之日，也准许你们跟随旗营，大放抢三天。除了插顺民旗的户头，那是迎降新贵，当然动不得；此外寻常人家，所有的财帛女娘，都由得你们性儿取乐！你若编入旗营，还可以跑马圈占民田，那更阔了！"这一下厉害，把很多的营混子、兵油子，不以宗国同胞为念者，都煽动了。

当此危发千钧之际，谢州同、邓主簿已经在文庙誓师就任信阳镇勤王抗胡义师统帅，并已将全城抗胡义士，无分官绅兵民，都统摄起来，大家"通功易事"，把设防、出战、筹饷、安民、搜间（除叛）等重大军务，各委专人司理。他们刚刚草创就绪，便获得隐名绅士的告密，道破袁锡林等摇惑军心，阴谋献城、保私产、邀新宠的密谋。

这时候城外清兵不过开来了铁骑三百名，屯扎在北门外，相信明朝吏卒早无固志，而且他们很有把握地等候信阳献城。城里的老百姓摸不清敌兵有多少，劣绅袁锡林等夸大其词，极力替胡骑张目，把三百人说成三千。可是勤王统帅谢天恩，早据探报，并询据北郊难民目睹情形，获知清兵的大概数目；他正准备选勇将，选先锋死士，出城夜袭敌兵。其实以目前实力论，城中兵开城一战，足可把清兵全军歼灭，但是受了劣绅替敌张目的影响，难以探明，仍不敢相信清兵仅仅这么一点，谢州同不能不审慎。

不料就在这时，死士虽已有一百五六十名自告奋勇，勇将还未以选定他突然接到告密，获知城内竟有叛绅。他不禁万分震怒了！

他立刻采取紧急措施，讯实确证之后，火速地发兵掩捕叛绅袁锡林、袁锡朋昆仲。

袁氏昆仲是城中大姓，有家奴上百。可是他弟兄也疏于自卫，把抗胡义士看成豆腐。谢州同亲率吏卒，登门拜访，请袁绅捐银犒军。袁锡林在客厅延见，面对捐簿，还在推多争少，谢州同把袍袖一拂，吏卒上前，把袁大爷架出客厅，扶上小轿。逼搜内宅，袁锡朋袁二爷渺然不见，却搜出两个拖小辫的鞑子来。

这可是实犯真贼!

谢统帅勃然大怒,押解人犯,立即回衙,并普请士绅,遍邀文武,在大堂上审讯这一个汉奸和两个鞑子。袁锡林依然骄抗。他说为了保全全城生灵,才跟胡人通款。他说:"现在明室已亡,你们闹着据城抗胡,不只徒劳无益,简直是鼓动全城老百姓送死!"

谢统帅冷笑道:"好一个徒劳无益!你可知文文山曾说:父母疾笃,为人子者不能不下药;宗国危亡,为人臣者不能不挽救;自古以来忠臣义士断头沥血,奔走无益之举,取义成仁,除死方休;就是身死,心还不死,仍以为天下事尚有可为。况且你不曾尽力,怎知不可为?袁先生,哀莫大于心死,你的心早死了,活着也无味,也无益,倒给大明子民丢丑!推出去,斩了吧!"把公案桌一拍,拔下刑人的旗子,掷给刽子手。部下兵弁立刻把叛绅袁锡林,连同鞑子,一同绑出去砍了。

三颗人头悬挂在通衢,标明:"斩决通敌劣绅袁锡林一名,斩决胡虏奸细二名。"谢统帅的意思,是要及时镇压阴谋献城的叛徒,消弭动摇反侧之辈;为了紧急措施,就未过细追审通敌叛徒的党羽,他怕穷究叛党,激起意外之变。他读过后汉书,他记得汉光武帝焚叛书,"令反侧子自安"那句古话。

他错了!他的宽大,反而使那些与袁锡林通谋的无耻军官和兵弁,栗栗危惧。他们不相信这种宽大,他们似乎自知罪不容诛,他们很快地另起叛变诡谋!

谢统帅认定内奸既经肃清,便当赶快驱除外敌。他派遣谍探,探明了城外东南西三面,只有土匪窃发,乘乱打抢;除了城北,此外别无胡骑。并据探报,突进北郊的胡骑,约有五六百名,这却是估计得太高了。乃是受了明兵屡败、士气低馁的影响，只一看，就把清兵看得了不得！

其实清兵不过来了三百名，他们屯驻在关城北厢，恃有内奸，正坐待城中劣绅叛军投降，他们并没有想到城中还会抗拒。这些鞑子们占据民宅，抓了许多倡女和良家妇女，陪着他们喝酒玩闹，其中很有些投降的无耻汉人，给鞑子帮闲找乐，出坏主意。

谢统帅获得这些敌情，十分愤恨。为了拯救城外难胞，为了激励守城士气，决计要亲率死士，出城御敌，无论如何，要打一个胜仗，在明师屡败之后，他自己也似乎没有必操胜券的把握。他叹道："毛俊若在，以他那本领，开城偷袭敌营，必可把敌骑全歼！"他是文官，自憾素不知兵，因此他打定了奇兵夜袭的主意，要夜开西门，悄悄绕奔北郊，"攻敌所不备"。于是他安排战守，把守城之责交给了副帅邓友松，他自己定在三更以后，四更以前，率死士一百数十名衔枚偷营，去打清兵。

谢天恩晓谕士卒，枕戈待发。……那漏网汉奸袁锡朋，往来奔走通敌，在他弟兄袁锡林枭首后，竟得先一步逃出，给清营送信去了！那受袁贿买、预谋通敌的防营营官席秉文，也惧罪要叛卖南门！北门正对敌队，由义勇刘二虎、曹小春等忠诚士兵把守，汉奸们不敢轻动。通敌营官席秉文只想乘夜偷献南门，里应外合，把清兵引进城来。

可是，汉奸乘夜卖城之计虽辣，敌人却没有勇气来捡便宜。义勇夜袭敌营之计虽高，竟被叛绅袁锡朋先期卖给清营主将和清营知州全福。

清兵情虚，竟先一步整队移营，往北退出二三十里。谢统帅亲率一百数十名义勇，杀到北关，竟扑了一个空！

谢统帅大怒，以为战报不实，要把探子提出军前斩首。几个

244

北关老百姓上前控诉，只因劣绅袁锡朋越城出来送信，鞑子方才撤走，他们撤走的方向，老百姓有的知道，情愿给官军引路，前往杀胡报仇。谢统帅方才明白，这是军情泄露了。他就不再细想，立刻统众追赶下去。

一百数十名死士，尽是步兵，硬追赶三百名骑马的清兵，众寡不敌，骑步不敌，可是居然追上了，居然打起硬仗来，居然打了一个胜仗，把清兵击溃！

死士背城出击，斗志很强；胡骑饱掠待降，气势太骄，这就分了胜负。鞑子们掳掠了许多良家妇女，恣行淫乐；他们移营时，恋恋不舍，把所俘少艾女子驮在他们的战马上，他们自己倒在步下押着走。

附　　录

末路英雄咏叹调

——白羽之文心

叶洪生

> 一个人所已经做或正在做的事，未必就是他愿意做的事，这就是环境。环境与饭碗联合起来，逼迫我写了些无聊文字；而这些无聊文字竟能出版，竟有了销场，这是今日华北文坛的耻辱！我……可不负责。

说这话的人，是上世纪三十年代中国武侠小说界居于泰山北斗地位的白羽；所谓"无聊文字"指的就是武侠小说！以其当时的声名、成就，竟在自传《话柄》中发出如此痛愤之语，这就很可使人惊异且深思的了。那么，他又是怎样"入错行"的呢？

白羽其人其事其书

白羽本名宫竹心，清光绪廿五（1899）年生于天津马厂（隶属今河北青县），祖籍山东省东阿县。父为北洋军官，家道小康，故其自幼生活无虞，嗜读评话、公案、侠义小说。1912 年民国建立，宫竹心随其父调职而迁居北平，遂有幸接受现代新式教育。

中学时期因受到新文学运动影响，兴趣乃由仿林（纾）翻译小说转移到白话文学上来，并立志做一个"新文艺家"。

宫氏中英文根底极佳，十五岁即开始尝试文艺创作；向北京各报刊投稿，笔名"菊庵"。他的才华曾深得周树人（鲁迅）、作人兄弟赏识，并慨然给予指导及帮助，鼓励他从事西洋文学译述工作。奈何其十九岁时不幸丧父，家庭遭变；即令考上北平师范大学亦不能就读，反倒要为养活七口之家而到处奔波——他干过邮务员、税员、书记、教师、校对、编辑、记者以及风尘小吏；甚至在穷途末路时，还咬着牙充当小贩，卖书报——一直挨到他贫病交加，吐血为止；除了一支健笔，可说是身无长物。

1926 年是宫竹心生命中的一大转折。此前由于他终日为生活忙碌而与鲁迅失联，遂陷于精神、物质上的双重人生困境。恰巧言情小说名作家张恨水亟需为自己担纲主编的北平《世界日报》副刊《明珠》版找一名写手，以分任其劳，乃公开登报招聘"特约撰述"。此时宫竹心正为"稻粱谋"所苦，看到招聘广告，当即连夜赶写了七篇文史小品稿件投寄应征；方于众多自荐者中脱颖而出，成为一名每日皆要奋笔书写各类文稿的"特约撰述"。

这工作其实是低酬劳、高剥削的文字苦力活。它唯一的好处是有固定稿费可领，生活相对安定；而其边际效用则是借着《世界日报》这块艺文园地"练功"的机会，把宫竹心的文笔给磨炼出来，且炼成一支亦庄亦谐、亦雅亦俗而又刚柔并济的生花妙笔。这倒是他始料未及的意外收获。

如是经过一段时日的磨笔磨剑，以及亲身经历种种世态炎凉的残酷现实，他的思想观念乃逐渐产生了微妙的变化。在他悲叹"新文艺家"之梦难圆的同时，也清楚地看到张恨水是如何在通俗小说领域里呼风唤雨、财源广进的！理想与现实的冲突迫使他不得不选择后者。于是张恨水写作模式（通俗小说连载）及其名利双收的丰美果实遂成为青年宫竹心梦寐以求的人生目标，因为这可以立马解决养家活口的实际问题。

他明白言情小说是张恨水的"禁区"，最好别碰；却不妨用"借古讽今"的手法来写"卑之无甚高论"的武侠小说——这就是他初试啼声的武侠处女作《青林七侠》，连载发表于《世界日报》副刊。然而这次的试笔却是一篇失败之作。因为作者企图反讽政治现实竟失焦，而读者反应冷淡则更令人气沮；故连载数月后即被"腰斩"，不了了之。而据通俗文学研究者倪斯霆的说法，直到1931年，《青林七侠》方交由天津报人吴云心主编的《益世晚报》副刊连载续完。

1928年夏天宫氏重返天津，转往《商报》任职。此后迄至对日抗战前夕，约莫八九年间，他都流转于天津新闻圈中厮混；除了曾独家报导女侠施剑翘（因替父报仇而枪杀军阀孙传芳）刑满出狱真相的新闻，引起社会轰动外，可谓乏善可陈。

1937年7月7日因"卢沟桥事件"而引爆中国全面抗日战争，平、津随之沦陷。宫竹心一家于战乱中迁居天津二贤里，由于困顿风尘，百无聊赖，遂与友人合作开办"正华补习学校"；打算一面办学，一面卖文，以弥补日常生活开销。那么，到底该写哪一类题材的小说才好呢？却煞费思量。就在这个节骨眼上，昔日旧识小说家何海鸣忽找上门来，代表天津《庸报》邀约撰稿。当下宫氏喜出望外，一拍即合，遂决定撰写武侠小说以投读者所好。

当时正值抗战军兴，华北沦陷区人心苦闷，皆渴望天降侠客予以神奇的救济，而由著名评书艺人张杰鑫、蒋轸庭演述的镖客故事《三侠剑》（按：其主要人物多脱胎于《施公案》、《彭公案》等书）在北方已流传了一二十年，人多耳熟能详。宫氏灵机一动，何不结撰一部以保镖、失镖、寻镖为主题的镖客恩怨故事，以顺应读者阅读习惯及审美需求；只要能摆脱俗套，翻空出奇，在布局上下功夫，则以其生花妙笔与文字技巧，小说焉有不受读者欢迎之理！

于是他精心构思故事情节，并找来深谙技击的好友郑证因做"武术顾问"；务求所描写的江湖人物言谈举止惟妙惟肖，各种兵器用法乃至比武过招的手、眼、身、法、步，一招一式都能画出来。在如此认真写作之下，1938 年春天宫氏即以"倒洒金钱"手法打出《十二金钱镖》（原题《豹爪青锋》），连载于《庸报》。他选用"白羽"为笔名——取义于欧俗，对懦夫给予白羽毛以贬之；或谓灵感来自杜甫诗句"万古云霄一羽毛"，亦有自伤自卑、无足轻重之意。（宫氏所撰武侠小说，均署名"白羽"，而无署"宫白羽"者！）

孰料这"风云第一镖"歪打正着！白羽登时声名大噪，竟赢得各方一致好评。于是不等《钱镖》正传写完，即应邀回头补叙前传《武林争雄记》，又续叙后传《血涤寒光剑》、《毒砂掌》，并别撰《联镖记》、《大泽龙蛇传》、《偷拳》等书，共二十余部。他那略带社会反讽性的笔调，描摹世态，曲中筋节，写尽人情冷暖；而文笔功力则刚柔并济，举重若轻，隐然为"入世"武侠小说（社会反讽派）一代正宗——与"出世"武侠小说（奇幻仙侠派）至尊还珠楼主双星并耀；一实一虚，各擅胜场。

但白羽不以为荣，反以为耻。因此他除将卖文（武侠小说）所得移作办学之用外，待生活稍定，即减少乃至终止武侠创作；同时自设"正华学校出版部"，陆续印行回忆录《话柄》，自传体小说《心迹》，社会小说《报坛隅闻》，短篇创作集《片羽》，小品文集《雕虫小草》、《灯下闲书》、《三国话本》及滑稽文集《恋家鬼》等等。余暇则从事甲骨文、金文之研究，自得其乐。

据白羽已故老友叶冷（本名郭云岫）在《白羽及其书》一文中透露："白羽讨厌卖文，卖钱的文章毁灭了他的创作爱好。白羽不穷到极点，不肯写稿。白羽的短篇创作是很有力的，饶有幽默意味，而且刺激力很大；有时似一枚蘸了麻药的针，刺得你麻痒痒的痛，而他的文中又隐含着鲜血，表面上却蒙着一层冰。可是造化弄人，不教他做他愿做的文艺创作，反而逼迫他自掴其面，以传奇的武侠故事出名；这一点，使他引以为辱，又引以为痛……"

1949 年后，白羽以其享誉大江南北的文名，获任天津作家协会理事、文联委员、文史馆员；并一度出任新津画报社长及天津人民出版社特约编辑。他"最痛"的武侠小说固然已全部冰封，但"工农兵文学"他也不敢碰——因为一则缺乏这方面的生活体验，很难下笔；二则政治气候变化无常，思想束缚更大。试想，他半生服膺并力行文艺创作上的写实主义，可当时的社会现实该怎么写呢？

1956 年香港《大公报》通过天津市委宣传部的关系，约请白羽重拾旧笔，"破例"给该报撰一部连载武侠小说。他力辞不获，遂草草写了最后一部作品《绿林豪杰传》——自嘲是"非驴非马的一头四不像"！其无奈之情，溢于言表。

白羽晚年罹患肺气肿，行动不便，却仍一心一意想出版他的考古论文集。惜此愿终未得偿，而在 1966 年 3 月 1 日晨含恨以殁，享龄六十七岁。

"现实人生"的启示

诚如白羽所云,他是为了"混饭糊口"迫不得已才写武侠小说。但即令是其所谓"无聊文字"亦出色当行,不比一般。单以文笔而言,他是文乎其文,白乎其白,文白夹杂,交融一片;雄深雅健,兼而有之。特别是在运用小说声口上,生动传神,若闻謦欬;亦庄亦谐,恰如其分。书中人物因而活灵活现,呼之欲出!

另在处理武打场面上,白羽本人虽非行家,却因熟读万籁声《武术汇宗》一书,遂悟武学中虚实相生、奇正相间之理;据以发挥所长,乃融合虚构与写实艺术"两下锅"——举凡出招、亮式、身形、动作皆历历如绘,予人立体之美感。尤以营造战前气氛扑朔迷离,张弛不定;汲引西洋文学桥段则"洋为中用",收放自如……凡此种种,洵为上世纪五十年代香港以降港、台两地一流作家如金庸、梁羽生、司马翎等之所宗。这恐怕是一生崇尚新文学而鄙薄武侠小说的白羽所意想不到的吧?

认真推究白羽所以"反武侠"之故,与其说是受到"五四"一辈西化派学者的负面影响,不如说是他目睹时局动荡、政治黑暗,坚信"武侠不能救国"的人生观所致。因此,若迫于环境非写不可,则必"借古讽今",方觉有时代意义。据白羽在《我当年怎样写起武侠小说来》一文的说法,早在其成名作《十二金钱镖》问世前,就写过两篇失败的武侠小说:

一是《粉骷髅》(原名《青林七侠》;1947年易名《青衫豪侠》出版),内容影射媚日汉奸褚民谊;"因为反对武侠,写成了侦探小说模样"——时在"九一八事变"之前。

二是《黄花劫》，"写的是宋末元初，好像武侠又似抗战"；对"前方杂牌军队如何被逼殉国"传闻深致愤慨 ——时在"九一八事变"之后。（按：《黄花劫》系 1932 年天津《中华画报》连载时原名，1949 年被不肖书商改名《横江一窝蜂》出版。）

正因有此前车之鉴，故抗战第二年他着手撰《十二金钱镖》时，虽一样是采用"借古讽今"的创作手法，却将"讽今"的焦点由政治现实转移到社会现实上来。他在《话柄》中曾就此说明其创作态度：

> 一般武侠小说把他心爱的人物都写成圣人，把对手却陷入罪恶渊薮。于是设下批判：此为"正派"，彼为"反派"；我以为这不近人情。我愿意把小说（虽然是传奇小说）中的人物还他一个真面目，也跟我们平常人一样；好人也许做坏事，坏人也许做好事。等之，好人也许遭恶运，坏人也许得善终；你虽不平，却也无法。现实人生偏是这样！

如此这般面对"现实人生"，进而加以无情揭露、冷嘲热讽，便是《十二金钱镖》一举成名，广受社会大众欢迎且历久不衰的主因。例如书中写女侠柳研青"比武招亲"却招来了地痞（第九章）；一尘道长仗义"捉采花贼"却因上当受骗而中毒惨死（第十五章），这些都是活生生、血淋淋的冷酷现实。至若白羽屡言此书得力于"旦角挑帘"——让女侠柳研青提前出场，与夫婿杨华、苦命女李映霞之间产生亦喜亦悲的"三角恋爱"——则系"无心插'柳'柳成荫"之故。

笔者有鉴于此，因以其成名作《十二金钱镖》为例，针对书中故事、笔法、人物、语言及其独创"武打综艺"新风等单元，加以重点评介；聊供关心武侠创作的通俗文学研究者及广大读者参考。

小说人物与语言艺术

众所周知，《十二金钱镖》系白羽开宗立派之作。此书共有十七卷（集），总八十一章，都一百廿余万言。前十六卷约略写于抗战胜利之前，故事未结束；是因白羽业已名利双收，不愿再写"无聊文字"。1946 年国共内战再起，白羽为了维持生活，不得已重做冯妇；遂又补撰末一卷，更名为《丰林豹变记》，连载于天津《建国日报》，乃总结全书。

持平而论，《十二金钱镖》的故事情节并不复杂，主要是描写辽东"飞豹子"袁振武为报昔年私人恩怨，来找师弟俞剑平寻仇；因此拦路劫镖，而引起江湖轩然大波的故事。说白了，不外就是"保镖—失镖—寻镖"这码事；却因为作者善于运用悬疑笔法，文字简洁生动，将保镖逢寇的全过程——由探风、传警、遇劫、拼斗、失镖、盗遁以迄贼党连同镖银离奇失踪等情——曲曲写出，一步紧似一步！书中的"扣子"搭得好，语言亲切有味，情节又扑朔迷离；因而引人入胜，欲罢不能。

诚然，一部小说若想写得成功殊非幸致；在相当程度上须取决于人物塑造，以及相应的小说语言是否生动传神而定。这就要看作者驾驭文字的能力究竟可达何等境地，方能产生"烘云托月"的艺术效果。

书中主人翁"十二金钱"俞剑平是作者所要正面肯定的角

色。此人机智、老辣、重义气、广交游，兼以武功超群，生平未逢敌手；但每念"登高跌重，盛名难久"，则深自警惕；因而垂暮之年封剑歇马，退隐荒村。今即以铁牌手胡孟刚奉"盐道札谕"护送官帑，向老友俞剑平借去"十二金钱"镖旗压阵，路遇无名盗魁劫镖一折为例，看作者是如何刻画俞剑平这个侠义人物的表现。

当时被派去护镖的俞门二弟子"黑鹰"程岳，哭丧着脸奔回俞家报讯，说是："师傅，咱爷们儿栽啦！"俞剑平骤闻失镖，把脚一跺，道："胡二弟糟了！"（因失镖者必然要负连带责任。）再闻镖旗被拔，登时须眉皆张道："好孩子！难为你押镖护旗，你倒越长越抽搐回去了！"——这是先以朋友之义为重，其后方顾到个人荣辱。一线之微，即见英雄本色，毫不含糊！

随后当他看到那"无名盗魁"留下的《刘海洒金钱》图，上面画着十二枚金钱散落满地，旁立一只插翅豹子，做回首睨视之状；并有一行歪诗，写着："金钱虽是人间宝，一落泥涂如废铜！"当即了然，不禁连声冷笑道："十二金钱落地？哼哼，十二金钱落不落地，这还在我！"

在这些节骨眼上，作者用急、怒、快、省之笔将俞剑平那种虎老雄心在、荣辱重于生死的"好胜"性格刻画入微；令读者如见其人，如闻其声！错非斫轮大匠，焉能臻此！

插翅豹子天外飞来

"飞豹子"袁振武这个隐现无常的大反派，在小说正传里称得上是扑朔迷离的人物。他除了拦路劫镖时一度亮相以外，便豹隐无踪，改以长衫客的姿态出现；声东击西，神出鬼没！充分显露出豹子的特性。

作者写袁振武种种，全用欲擒故纵法，口风甚紧。前半部书只说豹头老人如何如何；直到第四十三章，始初吐"飞豹子"之号，仍不揭其名；再至第五十九章，方由一封密函透露"飞豹子"的来历，却是"关外马场场主袁承烈"！难怪江南武林无人知晓。如此这般捕风捉影，教读者苦等到第六十一章，才辗转从俞夫人托带的口信中和盘托出"飞豹子袁承烈"的真实身份——竟然是三十年前俞剑平未出师门时的大师兄袁振武！此人心高气傲，曾因不愤乃师太极丁将爱女许配师弟俞剑平，并破例越次传以太极掌门之位，而一怒出走，不知所终……本书"捉迷藏"至此，始真相大白。

一言以蔽之，此非寻常庸手所用"拖"字诀，而是白羽故弄狡猾的"蓄势"笔法；曲曲写来，行文不测，乃极波谲云诡之能事。正因这头"插翅豹子"天外飞来，飘忽如风，扬言要雪当年之耻，非三言两语可以交代；故白羽特为之另辟前传《武林争雄记》（1939年连载于北平《晨报》），详述袁、俞师兄弟结怨始末。由是读者乃知其情可悯，其志可佩！袁振武实为本身性格与客观环境交相激荡下所造成的悲剧人物。至于《武林争雄记》续集《牧野雄风》，则系白羽病中央请好友郑证因代笔所撰，固不必论矣。

最具喜感的"小人物狂想曲"

前已约略提过，白羽创作武侠小说，极讲究运用语言艺术。

其客观叙述故事的文体固力求风格统一，而杜撰书中人物的对白则千变万化，端视其身份、阅历、教养、个性而定；或豪迈，或粗鄙，或刁滑，或冷隽，或笑料百出，不一而足。

在本书林林总总的小说人物中，描写得最生动有趣的是"九股烟"乔茂。这虽是个猥琐不堪、人见人厌的镖行小丑，却是小兵立大功，起到"穿针引线"和"药中甘草"的作用；特具喜感，很值得一述。

按：书中写"九股烟"乔茂这个小人物的言行举止，活脱是西班牙骑士文学名著《魔侠传》（Don Quijote，或译《唐吉诃德》即"梦幻骑士狂想曲"）的主人翁吉诃德先生（按：Don 音译为"唐"，是西班牙人对先生的尊称）之化身。若无此甘草人物穿针引线，误打误撞地追踪到贼窟，也许咱们的俞老英雄就真格让飞豹子给"憋死"了。而在作者正、反笔交错嘲讽下，乔茂的刻薄嘴脸、小人心性以及色厉而内荏的思想意识活动，几乎跃然纸上；堪称是"天下第一妙人儿"！

据称，此人原是个积案如山的毛贼，专做江湖没本钱的买卖；长得獐头鼠目，其貌不扬。他生平没别的本领，却最擅长轻功提纵术，有夜走千家之能。曾有一宵神不知鬼不觉地连偷九家高门大户，遂得诨号"九股烟"；兼又姓乔，故又名"瞧不见"。

这乔茂混到铁牌手胡孟刚的振通镖局做镖师，因嘴上刻薄，常得罪人，谁也看他不起。譬如在起镖前夕，他一开口就说："这趟买卖据我看是'蜜里红矾'，甜倒是甜——"别人拦着他，不教他说"破话"（不吉利）；他却一翻白眼道："难道我的话有假么？人要是不得时，喝口凉水还塞牙！"等到押镖行至中途，贼人前来踩探，他又龇牙咧嘴说着风凉话："糟糕！新娘子给人

259

相了去，明天管保出门见喜！"

果然，"飞豹子"四面埋伏，伤人劫镖，闹了个"满堂红"，人人挂彩！乔茂死里逃生，心有不甘；为求人前露脸，遂冒险追蹑敌踪，却又教人给逮住，身入囹圄。好不容易自贼窝逃生，奔回报讯；众家镖客正为那伙无影无踪的豹党发愁，急着要问镖银下落，他老小子可又"端"起来啦——"找我要明路？就凭我姓乔的，在镖局左右不过是个废物！咱们振通镖局人材济济，都没有寻着镖，我姓乔的更扑不着影了！"活脱一副小人得志之状，溢于言表。

于焉经过众镖客一番灌迷汤、戴高帽，总算在"乔大爷"口中探得了镖银下落；再派出三侠陪他前去进一步探底——这下姓乔的可不能说是"瞧不见"啦！孰料三侠皆看不起乔茂为江湖毛贼出身，乃背着他自行踩探敌人虚实。作者在此描写乔茂自言自语的心理反应，有怨愤，有讥消，有得意，精彩迭出，令人不禁拍案叫绝。且看乔茂躺在床上假寐，是怎么个骂法：

> "你们甩我么，我偏不在乎，你们露脸，我才犯不上挂火。你们不用臭美，今晚管保教你们撞上那豹头环眼的老贼，请你们尝尝他那铁烟袋锅。小子！到那时候才后悔呀，嘻嘻，晚啦！我老乔就给你们看窝，舒舒服服地睡大觉，看看谁上算！"……忽然一转念："这不对！万一他们摸着边，真露了脸，我老乔可就折一回整个的！……教他们回去，把我形容起来，一定说我姓乔的吓破了胆，见了贼，吓得搭拉尿！让他们随便挖苦。这不行，我不能吃这个，我得赶他们去……"

可"九股烟"乔茂说的比唱的还好听！一旦遇了敌，只有逃命逃得"一溜烟"的份儿。请再看他躲在高粱地里恨天怨地的一折：

> 九股烟乔茂从田洼里爬起来，坐在那里，搔头，咧嘴，发慌，着急，要死，一点活路也没有。又害怕，又怨恨紫旋风、没影儿、铁矛周三个人："这该死的三个倒霉鬼，你们作死！若依我的意思，一块儿奔回宝应县送信去，多么好！偏要贪功，偏要探堡。狗蛋们，你妈妈养活你太容易了。你们的狗命不值钱，却把我也饶上，填了馅，图什么！

值得特别注意的是，作者系以乔茂的"单一观点"贯穿本书第三十六、三十七章来叙事；所有的故事情节皆通过其心中想、眼中看、耳中听分别交代。这种主观笔法洵为现代最上乘的小说技巧；而白羽运用自如，下笔若有神助，的确妙不可言。

向《武术汇宗》取经与活用

据冯育楠《泪洒金钱镖——一个小说家的悲剧》一文的说法，当初白羽同道至交郑证因曾推荐一本万籁声所著《武术汇宗》给白羽参考。万氏曾任教于北平农业大学，为自然门大侠杜心五嫡传弟子；其书包罗万象，皆真实有据，为国术界公认权威之作。白羽仗此"武林秘笈"走江湖，并以文学巧思演化其说，遂无往而不利矣。

261

《十二金钱镖》书中除一般常见的内外家拳掌功夫、点穴法、轻功、暗器以及各种奇门兵器的形制、练法外，还有著名的"弹指神通""五毒神砂"和"毒蒺藜"三种，值得一述。其中白羽杜撰的"弹指神通"功夫曾在二十年后金庸《射雕英雄传》（1957）与卧龙生《玉钗盟》（1960）中大显神威；但系向壁虚构，不足为奇。而另两种毒药暗器则实有其事，殆非穿凿附会之说。

　　经查万籁声《武术汇宗》之《神功概论》一节所云："有操'五毒神砂'者，乃铁砂以五毒炼过，三年可成。打于人身，即中其毒；遍体麻木，不能动弹；挂破体肤，终生脓血不止，无药可医。如四川唐大嫂即是！"此书写于民国十五（1926）年，如非捏造，则"四川唐大嫂"至少是存在于清末民初而实有其人。于是"四川唐门"用毒之名，天下皆知；而首张其目用于武侠小说者，正是白羽。

　　如本书第十四章侧写山阳医隐弹指翁华雨苍生平以"弹指神通""五毒神砂"威震江湖！第十五章写狮林观主一尘道长武功绝世，却为毒蒺藜所伤，不治身死；后来方追查出此乃四川唐大嫂一派独门秘传的毒药暗器。而另据《血涤寒光剑》第八章书中暗表，略谓"毒蒺藜"与"五毒神砂"系出同源，皆为苗人秘方；"真个见血封喉，其毒无比"！而四川唐大嫂更据以研制成多种毒药暗器，结怨武林云。

　　此外，谈到轻身术方面，过去一般只用飞檐走壁、提纵术或陆地飞腾功夫，罕见有关轻功身法之描写（还珠楼主偶有例外）。而自白羽起，则大量推出各种轻功身法名目；例如"蹬萍渡水""踏雪无痕""一鹤冲天""燕子钻云""蜻蜓三点水"及"移形换位"等。究其提纵之力，则至多一掠三数丈；此亦符合《武术汇宗》所述极限，大抵写实。

再就描写上乘轻功所产生的特殊效果及用语而言，像"疾如电光石火，轻如飞絮微尘""隐现无常，宛若鬼魅"等，皆富于文学想象力与艺术感染力。凡此多为后学取法，奉为圭臬；甚至更驰骋想象，渲染夸张无极限。恕不一一举例了。

开创"武打综艺"新风

白羽在《十二金钱镖》第七十二章作者夹注中说："羽本病夫，既学文不成，更不知武。其撰说部，多由意构，拳经口诀徒资点缀耳。"然"文武之道，一张一弛"，实无可偏废。因此白羽既不能完全避开武打描写，乃自出机杼，全力酝酿战前气氛；对于交手过招则兼采写实、写意笔法，交织成章，着重文学艺术化铺陈。孰知此一扬长避短之举，竟开创"武打综艺"新风，殆非其始料所及。

在此姑以第四十章写镖客"紫旋风"闵成梁夜探贼巢，以八卦刀拼斗长衫客（即飞豹子所扮）的一场激战为例；便知作者虚实并用之妙，值得引述如次：

> 紫旋风收招，往左一领刀锋，身移步换；脚尖依着八卦掌的步骤，走坎宫，奔离位。刀光闪处，变式为"神龙抖甲"，八卦刀锋反砍敌人左肩背。长衫客双臂往右一拂，身随掌走，迅若狂飙。……一声长笑，"一鹤冲天"，飕的直蹿起一丈多高；如燕翅斜展，侧身往下

一落。紫旋风微哼一声，"龙门三激浪"，往前赶步，猱身进刀；"登空探爪"，横削上盘。这一招迅猛无匹，可是长衫老人毫不为意，身形一晃，反用进手的招数，硬来空手夺刀。倏然间，施展开"截手法"，挑、砍、拦、切、封、闭、擒、拿、抓、拉、撕、扯、括、抹、打、盘、拨、压十八字诀。矫若神龙掠空，势若猛虎出柙；身形飘忽，一招一式，攻多守少。

像这种轻灵、雄浑兼具的笔法，奇正互变，实不愧为一代武侠泰斗！因为此前没有人这样写过，有则自白羽始。特其因势利导，将八卦方位引入武打场面，且活用成语化为新招，则又为说部一大创举。后起作家凡以"正宗武侠"相标榜者，无不由此学步，始登堂入室。惟白羽地下有知，恐亦啼笑皆非——原来"现实人生"之吊诡竟一至于此！念念"怕出错"的比武却成为康庄大道！这个历史的反讽太绝太妙，实在不可思议！

结论：为人生写真的武侠大师

综上所述，白羽所谓"无聊文字"——武侠小说竟获致如此高超的艺术成就，诚为异事。然"无聊"不"无聊"仅只是某种道德观或价值判断，并非意味下笔时无所用心，便率尔操觚！相反地，像白羽这样爱惜羽毛、恨铁不成钢的文人，即令是游戏之作，也要别出心裁，不落俗套；况其武侠说部以"现实人生"为鉴，有血有肉乎！

著名美学家张赣生在《民国通俗小说论稿》（1991）一书中

曾说："白羽深感世道不公，又无可奈何，所以常用一种含泪的幽默，正话反说，悲剧喜写。在严肃的字面背后，是社会上普遍存在的荒诞现象。"此论一针见血，譬解极当。用以来看《偷拳》写杨露蝉三次"慕名投师"而上当受骗，洵可谓笑中带泪。

白羽早年受鲁迅影响甚深，所以在《十二金钱镖》一举成名后，犹常慨叹："武侠之作终落下乘，章回旧体实羞创作"。其实"下乘"与否无关新旧。试看鲁迅《中国小说史略》亦曾明确指出："是侠义小说之在清，正接宋人话本之正脉，固平民文学之历七百余年而再兴者也。"平民文学即今人所称民俗文学或通俗文学；只要出于艺术手腕，写得成功，便是上乘之作。岂有新文学、纯文学或所谓"严肃文学"必定优于通俗文学之理！

毕竟白羽在思想上有其历史局限性，没有真正认清武侠小说的文学价值——实不在于"托体稍卑"（借王国维语），而在于是否能自我完善，突破创新，予人以艺术美感及生命启示。因为只有"稍卑"才能"通俗"，何有碍于章回形式呢？即如民初以来甚嚣尘上的新文学，其所以于近百年间变之又变，亦是为了"通俗"缘故。惜白羽不见于此，致有"引以为辱"之痛！

但无论如何，他的武侠小说绝不"无聊"；其早年困顿风尘、血泪交织的人生经验，都曾以各种曲笔、讽笔、怒笔、恨笔写入诸作，实无殊于"夫子自道"。据白羽哲嗣宫以仁君在《论白羽》一文中透露："《武林争雄记》拟以其本人曲折经历为模特儿，故在写作过程中反复改动，多次毁稿重写。郑证因曾对白羽家人叹息说：'竹心（白羽本名）太认真了！混饭吃的东西，何必如此？'……"见微知著，料想其他诸作亦曾大事修删，方行定稿。是以报上连载小说与结集出版后的成书内容、文字颇有不同。

由是乃知白羽珍惜笔墨逾恒；其文心所在，莫非为人生写真！无如社会现实太残酷，"末路英雄"悲穷途！只好用"含泪的幽默"来写无毒、无害、有血、有肉的武侠传奇；聊以自嘲，聊以解忧。

清代大诗家龚自珍的《咏史》诗有云："避席畏闻文字狱，著书只为稻粱谋。"白羽写武侠书可有定庵先生"正言若反"之意？也许除了"为稻粱谋"外，他的潜意识中还有为武侠小说别开生面的灵光在闪耀；因能推陈出新，引起广大共鸣。

其故友叶冷是最早看出白羽武侠传奇"与众不同"的行家。1939 年他写《白羽及其书》一文，即曾把白羽和英国传奇作家史蒂文森（R. L. B. Stevenson，以《金银岛》小说闻名）相比，认为白羽的书真挚感人，能"沸起读者的少年血"。实非过誉之辞！

整理后记

《绿林豪杰传》，是白羽最后一部武侠小说，香港《大公报》1955 年 8 月 1 日开始在其副刊《小说天地》连载，至 1956 年 1 月 26 日全部载完，全书共十六章。

1958 年 7 月，香港伟青书店出版单行本，上下册，各八章。